Née à New York, **Kristin Rockaway** se rétablit doucement de sa carrière d'informaticienne en entreprise. Après avoir travaillé dans l'informatique pendant de trop nombreuses années, elle a finalement décidé de troquer la ville pour le surf et d'aller vivre ses rêves en Californie du Sud, où elle coule des jours heureux à écrire au lieu de concevoir des logiciels. Quand elle ne travaille pas, elle aime passer du temps avec son mari et son fils, flâner dans les rayons des librairies de son quartier ou planifier ses prochaines (et longues) vacances.

Ce livre est également disponible
au format numérique

www.editions-hauteville.fr

Kristin Rockaway

#Connard

Traduit de l'anglais (États-Unis) par Margaux Bert

Hauteville

Hauteville est un label des éditions Bragelonne

Titre original : *How to Hack a Heartbreak*

ISBN : 978-2-38122-133-5

Bragelonne – Hauteville
60-62, rue d'Hauteville – 75010 Paris

E-mail : info@editions-hauteville.fr
Site Internet : www.editions-hauteville.fr

Pour Emilio.
Merci à Internet de nous avoir réunis…

Chapitre premier

Méfiez-vous toujours de ce que vous lisez sur Internet. C'était un conseil avisé. Je l'avais lu, peut-être sur Internet, mais ne l'avais jamais pris au sérieux, jusqu'au soir où Brandon, vingt-six ans, de Brooklyn, m'avait posé un lapin.

D'après son profil, Brandon était un amateur de sensations fortes qui vivait l'instant et aimait sans limites, ce qui aurait dû être mon premier indice : c'était un baratineur.

Assise seule dans le bar, le regard fixé sur mon verre à cocktail vide, je me maudissais d'avoir accepté ce rendez-vous. D'habitude, je ne perdais jamais mon temps un vendredi soir à rencontrer un mec trouvé au hasard sur Internet. Je réservais les premiers *dates* exclusivement aux mardis et mercredis soir, où je n'avais presque jamais rien de mieux à faire. Mais quand le beau visage barbu de Brandon était apparu à l'écran, et qu'il m'avait demandé de le retrouver pour un verre dans un bar du Financial District, je m'étais dit que rien ne m'empêchait de faire une exception à ma règle.

C'était une erreur de débutante.

Je pianotai sur mon téléphone et regardai mon écran. Il était 18 h 16. Le dernier texto que j'avais reçu de Brandon remontait à 16 h 37.

RV @ barley house @ 18 h

Il était peut-être en retard, tout simplement. Je répondis :

On se voit toujours ce soir ?

— Une autre vodka soda ?

Le barman ramassa mon verre et essuya le comptoir en bois laqué. J'avais le choix : ou m'enfuir maintenant, ma dignité intacte, et aller retrouver Whitney qui était probablement en train de s'éclater quelque part dans la Lower East Side. Ou accorder à Brandon de Brooklyn le bénéfice du doute et boire un autre verre en l'attendant. Je *swipai* les photos de son profil et me sentis tout émoustillée par la vue de ses lèvres charnues et de ses yeux perçants.

— Oui, j'en prends une autre.

C'était ça, il était sans doute juste en retard. Après tout, on était à New York. Il avait pu tomber sur un million d'obstacles qui l'auraient empêché d'être à l'heure : problème de métro, embouteillages, axes principaux fermés pour enquête policière. Je devais cesser d'être si cynique.

Pourtant, les paroles de Whitney résonnaient à ma mémoire : « *Ne mets pas tous tes œufs dans le même panier.* » Je me connectai à l'appli *Fluttr* et me mis à chercher un bon plan potentiel à proximité.

Fluttr était le site de rencontres en vogue. Il n'avait rien de particulièrement exceptionnel, il marchait exactement comme tous les autres sites de rencontres sur lesquels j'étais allée : vous postiez quelques photos pas terribles. Vous entriez votre nom, votre âge, votre situation géographique. Pour ensuite *swiper* à travers un fonds illimité d'hommes libres. Un *swipe* à gauche voulait dire non, un à droite, oui, et si vous *swipiez* à droite sur un profil qui avait *swipé* à droite sur vous, vous pouviez vous envoyer des messages sur le site. Simple, facile, et pas original du tout, mais, pour quelque obscure raison, l'appli était très populaire. Il y avait plus d'inscrits sur *Fluttr* que sur n'importe quel autre site de rencontres à New York.

Jusque-là, je n'avais pas eu beaucoup de chance. La plupart de mes matchs s'étaient soldés par des premiers rendez-vous décevants, des échanges aussi interminables que vains de messages privés, ou l'occasionnelle *dick pic* indésirable. Mais, avec un choix si vaste de profils, j'étais sûre que le prince charmant n'était plus qu'à un *swipe*.

— Et voilà !

Le barman posa mon verre sur une serviette à cocktail propre. La première gorgée me fit tourner la tête. Le moment était venu de *swiper*.

Célibataire numéro un était torse nu. *Swipe à gauche.*

Célibataire numéro deux jouait au bière-pong. *Swipe à gauche.*

Célibataire numéro trois était pris en sandwich entre deux filles en bikini. *Swipe à gauche.*

Enfin, l'espoir surgit sous la forme de Joe, vingt-cinq ans, de Murray Hill. Des yeux noisette, d'épais cheveux bruns et la parfaite barbe d'un jour. Ni alcool ni bombasses à moitié nues à l'horizon. Et il portait un pull. *Swipe à droite.*

Des confettis numériques tombèrent du haut de mon écran. *Fluttr* annonça : « C'est un match. »

— Melanie ?

Ha ha ! Ma patience et ma confiance étaient récompensées. Je m'empressai d'éteindre mon téléphone et me retournai. Mais le mec qui m'avait hélée n'était pas Brandon de Brooklyn. C'était Alex Hernandez, le nouveau du bureau, et un beau spécimen de virilité.

— Bonjour, le saluai-je d'une voix étranglée.

J'étais surprise qu'il se souvienne même de mon prénom. Quelques semaines auparavant, nous avions été présentés très brièvement, pendant sa visite guidée des lieux. Mais nous ne nous étions pas reparlé depuis.

Il m'avait fait une sacrée impression, néanmoins. Dans un bureau rempli de geeks crades, le sens de l'élégance d'Alex était une anomalie : des cheveux soigneusement ébouriffés, un jean au revers parfait, une chemise qui épousait parfaitement son torse mince et musclé. J'avais voulu le revoir mais je n'avais jamais de bonne excuse pour faire un détour par son box, jamais de bonne raison pour entamer une petite conversation. Si j'avais su qu'il fréquentait le *Barley House*, j'y serais venue avant.

— Je peux m'asseoir ? me demanda-t-il.

— Bien sûr.

Après avoir accroché la courroie de sa sacoche d'ordinateur portable au dossier, il s'installa sur le tabouret de bar. Je tripotai ma boucle d'oreille, faisant mon possible pour feindre la plus totale décontraction. Ce qui, étant donné qu'Alex Hernandez n'était qu'à quelques centimètres de moi, n'était pas une mince affaire. Il sentait le cuir et le clou de girofle. J'étais prête à parier que, si je touchais sa peau, elle serait chaude.

— Comment ça se passe au support IT ?

Il faisait, bien sûr, référence à mon rôle chez *Hatch*. Si l'un des fondateurs de start-up avait un problème avec son ordinateur personnel, une souris cassée, une ancienne version de Word, un virus téléchargé par accident d'un site infecté, j'étais celle qui trouvait la solution.

— Comme d'habitude. Bien. Occupée. Rien de bien palpitant.

— Cool. Alors qu'est-ce que tu fais ici toute seule ?

— Je ne suis pas seule.

Bien sûr, je n'étais manifestement pas accompagnée. Mais je ne voulais pas qu'Alex pense que j'étais du genre *loser* qui traînait dans les bars seul le vendredi soir. Je me souvins alors de la vraie raison de ma présence ici : rencontrer un mec de *Fluttr* qui était très probablement en train de me poser un lapin.

— Je dois retrouver quelqu'un. Peut-être.

— « Peut-être » ?

Encore une erreur de débutante : prendre un rendez-vous Internet dans un endroit accessible à pied de mon bureau. Les locaux de *Hatch* se situaient sur Water Street, à South Street Seaport. Pour l'*Happy Hour*, la plupart de mes collègues fréquentaient les bars le long des rues pavées qui donnaient sur le Pier 17. Le *Barley House* se trouvant plus à l'ouest, à proximité du *Stock Exchange*, caché dans un coin reculé de Maiden Lane, j'avais pensé être dans une zone sécurisée. Et me noyer dans le flot des traders qui, ayant fini leur journée, fêteraient l'arrivée du week-end. Jamais je n'avais imaginé trouver le bar à moitié vide et que mon crush secret du bureau allait débarquer et venir s'asseoir à côté de moi.

Plutôt que de prendre le risque de m'embarrasser avec une réponse honnête, je changeai de sujet.

— Ce bar serait-il un repaire top secret de *Hatch* ?

— Non. Personne n'y vient jamais, à part moi. J'habite plus bas, dans la rue. J'y suis tout le temps. Et, après la journée que j'ai eue, j'ai besoin d'un remontant.

Il fit signe au barman et commanda un *Maker's Mark on the rocks*. Puis, se tournant vers moi, il demanda :

— Tu veux autre chose ?

— Non, merci.

Cette deuxième vodka soda me montait droit à la tête. Je doutais de pouvoir la finir.

— Pourquoi as-tu eu une si mauvaise journée ? demandai-je alors.

Il laissa échapper un grognement exaspéré.

— Un déploiement a complètement foiré. J'ai dû coder une rustine de dernière minute mais ça n'a servi qu'à générer un autre bug.

Le barman lui apporta son bourbon et il s'interrompit pour boire une gorgée rapide.

— Finalement, j'ai pu tout régler, mais pas assez vite. Tout le monde était furieux.

— Ça craint.

— Tu peux le dire ! approuva-t-il en passant une main dans son épaisse chevelure brune. Et le fait que Greg renverse une tasse de café géante sur son portable flambant neuf n'a rien arrangé.

— Ouais. Il était foutu.

L'incident du café avait, en fait, accaparé presque toute ma matinée. Greg était entré dans mon box, l'air ahuri, tenant son portable à quatre mille dollars par un coin de son écran fendu.

— Euh… j'ai renversé mon café, avait-il annoncé.

Comme si ce n'était pas évident au liquide qui coulait du clavier sur la moquette.

— Et l'écran cassé, c'est quoi ? avais-je questionné avec gentillesse, en prenant l'ordinateur pour le poser sur mon bureau.

— Euh… Je l'ai fait tomber.

Pour un homme qui était censé être le cerveau d'une entreprise naissante, Greg ne semblait pas particulièrement intelligent. Ni motivé, du reste.

— Laisse-moi quelques heures. Je vais essayer de sauver le disque dur et de te trouver un nouvel ordinateur.

— Euh, ben… Envoie-moi juste un message quand tu auras fini. Je serai… sorti.

Il était déjà absorbé dans son téléphone, faisant défiler un truc qui ressemblait à un fil de discussion *Reddit*. Et il avait quitté mon box en se cognant au mur.

Toute l'histoire était risible, franchement. Qu'un homme comme Greg puisse obtenir des centaines de milliers de dollars d'investisseurs sans rien savoir sur grand-chose et sans faire aucun travail. Mais devant le désarroi qu'exprimait le visage d'Alex, je refoulai mon rire moqueur. Bien sûr, pour lui, ce n'était pas drôle.

Parce que, même si lui et moi appartenions à la même société, nous avions des tâches très différentes. Je travaillais pour *Hatch*, un incubateur de start-up qui fournissait des fonds et des bureaux temporaires à des développeurs de site Internet foisonnant d'idées, aussi appelés les *Hatchlings*. Je soutenais les *Hatchlings* dans leurs activités quotidiennes et, en tant que salariée à plein temps, je jouissais d'un salaire régulier, de deux semaines de congés payés et d'une mutuelle dentaire phénoménale.

Alex, en revanche, était l'un de ces développeurs de site Internet foisonnant d'idées et Greg était son associé. Ils avaient entamé leur période de trois mois d'incubation depuis plusieurs semaines. Autrement dit, il ne leur restait que peu de temps pour perfectionner leur site. À la fin de leur période de travail, ils devaient présenter leur projet final à de gros investisseurs d'entreprises de capital-risque du pays entier. Si leur démo était un échec, ce serait la fin. *Hatch* les remercierait et ils devraient tout recommencer ailleurs, entreprendre un autre projet. Mais je serais toujours au même endroit, percevant mon salaire et remplaçant des ordinateurs portables foutus, pour un tout nouveau groupe d'aspirants fondateurs de start-up.

— Comment avance ton projet ? demandai-je alors. Comment s'appelle ton site, déjà ? Pardon, je devrais sans doute le savoir.

Il repoussa mes excuses d'un geste de la main.

— *Hatch* accueille une bonne vingtaine de start-up en ce moment. Je ne t'en veux pas de ne pas suivre. Nous sommes *Fizz*.

— *Fizz*. Et… qu'est-ce qu'il fait ?

— C'est un site de covoiturage.

— C'est cool.

Même si ce n'était pas franchement novateur.

— Ça va, dit-il avec un haussement d'épaules. Quoique, pour être honnête, ça ne va pas si bien.

— Oh. Je suis désolée.

— Ça va. Même si nous échouons, le fait d'être chez *Hatch* nous permet de mettre un pied dans le business. Une façon de nous faire des contacts dans la communauté des start-up. Je n'ai que vingt-six ans. J'aurai des tas d'autres occasions.

Il fronça légèrement les sourcils, comme s'il peinait à se convaincre que l'échec était une option à envisager.

— Je veux dire, c'est sans doute pour cela que tu travailles au support, non ? C'est un tremplin.

— Oui.

Sauf que pas vraiment. Je travaillais pour *Hatch* parce que c'était la première société qui m'avait proposé un contrat après la fac et qu'à cheval donné on ne regarde pas les dents. D'autant que je croulais sous mes crédits étudiant. Sans parler des loyers new-yorkais qui n'étaient pas vraiment bon marché. Je ne m'inquiétais pas de mon plan de carrière. Je m'inquiétais de payer mes crédits.

J'avais démarré chez *Hatch* quatre ans auparavant. Et maintenant, au même âge qu'Alex, j'étais au même poste que lorsque j'étais sortie de la fac, sans objectifs, sans rêves, hormis mon travail actuel sans avenir.

Il m'arrivait de penser qu'au lieu de réparer les portables cassés des visionnaires, ce serait sympa d'être celle qui *aurait* des projets visionnaires. Mais je n'avais pas vraiment d'idées géniales qui valaient la peine d'être exploitées. J'étais donc à ma place au support IT.

— Alors, reprit-il, où est ce quelqu'un que tu dois retrouver ?

Je jetai un coup d'œil à mon téléphone, tapotant l'écran comme si je m'attendais à y voir une information.

— Je ne sais pas trop.

— En tout cas, je suis content d'être tombé sur toi.

Je souris malgré moi.

— Vraiment ?

— Ouais, acquiesça-t-il en me rendant mon sourire. Tu sais, nous ne nous sommes parlé qu'une fois et ça a été super rapide. J'avais l'intention de m'arrêter à ton bureau pour te dire bonjour mais je ne trouvais jamais de bonne excuse. Nous pourrions peut-être déjeuner la semaine prochaine ? Si tu es libre.

— Oui !

Je dus prendre sur moi pour ne pas pousser un glapissement. Alex Hernandez me draguait. Franchement, c'était ce qui était en train d'arriver, non ? Même si, après une vodka soda et demie, c'était difficile à dire. L'alcool aurait pu jouer des tours à mon ego. Je pourrais être en train d'exagérer ce qui n'était peut-être qu'une conversation tout à fait innocente.

Pourtant, me regardant toujours droit dans les yeux, il porta son bourbon à ses lèvres pour boire une longue gorgée. Aucun doute, il était en train de me draguer.

Peut-être que, après tout, ce lapin était un mal pour un bien. En fait, j'étais contente que Brandon de Brooklyn ne se soit jamais matérialisé. Parce que Alex était ici, en chair et en os. C'était beaucoup mieux qu'un match virtuel *Fluttr*.

À l'instant précis où je commençais à fantasmer sur le déroulement de notre soirée – un dîner aux chandelles, une balade romantique sur les quais, un retour chez lui dans un taxi vibrant de tension sexuelle –, une voix nasillarde héla son nom de l'autre côté du bar. Il se redressa immédiatement. Je me retournai et vis une brune aux longues jambes se diriger vers nous. Ou, plus exactement, vers Alex.

— Salut!

Elle planta un baiser sur le coin de sa bouche, y laissant une trace de rouge à lèvres cerise.

— Salut!

Il avait l'air penaud. Bien sûr, il avait l'air penaud. Il était en train de draguer sa collègue de travail derrière le dos de sa copine. *L'enfoiré*!

Il essuya le rouge à lèvres du bout d'un doigt.

— Jenny, c'est Melanie. On travaille ensemble. Melanie, c'est Jenny.

Elle sourit poliment et me serra la main.

— Bonsoir.

— Salut.

Jenny se jucha sur l'autre tabouret libre à côté de lui. Les yeux fermés, il vida son bourbon. Elle me regardait, un sourire poli mais glacial plaqué sur ses lèvres maquillées. C'était sans doute le signal de prendre congé.

Je tapotai mon téléphone. Il était 18 h 42. C'était officiel, Brandon de Brooklyn m'avait plantée. *L'enfoiré*!

— L'addition, s'il vous plaît.

J'agitai frénétiquement un bras, essayant d'attirer l'attention du serveur, puis envoyai un message à Whitney.

T'es où ?

Pendant ce temps, Alex chuchota quelque chose à Jenny, qui partit d'un rire hystérique. Le serveur m'apporta la note et je réglai avec ma carte bleue, essayant de ne pas entendre ce qui devait être des préliminaires.

Putain, je suis trop conne !

Mon écran s'éclaira sur la réponse de Whitney.

Ton *date* est déjà fini ? Ça devait craindre. On est au *Verlaine*. Viens !!!

Je tapai :

J'arrive.

Puis je descendis de mon tabouret. Les pieds grincèrent sur le sol en ardoise, attirant l'attention d'Alex.

— Tu pars ? demanda-t-il en se tournant vers moi, l'air un peu surpris.

— Oui.

Incapable de croiser ses yeux, je regardai Jenny.

— Contente de t'avoir rencontrée, Jenny.

Son sourire s'adoucit.

— Moi aussi.

J'étais à mi-chemin de la porte quand Alex lança :

— À lundi, Melanie !

Trop mortifiée pour trouver une réponse appropriée, je lui adressai un vague salut de la main sans me retourner et m'éloignai aussi rapidement que je le pouvais, sans cesser de penser : *je ne serai plus jamais sur* Fluttr.

Chapitre 2

Dès que je franchis la porte du *Verlaine*, je les aperçus, agglutinées au bout du grand canapé luxueux, derrière le bar. Assise entre Dani et Whitney, Lia parlait. À voir son sourire pensif, je devinai qu'elle discutait de son nouveau copain, Jay. Les coudes sur ses genoux, Dani, penchée en avant, l'écoutait avec attention. Mais Whitney parcourait la salle du regard, en quête de quelque chose de plus intéressant. En me voyant, elle brandit ses bras couverts de bracelets.

— Mel ! hurla-t-elle si fort que sa voix couvrit le bruit des conversations et la musique.

Dani et Lia levèrent la tête et je me frayai un chemin à travers la foule, dans leur direction.

— Salut !

En m'installant à côté de Whitney, je heurtai par mégarde un mec assis à côté d'elle.

— Désolée, m'excusai-je.

— Pas de problème, assura-t-il. Tu peux me rentrer dedans quand tu veux, chérie.

À voir ses yeux vitreux, il était manifeste qu'il s'était lâché sur les cocktails de l'*Happy Hour*.

Gros porc !

Lui tournant le dos, je regardai les filles.

— Quoi de neuf ?

— Lia nous parlait de son prochain voyage au Mexique, répondit Dani.

— « Au Mexique » ? Waouh !

— À Cabo, précisa Lia. Jay m'emmène dans ce super hôtel de luxe, sur la plage.

Évidemment. Jay passait son temps à la couvrir de cadeaux aussi attentionnés que coûteux. Des dîners dans des restaurants branchés. Des fauteuils d'orchestre pour des spectacles de Broadway qui affichaient complet depuis des mois. Des bijoux de la valeur d'un semestre de cours universitaires. Des vacances de luxe étaient l'étape suivante logique.

J'aurais menti si je n'avais pas avoué être un peu jalouse. Après avoir passé des années à collectionner les pauvres types, il était difficile de voir l'expression comblée de Lia sans penser : *Pourquoi pas moi ?* Mais son histoire me donnait aussi de l'espoir. Juste deux mois et demi auparavant, Lia avait rencontré Jay sur *Fluttr*. Et, maintenant, ils étaient en route pour les plages du Mexique. Si ça avait marché pour elle, ça pourrait marcher pour moi. Il existait sûrement un autre mec bien sur ce site. *Peut-être ne devrais-je pas laisser tomber si vite.*

Sur la table devant nous, un rouleau de printemps solitaire flétrissait sur une assiette en porcelaine. Il semblait être là depuis un moment. Les légumes dépérissaient et une peau s'était formée sur la sauce. Mais, étant donné que je n'avais rien mangé depuis mon habituel sandwich au beurre de cacahuètes de midi, mon estomac se mit à gargouiller.

— Quelqu'un le veut ?

Sans attendre de réponse, je le pris et l'enfournai. Certes, ce n'était pas le rouleau de printemps le plus frais que j'aie mangé, mais les carottes craquaient encore un peu sous la dent et il calma temporairement ma faim.

Pensive, j'écoutai Lia parler de snorkeling et de croisières au soleil. Aurais-je un jour la chance de passer des vacances dans cet hôtel de luxe de Cabo ? Probablement pas. Il me faudrait soit de l'argent soit un homme riche pour m'offrir le voyage. Et, au rythme où allaient les choses, je finirais sans doute célibataire et criblée de dettes.

Un serveur approcha et commença à débarrasser les verres et les assiettes vides.

— Une autre tournée, les filles ?

Whitney acquiesça avec enthousiasme :

— Carrément !

Puis elle se tourna vers moi.

— Alors, tu as eu un autre rendez-vous foireux ?

— En quelque sorte. Mais pas vraiment.

— Ça veut dire quoi ? Ça craignait ou pas ?

Trois paires d'yeux curieux se posèrent sur moi. Je me figeai, soudain embarrassée d'admettre qu'on m'avait posé un lapin. Comme si ça reflétait un trait peu flatteur de ma personnalité. Ce qui était ridicule étant donné que, hormis mon nom, mon âge et mon quartier, Brandon de Brooklyn ne connaissait rien de moi. Notre bref échange n'avait eu lieu que dans un monde entièrement virtuel. Mais, en l'exprimant à voix haute, je concrétiserais mon humiliation.

Malheureusement, Lia comprit immédiatement.

— Il n'est jamais venu, c'est ça ?

Toutes les trois étouffèrent un cri d'effroi.

— Connard ! s'écria Whitney.

Lia posa une main réconfortante sur mon genou et renchérit :

— Je suis désolée. Si ça peut te consoler, ça m'est déjà arrivé.

— Vraiment ?

— Oui. Juste avant de rencontrer Jay. Ce type et moi avions décidé de nous retrouver à Greenwich Village pour un verre et il m'a complètement plantée.

— Il s'appelait Brandon ?

Avec un haussement d'épaules, elle répondit :

— Franchement, je ne m'en souviens pas. C'est comme si c'était arrivé dans une autre vie.

— Les hommes sont des enfoirés, intervint Whitney.

— Pas tous les hommes, protesta Lia. Tu connais le dicton. Il faut embrasser beaucoup de crapauds avant de trouver ton prince.

Ben voyons. Le mythe du prince charmant. La notion absurde qu'il existait un homme parfait qui comblerait tous vos rêves et désirs. Comme s'il y avait suffisamment de princes pour satisfaire toutes les femmes du monde ! C'était peu vraisemblable. Tout comme il était peu probable qu'ils attendent sur *Fluttr* que vous tombiez sur eux d'un glissement de pouce.

— Non. Whitney a raison, dis-je. Les hommes sont des enfoirés.

— S'il n'y avait que les hommes, intervint Dani. Je passe mon temps à me faire *ghoster* par des femmes sur *Iris*.

— C'est quoi, *Iris* ? demanda Lia.

— Un nouveau site de rencontres pour les lesbiennes.

— Alors tu as laissé tomber *Fluttr* ?

— Non. Je voulais juste essayer autre chose. *Fluttr* a une interface correcte pour les utilisateurs LGBTQ. Mais je pensais qu'un site uniquement conçu pour les femmes aurait peut-être une *vibe* différente, moins de baratin, plus de tact. Or, jusqu'ici, je n'ai pas eu beaucoup de chance.

— Pourquoi les rencontres sur Internet sont-elles si horribles ? gémis-je.

— Je pense que c'est le résultat de l'indifférence associée à la correspondance virtuelle. À quoi vient s'ajouter l'incapacité à créer un vrai lien avec quelqu'un en l'absence de signaux physiques. Philip Brixton a effectué de nombreuses études sur l'importance de la communication non verbale. Les résultats sont fascinants.

Seule Dani pouvait transformer une soirée filles du vendredi en analyse universitaire du comportement humain. Ne vous méprenez pas : j'étais fière de savoir qu'elle réussissait si bien mais elle était la seule doctorante en sociologie de nous quatre. Ses discours complexes et ses références à d'obscures études de recherches étaient du chinois pour nous. Mais même si je n'avais pas la moindre idée de ce qu'elle racontait, ne voulant pas la mettre mal à l'aise, j'approuvai :

— Intéressant.

Whitney était moins subtile.

— Tu peux parler notre langue, l'intello ?

Dani repoussa ses nattes derrière ses épaules et remonta ses lunettes sur son nez.

— Je veux dire qu'il est vraiment difficile de s'intéresser à quelqu'un qu'on ne regarde pas dans les yeux. Le langage corporel est crucial pour construire une relation.

— Vous voyez ? J'ai toujours insisté sur l'importance du langage corporel.

Whitney ajusta son Wonderbra avec une telle vigueur que ses seins jaillirent presque de son tee-shirt au profond décolleté en V. L'alcoolo à côté de moi marmonna quelques paroles lubriques mais, l'ignorant, elle continua :

— Pourtant, je n'ai jamais eu de problème avec les types rencontrés sur *Fluttr*. C'est vrai, il m'arrive de tomber sur le mec chelou qui a une obsession pour les Asiatiques, mais ce n'est clairement pas un phénomène spécifique à *Fluttr*. Ce qui démonte totalement ta théorie sur l'indifférence.

— Je ne classifierais pas ton utilisation de *Fluttr* comme moyen de « construire des relations », répliqua Dani alors que le serveur apportait nos boissons.

Lia et moi laissâmes échapper un petit grognement mais Whitney sourit triomphalement. Elle avait eu un succès fou sur les sites de rencontres car elle n'y avait recours que pour des plans cul. Pas un homme sain d'esprit ne pouvait *swiper* la photo de Whitney Hwang à gauche : lèvres carmin pulpeuses, cheveux noirs soyeux, décolleté plongeant. Elle définissait son métier comme « Provocatrice », ce qui n'était pas totalement inexact étant donné qu'elle travaillait dans les relations publiques. J'avais renoncé à compter ses coups d'un soir rencontrés sur *Fluttr*.

Certes, c'était super pour elle. Mais je cherchais une histoire qui durerait plus d'une nuit.

— J'aimerais juste qu'il y ait un moyen de filtrer les profils des mecs qui ne sont pas intéressés par une relation sérieuse, dis-je alors. Ou de ceux qui affirment l'être et qui mentent.

— Comme ceux qui disparaissent du jour au lendemain après des semaines de messages inutiles, ajouta Lia.

— Ou ceux qui vous posent des lapins, renchérit Dani en buvant une gorgée de Martini.

— Ou ceux qui vous envoient des *dick pics*, précisai-je.

Dani tiqua.

— Je n'ai jamais eu ce problème.

— Évidemment. Tu ne sors qu'avec des femmes.

— En plus, j'adore la façon dont ça se présente sans transition, reprit Lia. Tu es là, en train d'échanger sur la pluie et le beau temps et, tout à coup, surprise ! Une bite. Quel intérêt ?

— C'est par pur exhibitionnisme, déclara Dani.

— C'est limite injurieux.

Whitney pencha la tête sur le côté.

— Vous savez, la *dick pic* occasionnelle ne me dérange pas vraiment.

— Les hommes sont des enfoirés, répétai-je.

Je finis mon Martini cul sec et reposai si brutalement mon verre sur la table que je fus surprise de ne pas le voir se briser en morceaux.

— Le problème, c'est que vous êtes à côté de la plaque, déclara Whitney. Ce n'est pas sur *Fluttr* que vous risquez de trouver le grand amour.

— Attends, c'est là que j'ai rencontré Jay, fit remarquer Lia, un doigt levé.

— On sait, dit Whitney en levant les yeux au ciel.

— Je ne cherche même pas le grand amour, dis-je. Mais juste un peu d'amour, pourquoi pas ? Rencontrer un type qui prendrait vraiment le temps de me connaître, ne me mentirait pas, me traiterait avec respect.

— Eh bien, tu ne risques pas de le trouver sur *Fluttr*, répliqua Whitney.

Elle prit le lychee du fond de son verre de Martini et le porta à sa bouche. Puis ses yeux s'écarquillèrent et se mirent à pétiller.

— Hé, pourquoi ne créerais-tu pas ton propre site de rencontres ?

Lia et Dani se mirent à pousser des exclamations de joie.

— C'est une super idée !

— Oui, tu pourrais le rendre super sélectif. Virer tous les pauvres types.

— *Fluttr* ferait sans doute faillite.

— N'es-tu pas entourée d'investisseurs en start-up toute la journée ? Je suis sûre qu'un nouveau site de rencontres les rendrait dingues.

— Ce n'est pas si facile, confiai-je.

— Qui a dit que ce serait facile ? demanda Whitney. Juste parce que ce n'est pas facile, ça ne peut pas se faire ?

— Je peux t'aider à le concevoir si c'est ce qui t'inquiète, suggéra Lia.

Étant donné que les exigences de son poste de graphiste dans une grosse agence de publicité l'accaparaient déjà beaucoup, c'était gentil de sa part de me le proposer.

Mais la conception n'était pas l'aspect qui m'inquiétait le plus. C'était tout le reste. Je voyais tout ce que les fondateurs traversaient. Des mois d'impératifs sans fin, de nuits blanches. De déceptions. D'échecs. De rejets. Au bout des trois mois d'incubation, seule la moitié des *Hatchlings* recevait des fonds supplémentaires. Les autres start-up en herbe disparaissaient, purement et simplement.

Sans parler de toutes les responsabilités qu'entraînerait la création d'un site portant mon nom. S'il était nul, je serais seule responsable. Bien sûr, il y avait plus glamour que mon poste au support IT. Mais, à 17 heures, j'avais fini ma journée et laissais tout le stress au bureau. Il ne me suivait jamais chez moi.

— Je ne peux pas, un point c'est tout, dis-je.

Whitney poussa un soupir et posa son menton au creux de sa paume. Je savais ce qui allait suivre. Une autre de ses leçons de morale sur le fait que je devais « m'affirmer et m'imposer ». Un conseil afin de trouver un plan d'action pour ma vie, des tuyaux pour le faire fonctionner.

Je n'étais pas d'humeur à affronter ça maintenant. Tout ce que je voulais, c'était un vendredi soir cool entre filles. Pourquoi était-ce si difficile ?

Mais sans laisser le temps à Whitney de parler, notre serveur revint avec un plateau rempli de verres. Alors qu'il les posait devant nous, je m'étonnai :

—Nous n'avons pas commandé ça. Si ?

—Non, dit-il en glissant le plateau sous son bras. C'est offert par le monsieur sur votre gauche.

Super!

Je jetai un coup d'œil prudent derrière moi. L'alcoolo était en train de mater les seins de Whitney.

—Profitez, les filles.

C'était encore une chose que je ne voulais pas gérer. Les avances d'un inconnu complètement bourré. Si nous acceptions, il allait s'attendre à ce que nous bavardions avec lui ou, tout au moins, que nous le remerciions. Et je n'étais pas disposée à remercier quelqu'un qui nous avait si ostensiblement reluquées toute la soirée.

—Nous n'en voulons pas, dis-je au serveur. Renvoyez-les.

—Attends un peu, s'interposa Whitney. Pourquoi tu refuses un *drink* gratuit ?

—Je ne veux pas parler à ce mec. Toi si ?

—Non, mais nous ne sommes pas obligées de lui parler juste parce qu'il nous a payé un verre. C'est pas comme ça que ça marche.

Le poivrot se pencha vers nous, tombant presque sur mes genoux.

—Un simple « merci » suffirait, mesdemoiselles.

Whitney se tourna vers le serveur. Il semblait vouloir fuir la future scène de crime.

—Réflexion faite, nous les renvoyons.

Alors qu'il ramassait docilement les verres sur son plateau, l'ivrogne nous jeta un regard noir.

—Un peu de gratitude, ça vous ferait mal, les filles ?

—Pardon ? dit Lia.

— Vous m'avez entendu, lâcha-t-il en se tournant vers elle en postillonnant. T'as déjà de la chance qu'on t'ait payé un verre. Si y avait pas ta copine aux seins à l'air, je ne t'aurais même pas regardée.

Avant que j'aie pu comprendre ce qui se passait, Whitney était debout. Elle attrapa deux shots sur le plateau du pauvre serveur et les jeta au visage du mec. Le liquide ambré dégoulina sur ses joues et sur son polo moulant. La surprise et l'alcool freinant ses réflexes, il resta pétrifié. Aux tables voisines, les conversations cessèrent. Curieux de la suite des événements, les clients nous regardaient.

Mais nous le savions d'expérience. Quand Whitney commençait à balancer des verres, il était temps de partir. On ramassa nos sacs et nos vestes et on se hâta vers la sortie. Avant de franchir la porte, elle se retourna pour lancer un dernier :

— Connard !

Une fois sur le trottoir, on tira sur nos jupes et on lissa nos cheveux.

— Tout le monde va bien ? demanda Dani.

On s'assura mutuellement que oui. Ce n'était pas la première fois que l'une de nous se faisait harceler par un mec ivre. Et certainement pas la dernière.

Je serrai mon sac contre ma poitrine et regardai autour de moi. Dans Rivington Street, l'ambiance du week-end battait son plein. Les gens sortaient des restaurants en riant pour s'engouffrer dans des bars. La soirée ne faisait que commencer. Pourtant, je n'avais qu'une envie, rentrer chez moi et m'enfouir sous ma couette. Effacer toute cette soirée de ma mémoire d'un *swipe* à gauche. Brandon, Alex, tout.

— Je crois que je vais y aller.

Whitney m'attrapa par le poignet et m'entraîna en direction de Ludlow Street.

— Hors de question ! C'est la soirée karaoké chez *Arlene*.

Lia glapit.

— Ooooh ! On y va. Je veux arriver tôt pour nous inscrire sur la liste.

— Je ne sais pas si je suis d'humeur.

— Allez ! plaida Dani en me pressant l'épaule. Pense à quel point tu te sentiras mieux après avoir hurlé *Life on Mars*.

Elle avait raison. Il n'y avait aucune douleur dans la vie qu'un petit Bowie ne pouvait apaiser. Et pas meilleure façon d'oublier ma détresse infligée par les hommes que de me créer de nouveaux souvenirs avec mes super potes.

Chapitre 3

Hélas, je gardai un souvenir très confus de ce qui suivit notre départ du *Verlaine*. Tout ce que je revoyais avec clarté, c'était le nombre impressionnant de bières que j'avais descendues.

Mais étant donné à quel point ma gorge me brûlait, j'avais certainement hurlé une bonne partie du répertoire de David Bowie. Et je me rappelais vaguement avoir englouti une viande douteuse achetée à un vendeur ambulant sur Stanton Street. En fait, j'avais encore quelques tendons au goût d'ail entre les dents. Visiblement, je n'avais pas ressenti le besoin d'utiliser mon fil dentaire avant de dormir.

Le soleil filtrait à travers les fentes de mes persiennes. Je plissai les yeux et me forçai à me redresser dans mon lit, mais la pièce tournait beaucoup trop à mon goût. Je débranchai donc mon téléphone de son chargeur et me pelotonnai sous ma couette.

Après nous être dit « bonne nuit », à l'aube, les filles avaient commencé une conversation de groupe. Mon antiquité de téléphone ayant rendu l'âme au milieu, je le rallumai pour reprendre la conversation.

DANI 2 h 25

Est-ce que quelqu'un sait ce qui est arrivé à Whitney ?

LIA 2 h 27
La dernière fois que je l'ai vue, elle embrassait un hipster dans un coin d'*Arlene*.

DANI 2 h 28
Pas ce mec avec la moustache en guidon ????

LIA 2 h 30
Si.

WHITNEY 3 h 45
Sache que la moustache en guidon est hyper à la mode en ce moment !

WHITNEY 3 h 46
En plus, c'est un acteur.

WHITNEY 3 h 47
Du moins, je crois…

LIA 11 h 04
Tu as pris son numéro ?

WHITNEY 11 h 52
En quel honneur ?

DANI 12 h 12
Est-ce que d'autres ont la gueule de bois ?

LIA 12 h 15
Je t'avais dit de pas boire ces shots de whisky !

WHITNEY 12 h 17
Berk. Le whisky c'est jamais une bonne idée.

DANI 12 h 18
Uuuuuuuuggggghhhhhh!

WHITNEY 12 h 25
Mel, ça va?

LIA 12 h 27
Oui, tu te sens bien?

LIA 12 h 28
Ce kebab que tu as mangé avant de monter dans le taxi avait l'air plutôt dégueu.

C'était bizarre. Il ne m'avait pas paru dégueu. D'un autre côté, j'avais tellement faim que j'aurais pu avaler n'importe quoi.

MEL 12 h 40
Un peu la tête dans le cul mais sinon ça va.

Je fermai les yeux et refoulai une nausée. Cette viande achetée dans la rue n'était peut-être pas une si bonne idée après tout. J'aurais dû écouter Lia.

Mon téléphone vibra et j'entrouvris un œil pour lire la réponse des filles. Mais ce n'était pas un texto. C'était une notification *Fluttr*.

NOUVEAU MESSAGE DE JOE!

Oh oui, bien sûr. Le mec avec lequel j'avais eu un match hier soir, avant le début du cortège d'humiliations. Voulais-je même lire ce qu'il avait à dire ? Whitney m'avait avertie : je ne risquais pas de trouver un mec bien sur *Fluttr*.

Mais je persistais à penser à Lia et Jay. Il y avait des mecs bien sur *Fluttr*. Peut-être suffisait-il de faire preuve d'un peu de persistance.

Pleine d'espoir, je cliquai sur la notification pour afficher le message. Et tombai sur un gros plan flou du sexe veineux et gonflé de Joe. Honte à lui !

Fait chier !

Je balançai mon téléphone à travers la pièce, où il rebondit contre le mur avant d'aller s'écraser contre ma commode. Ça me coûterait un bras de le faire réparer.

Enfouissant mon visage dans mes mains, je me forçai à prendre des inspirations lentes et mesurées pour tenter de calmer mon pouls affolé. En temps normal, j'aurais supporté cette photo sans sourciller. Après tout, certains hommes peuvent être bizarres et vulgaires. Si je voulais rester présente sur les sites de rencontres, j'allais devoir apprendre à accepter les *dick pics*.

Ma réaction habituelle était d'effacer le message et de supprimer le mec de mes matchs. Mais, tout à coup, cela ne me paraissait plus suffisant. Même si je ne devais plus jamais entendre parler de lui, Joe de Murray Hill serait toujours sur *Fluttr*, bombardant d'autres femmes sans méfiance de photos de sa bite.

L'engueuler était une option tentante. Bien sûr, ça me défoulerait. Mais je ne pensais pas obtenir de résultats. Un homme qui envoyait des *dick pics* à des inconnues n'avait déjà aucune honte. Si je lui passais un savon, il tirerait sans doute une satisfaction malsaine de savoir qu'il avait provoqué une réaction.

Ce que je voulais vraiment, c'était faire bannir ce type de *Fluttr*, le priver du droit de s'exhiber sur la plate-forme. Il existait des options pour signaler des profils en cas d'injures ou de harcèlement, ou de spams. Mais, pour autant que je sache, *Fluttr* n'en avait jamais tenu compte.

Mes réflexions furent interrompues par un coup à la porte de ma chambre. Super ! Comme si je n'étais pas déjà assez mal, je devais maintenant affronter Vanessa, quoi qu'elle veuille.

Elle frappa de nouveau.

— Melanie. Ça va ?

— Ça va.

J'avais la voix terriblement rauque. Je toussotai, repoussai ma couette, et, flageolant sur mes jambes, fis un pas entre mon lit et la porte que j'ouvris. Ma coloc était dans le couloir, ses yeux noisette brillant, son élégant chignon auburn impeccable.

— Tu vas bien ? J'ai cru entendre quelque chose tomber.

Elle me regarda de la tête aux pieds, son expression à la fois dégoûtée et inquiète.

J'ai juste balancé mon portable à l'autre bout de ma chambre. Rien de grave.

— Ça va. Qu'est-ce que tu veux ?

— T'as eu mon mail ?

— Quel mail ?

— Au sujet de la soirée.

— Quelle « soirée » ?

Vanessa leva les yeux au ciel.

— Si tu l'avais reçu, tu serais au courant.

— Y a une fête, là, tout de suite ?

Elle me scruta.

— Bien sûr que non ! C'est le week-end prochain.

— Alors ça peut attendre ?

— Non. Je dois m'assurer que le mail est bien passé.

Ses extensions de cils battaient comme des ailes de rossignol. J'essuyai une croûte du coin de mes yeux.

— Mais je me réveille à peine.

— S'il te plaît ? plaida-t-elle. Je viens de l'envoyer il y a une seconde, puis mon ordinateur s'est détraqué, donc je ne sais pas s'il est passé. Ce qui me fait penser que j'ai besoin que tu lui jettes un coup d'œil tout à l'heure.

Il était clair qu'elle ne bougerait pas d'un pouce avant d'avoir eu la réponse à sa question.

— Je vais regarder.

Je ramassai mon téléphone. Aussi surprise que ravie, je constatai que les dégâts étaient loin d'être aussi graves que ce que je pensais. Juste une fêlure dans le coin droit de l'écran. Pas d'éclats, pas de morceaux. J'avais eu de la chance !

— Oh ! s'exclama Vanessa avec une moue désapprobatrice. Qu'est-il arrivé à ton téléphone ?

— Euh… je l'ai fait tomber.

— C'est con, dit-elle avec un claquement de langue. Il y a un endroit au coin de la rue où tu peux les faire réparer pour pas cher. Genre quatre-vingt-dix-neuf dollars, environ.

— Merci. J'irai voir.

Comme si j'allais perdre cent dollars pour une petite fêlure superficielle. Le téléphone marchait toujours. Quand je pressai le bouton *home*, l'écran s'éclaira, révélant le sexe de Joe de façon très, très détaillée.

Vanessa poussa un cri et eut un mouvement de recul comme si elle avait peur qu'il bondisse et l'attaque.

— C'est quoi, ça, putain ?

— C'est Joe, de Murray Hill.

Je le lui tendis pour lui permettre de mieux voir et elle fit un autre pas en arrière dans le couloir.

— Pourquoi t'as ça sur ton téléphone ?

— Je ne l'ai pas vraiment réclamé, figure-toi.

À voir son air sceptique, il était évident qu'elle ne me croyait pas.

— Je te jure ! Tu n'as jamais reçu une *dick pic* indésirable ?

Elle agita frénétiquement la tête, faisant branler son chignon.

— Quoi ? Bien sûr que non. Pour quel genre de fille me prends-tu ?

— Ça n'a rien à voir avec le genre de fille que tu es.

Ou celui que j'étais, en l'occurrence.

— Des types te les envoient sans prévenir après que tu as matché. Tu n'es pas sur *Fluttr* ?

Elle esquissa une grimace de dégoût.

— Bien sûr que non ! L'idée de sortir avec un pervers rencontré au hasard sur Internet est…

Elle termina sa phrase par un frisson exagéré.

— C'est vraiment si différent que rencontrer un type à une soirée ou dans un bar ou en faisant la queue chez *Starbucks* ? Tout le monde commence par être un inconnu, fis-je remarquer.

Même si, je devais l'admettre, les chances de voir un inconnu s'exhiber dans un café grouillant de monde étaient plutôt minces.

— Ça a l'air d'être une horrible façon de rencontrer des hommes.

Elle croisa ses longs bras graciles et me défia du menton.

— Si je dois laisser un mec mettre sa langue dans ma bouche, j'ai d'abord besoin de références.

— De « références » ?

— Tu n'engagerais pas un salarié sans d'abord téléphoner à ses anciens employeurs pour vérifier ses compétences et son expérience, j'imagine ? Alors pourquoi devrais-tu commencer à sortir avec un homme dont tu ne sais strictement rien ?

Si ça me peinait de l'admettre, elle avait raison. Néanmoins, l'idée me paraissait un peu folle. Je l'imaginais postant une annonce personnelle sur *Craigslist*, sollicitant des C.V. de prétendants potentiels. Elle appellerait leurs ex, les membres de leur famille, leurs banquiers. Si l'histoire du mec correspondait, alors seulement, elle organiserait un premier rendez-vous.

Contrairement à moi, qui sautais sur les chances de rencontrer le premier beau gosse qui surgissait sur mon écran.

— Mais comment ça marche, exactement ? demandai-je. Comment vérifies-tu les références d'un homme ?

— Je vais chez une entremetteuse. Elle interviewe des hommes et, quand elle en trouve un qui correspond à mes standards, elle organise une rencontre.

Je n'avais jamais vu Vanessa dans l'appartement en compagnie d'un homme pour qui elle semblait avoir un intérêt amoureux.

— Tu as rencontré quelqu'un qui en vaut la peine ?

Elle fit une grimace.

— J'ai revu quelques mecs mais rien de sérieux. Du moins, pas encore. Je n'essaie que depuis un an, toutefois.

« *Un an.* » A priori, sa stratégie pour rencontrer le prince charmant n'était pas plus efficace que la mienne. En même temps, je me demandais à quelle hauteur elle plaçait la barre de ses « standards ».

— Elle s'appelle Vilma, ajouta-t-elle. Elle ne prend des nouveaux clients que sur présentation. Mais je peux te recommander si tu veux.

J'imaginais sans peine les tarifs d'une entremetteuse. Probablement plus que ce que nous payions pour le loyer de notre taudis. En théorie, le concept paraissait sympa, mais nous ne pouvions pas toutes nous offrir notre Vilma personnelle pour procéder à une vérification des antécédents de tous les mecs que nous rencontrions. Comment Vanessa avait-elle cet argent ? Un travail d'assistante virtuelle free lance était-il plus lucratif que ce que je pensais ? Si c'était le cas, je ferais bien d'envisager une reconversion professionnelle.

— Ça ira. Laisse-moi regarder mes mails.

Je fis glisser mon pouce sur l'anatomie inférieure de Joe et trouvai un message non lu de Vanessa en haut de ma boîte de réception.

De : Vanessa Pratt

À : Melanie Strickland

Objet : Rendez-vous sur le toit !

Salut tout le monde !

Le printemps est là, ce qui veut dire qu'il est temps de profiter de ce délicieux temps new-yorkais en passant une soirée sous les étoiles. Je vous invite sur mon toit-terrasse de Downtown Brooklyn samedi soir prochain, le 14 avril à 20 heures pour boire, manger et admirer la vue imprenable.

À samedi.

Bises,

V.

— On a le droit d'organiser des fêtes sur le toit ? m'étonnai-je.

— En théorie, non. Mais personne ne fera attention.

— Certains si.

— Eh bien, ils iront se plaindre au propriétaire. Et alors ?

J'aurais aimé pouvoir traverser la vie comme Vanessa, indifférente aux problèmes tels que la faillite personnelle ou l'expulsion.

— OK. En tout cas, j'ai l'impression que ton mail est bien passé.

— Super ! Merci. Invite qui tu voudras. Et dis-moi si tu veux que je te mette en contact avec Vilma.

Sur ces mots, elle disparut dans le couloir sans un au revoir.

Je fermai la porte et m'affalai dans mon lit, prête à passer le reste de mon samedi après-midi à dormir. Quelques secondes plus tard, mon téléphone vibra.

NOUVEAU MESSAGE DE JOE !

Je savais que j'aurais dû l'ignorer. Joe de Murray Hill n'aurait rien d'intéressant à dire ou à montrer. Mais je ne pouvais pas m'empêcher de le lire. Après des années d'addiction à ma messagerie, j'étais incapable de ne pas ouvrir un message. Sans laisser une chance à mon cerveau d'intervenir, mes doigts avaient décidé pour moi.

Et, bien sûr, c'était encore une *dick pic !* Ou, plutôt, la même photo que la précédente. Comme si, inquiet que je ne l'aie pas reçue la première fois, il avait voulu la renvoyer par mesure de sécurité.

J'effleurai du pouce la touche « supprimer ». La prudence m'imposait d'effacer Joe de ma vie numérique. Si je lui répondais, je lui accorderais l'attention dont il était avide. Mais je ne voulais pas non plus qu'il s'imagine pouvoir continuer à bombarder ses contacts de photos obscènes.

J'en avais assez des hommes sans scrupule de cette ville. De ceux qui draguaient sans vergogne leurs collègues de travail dès que leur copine avait le dos tourné. De ceux qui te faisaient miroiter des choses. De ceux qui démarraient les conversations en envoyant des photos de leur bite.

Le pire étant que je me faisais continuellement avoir par leurs conneries. Très souvent, je laissais les hommes jouer avec mes émotions, me ridiculiser, me disant que, peut-être, celui-là serait différent. Mais aucun n'était jamais différent. Et jamais je ne leur faisais remarquer leur comportement. Je me contentais de les laisser continuer leur petite vie tranquille sans jamais avoir à rendre compte de leurs actes.

Eh bien, tout ça c'était bien fini!

Je pressai la touche « répondre » et tapai simplement:

Pourquoi?

Un instant plus tard, je reçus sa réponse:

Pourquoi pas?

Joe de Murray Hill ne savait pas à qui il avait affaire.

MEL: Parce que je ne suis pas intéressée. Parce que tu es un porc. Parce que ta bite n'est pas aussi grosse que tu le penses. Tu veux que je continue?

JOE: Relax Max. On rigole, chérie, c'est tout.

MEL : Ça t'amuse peut-être mais pas moi. Je ne voulais pas la première photo de ton sexe pourri, encore moins la deuxième.

Joe décida alors de m'envoyer pour la troisième fois le même cliché.

MEL : Tu sais quoi ? Je vais parler de toi à tout le monde. Je vais pourrir ta réputation. Et tu n'auras plus jamais un seul *date* à New York.

JOE : LOL, et bonne chance, chérie !

Je commençai à taper une réponse mais l'appli se figea et le fil disparut de mon écran, remplacé par un message :

La conversation n'a pas pu être chargée. L'utilisateur de *Fluttr* vous a supprimée de ses contacts.

L'enfoiré !

Si Joe croyait que c'était la fin de l'histoire, il se trompait grave. Parce que, maintenant, j'étais prête pour la vengeance. Pas juste pour moi, mais pour chaque New-Yorkaise.

Il était temps de leur donner la solution pour vérifier le passif des hommes.

Ainsi naquit *BastardAlert*.

Chapitre 4

Certains pensent que j'ai créé *BastardAlert* dans le cadre d'un plan hostile, prémédité, pour humilier les hommes en général. Mais, en vérité, c'était juste une réaction viscérale visant à combattre le statu quo. Je venais de vivre plusieurs journées atroces, pourries par de vrais connards. Aussi ai-je fait ce que n'importe quel codeur contrarié aurait fait : j'ai créé un site Internet anonyme où les femmes pouvaient noter leur expérience de rendez-vous avec des types rencontrés sur *Fluttr*. Un peu comme *Yelp* mais, au lieu de noter les restaurants ou les bars à ongles, vous donniez une note à vos rendez-vous.

Il ne me fallut pas si longtemps pour le faire fonctionner. Ma gueule de bois me clouant au lit, je passai le reste de mon samedi à coder. Puis, le dimanche, j'y ajoutai rapidement un peu de design, téléchargeai le tout sur un hébergement pas cher et investis neuf dollars quatre-vingt-dix-neuf dans l'achat du nom de domaine *BastardAlert.biz*. (Malheureusement, *BastardAlert.com* était déjà pris, pour un site qui paraissait constamment en construction).

Le dimanche soir, quand tout fut prêt, j'y écrivis ma première évaluation.

Nom : Joe

Âge : 25 ans

Adresse : Murray Hill

Évaluation : A envoyé trois *dick pics* consécutives. A aussi utilisé l'expression « Relax Max ».

Je pressai la touche « envoyer » et me sentis immédiatement soulagée. Comme si toute cette rage avait quitté mon corps pour s'envoler. C'était libérateur.

Et d'une certaine façon, addictif.

Je cliquai sur « nouveau » et enregistrai un autre profil.

Nom : Brandon

Âge : 26 ans

Adresse : Brooklyn

Évaluation : M'a posé un lapin pour notre premier rendez-vous sans préavis ni explications.

Le simple fait de taper leurs noms, de voir leurs méfaits imprimés en pixels sur mon écran, suffisait à me rasséréner. J'exposais toute ma douleur au monde, au néant d'Internet, pour l'empêcher de me faire sombrer.

Je passai les minutes suivantes à enregistrer les informations des autres enfoirés rencontrés sur *Fluttr*, qui m'avaient posé des lapins, harcelée ou embrouillée d'une manière ou d'une autre.

Il y avait Shaw, vingt-sept ans, de Hoboken, qui avait commencé une conversation amicale par texto et qui, tout à coup, m'avait demandé des photos de moi à poil.

Il y avait Enzo, trente ans, de Washington Heights, qui était arrivé à notre rendez-vous et qui paraissait bien vingt ans de plus que sur sa photo de profil.

Il y avait Pavel, vingt-huit ans, d'Astoria, qui s'était volatilisé après notre troisième verre, et dont je n'avais plus jamais entendu parler.

Puis il y avait Alex.

En théorie, il n'avait rien à faire sur *BastardAlert*. Nous ne nous étions pas rencontrés sur *Fluttr*. Nous n'avions jamais eu de *date*. Avant que je tombe sur lui par hasard au *Barley House*, nous nous étions à peine adressé deux mots.

Mais, pourtant, il m'avait blessée. Avant l'arrivée de sa copine, il m'avait ouvertement draguée. Il m'avait invitée à déjeuner. Il m'avait donné de faux espoirs pour, ensuite, lâchement me laisser tomber.

C'était humiliant.

Nom : Alex
Âge : 26 ans
Adresse : Financial District
Évaluation : M'a draguée ouvertement. M'a proposé qu'on se voie. Et sa copine est arrivée !

Après avoir cliqué sur « envoyer », j'eus une pointe de remords. Après tout, même si son comportement était nul, il n'était pas *le pire* homme au monde. Il restait intelligent et séduisant. Et, au moins, il ne m'avait pas montré son sexe en photo.

En outre, ce que je postais sur *BastardAlert* n'avait pas d'importance puisque je n'avais jamais eu l'intention de faire lire mes évaluations à quiconque. Ma déception et mon embarras maintenant digérés, je compris que ce site était une idée lamentable. Il était mesquin, sordide, tout le contraire de mon idéal de vie amoureuse. Ce n'était pas parce que des mecs ou, plus exactement, certains mecs, gâchaient mon expérience sur *Fluttr* que je devais m'abaisser à leur niveau. Je pouvais dépasser ça et choisir de rester positive. Et je le ferais.

Dès que je l'aurais montré aux filles.

De : Melanie Strickland

À : Whitney Hwang ; Lia Berman ; Dani Silva

Objet : Et voici… *BastardAlert* !

J'ai trouvé la solution à mon problème :
http://BastardAlert.biz

Après notre soirée de vendredi, je pensais qu'elles trouveraient l'idée géniale. Peut-être même ajouteraient-elles aussi quelques évaluations avant que je retire le site d'Internet.

Le lundi démarra comme d'habitude.

— Je ne peux pas me connecter à Internet.

Josh Brewster était debout devant moi, les narines frémissantes comme un taureau en colère. Comme si j'étais la cause de ce problème, plutôt que la personne qui pouvait l'aider à le résoudre.

— Tu as essay…

— Écoute, rétorqua-t-il, je n'ai pas de temps à perdre. J'ai Vijay sur le dos et cette saloperie de merde ne marche pas.

Il secoua violemment son portable.

— Tu es le support IT, non ? Aide-moi, putain !

Il était inutile de discuter. Je connaissais ces *Hatchlings*. Des frimeurs, privilégiés, qui pensaient que je n'existais que pour les servir. Si j'osais résister à Josh, il ferait son rapport à mon directeur, Bob. Puis Bob dirait : « Calme-toi, Mel. Ne prends pas les choses tant à cœur. »

Il ajouterait que ces pauvres garçons avaient beaucoup de pression et que mon travail était de leur faciliter la vie. Et puis, il serait sans doute irrité de s'être vu obligé d'avoir cette conversation.

Je le savais parce que je ne comptais même plus les fois où c'était arrivé. Aussi, même si je détestais devoir sourire et supporter les insultes verbales, à long terme, il était bien plus facile de ravaler ma fierté et de faire la gentille.

— Je vais regarder, dis-je en me forçant à sourire.

Josh me fourra l'ordinateur dans les mains. Un coup d'œil rapide aux paramètres du proxy confirmèrent mes soupçons.

— Tu as chopé des malwares.

— Quoi ?

— Tu as désactivé le pare-feu local ?

— Non, pourquoi ?

— Tu as un virus dans ton ordinateur. Il bloque ton accès Internet.

C'était la seconde fois en l'espace de quelques semaines que je devais débarrasser l'ordinateur de Josh de malwares. La première fois, son bureau avait été envahi de pop-ups pour des groupes de discussions entre adultes et des lunettes de soleil de marque discount.

— Sur quel genre de sites vas-tu ?

Il émit un reniflement de dédain.

— Tu sais, je n'aime pas ce que tu insinues. Tu n'as pas intérêt à m'accuser de n'importe quoi. Ça ne t'est pas venu à l'idée que, peut-être, tu n'avais pas réglé le problème la première fois ?

Reste calme. Ne discute pas.

— Je vais avoir besoin d'une ou deux heures pour réparer ça. Je peux le déposer à ton bureau avant le déjeuner.

— J'y crois pas, putain ! lança-t-il en levant les mains en l'air en un geste de frustration. Je ne peux pas tenir mes délais sans un ordinateur qui fonctionne. Qu'est-ce que je suis censé dire à Vijay ?

Que tu surfes sur des sites porno au lieu de faire ton travail.

— Je vais le réparer aussi vite que possible, Josh.

— Fais en sorte qu'il marche, cette fois ! lança-t-il avant de sortir, furieux.

Je fis pivoter ma chaise de bureau et lui tournai le dos, feignant de ne pas l'entendre jurer.

Le culot de ce type, d'essayer de me faire porter le chapeau. D'un autre côté, qu'aurais-je pu espérer de quelqu'un qui avait un sticker *Free Mustache Rides* sur le couvercle de son ordinateur portable ? Ce qui était vraiment une violation du Code de conduite de *Hatch*. Mais je ne serais pas la salope hystérique qui le ferait remarquer.

Au lieu de cela, je refermai calmement chacun des douze programmes que Josh avait ouverts et relançai le système en mode sécurité pour le préparer à une nouvelle session de nettoyage de virus.

Pendant que j'attendais, je sortis mon téléphone et vis que j'avais un texto de Whitney :

Ce truc que tu m'as envoyé hier soir est incroyable. Où l'as-tu trouvé ?

C'était marrant. Elle croyait que c'était vraiment un site Internet.

MEL
Je l'ai créé moi-même. Trop marrant, non ?

WHITNEY
Plutôt génial !

Le portable de Josh clignota et je commençai le processus fastidieux du scan visant à détecter les déficiences et effacer les fichiers infectés. Entre cet incident et le café renversé de Greg, j'étais plus ou moins un agent d'entretien IT, dont le rôle consistait à nettoyer les dégâts provoqués par la négligence des *Hatchlings*. Quel gâchis quand on pense que mon diplôme d'ingénieur informatique a coûté quatre-vingt mille dollars !

Comment ces frimeurs si irresponsables avaient-ils décroché des places aussi convoitées dans l'un des programmes d'incubateur de start-up les plus réputés du pays ? C'était pour moi une source constante d'étonnement. Ce qui expliquait peut-être pourquoi tant d'entre eux échouaient. Peut-être étaient-ils vraiment doués pour vendre leurs idées pendant la phase d'inscription. Mais, quand il s'agissait de les mettre en pratique, ils en étaient incapables. Peut-être suffisait-il juste d'avoir le cran de finir ce que vous aviez commencé pour réussir dans ce domaine.

Dans ce cas, j'aurais tout défoncé comme fondatrice de start-up !

— Toc toc.

Je me retournai pour voir Bob debout sur le seuil de mon box, les bras croisés, le visage crispé. Il donnait l'impression d'avoir une indigestion.

— Salut. Ça va ?

— Je viens d'avoir une petite visite de Josh Brewster. Il n'était pas trop content.

— Tu l'as déjà vu content ?

— En effet. Mais il me dit qu'il a un problème récurrent avec son ordinateur et que tu n'as pas pu le régler.

— Le problème récurrent, c'est qu'il persiste à télécharger des virus sur son ordinateur.

— Tu n'as pas installé d'antivirus ?

— Si, et je ne sais pas du tout pourquoi ces trucs passent à travers. Il a sans doute désactivé ses scanners de virus pour pouvoir surfer sur des sites louches du *Deep Web*.

Avec un soupir, Bob passa une main sur son crâne chauve.

— Écoute, c'est l'autre problème, Melanie. Tu ne peux pas continuer à accuser les gens de trucs que tu ne peux pas prouver.

— Je ne l'ai accusé de rien. C'était juste une hypothèse. C'est mon travail de réparer son ordinateur cassé, non ? Et pour faire ça, j'ai besoin de connaître la cause du problème.

— Tu as des preuves ?

— Non.

— Dans ce cas, tu ne sais pas du tout si c'est ce qu'il fait.

— Bon, quel genre de site développe son équipe ?

— Tu devrais déjà le savoir, répliqua Bob en se renfrognant. *Blitz*. Un site de *Fantasy Football*.

— Eh bien, voilà. Il va sans doute sur des sites de jeux d'argent en ligne et…

— Ça suffit !

Le ton sévère de Bob coupa court à ma théorie du complot.

— Arrête ton numéro de détective et fais ton boulot. Ce qui, si tu l'as oublié, consiste à nettoyer son ordinateur et à le lui rendre dès que possible.

Il se tourna pour partir, s'arrêta brusquement et ajouta :

— Les mecs ont beaucoup de pression ici. Arrête de leur casser les pieds.

Je regardai fixement l'espace vide qu'il avait laissé derrière lui, sa dernière phrase résonnant en moi.

« *Les mecs* ».

Oui, c'était une description assez juste de la population de *Hatch*. Au cours des quatre années que j'avais passées ici, seules quelques femmes avaient franchi la porte. Mes journées de travail étaient consacrées au service des hommes. Et non seulement je devais faire marcher leurs outils électroniques, mais, visiblement, j'étais également responsable de leurs ego si fragiles.

Exaspérant.

Je repris mon scan de l'ordinateur de Josh, effaçant les entrées de registre suspectes et remplaçant les fichiers piratés. Au fil des minutes, je frappais de plus en plus fort sur les touches. Je finis par taper si fort sur le clavier que je déboîtai la barre d'espace.

Puis, une fois sûre que son système était débarrassé de toute trace de logiciel malin, j'installai une petite police d'assurance : un logiciel espion. Il allait fonctionner en toute discrétion en tâche de fond pendant que Josh ferait son travail, enregistrant chacune de ses frappes et les cataloguant dans un dossier crypté. Ainsi, s'il désactivait son scanner de virus pour aller sur un site louche, j'aurais une preuve.

Il ne saurait jamais qu'il était là. Mais, la prochaine fois qu'il viendrait dans mon box et hurlerait sur mon incapacité à réparer son ordinateur, je lui montrerais mes preuves. Cela le ferait taire.

À midi, j'avais fini. Son ordinateur sous le bras, je me dirigeai vers l'espace de travail de *Blitz*, me préparant à recevoir sans nul doute un torrent d'insultes et de grossièretés. Mais Josh n'était pas là. Et les membres de son équipe ne se fatiguèrent même pas à lever les yeux de leurs écrans. Je posai vivement l'ordinateur réparé sur son bureau et m'enfuis.

Je pris le chemin le plus long pour regagner mon box et longeai la baie vitrée de *Hatch*, afin de pouvoir profiter de la vue. Du vingt-neuvième étage, New York était magnifique. Le soleil scintillait sur l'East River, les bateaux glissaient sous Brooklyn Bridge, laissant un sillage blanc d'écume. C'était l'après-midi idéal pour un déjeuner dehors.

Autrement dit, pour aller m'installer à l'une des tables de pique-nique de Fulton Street et avaler le sandwich au beurre de cacahuètes que j'avais emporté dans mon sac le matin. Pas spécialement glamour mais, avec mon budget, je me satisfaisais de ce que je pouvais. Il ne me restait plus qu'à prendre mes affaires dans mon tiroir de bureau et…

— Melanie ?

Je fis volte-face pour me trouver nez à nez avec Alex, toujours aussi élégant dans un beau pantalon et une chemise en coton Oxford. Les deux premiers boutons ouverts révélaient un duvet brun.

Arrête de regarder son torse.

— Oui ? demandai-je de mon air le plus décontracté.

— J'attends qu'une base de données soit prête. J'ai donc une ou deux heures devant moi. Tu es libre pour déjeuner ? Nous pourrions aller dans un restaurant de Seaport.

Incroyable ! Après le fiasco de vendredi soir, on aurait pu imaginer qu'il aurait la décence de se montrer penaud.

— Je ne crois pas, dis-je.

Avec un reniflement de dédain, je regardai le panorama.

— Tu es sûre ? Je t'invite.

Il se pencha un peu et, baissant la voix, ajouta :

— J'y ai pensé tout le week-end.

— Vraiment ?

Je l'enveloppai d'un regard glacial. Il recula, son visage exprimant un mélange de confusion et de terreur.

— J'ai fait quelque chose de mal ?

— Et si tu demandais à ta copine ?

— Je n'ai pas de copine.

Il me prend pour une conne ou quoi ?

— Je l'ai rencontrée, tu te rappelles ? Jenny.

Son visage se détendit et il laissa échapper un petit rire nerveux.

— Jenny n'est pas ma petite amie. C'est juste une fille que j'ai rencontrée sur *Fluttr*. C'était notre premier rendez-vous. Et… euh… ça ne s'est pas trop bien passé.

— Oh.

En fait, j'étais une vraie conne. Je devais être rouge pivoine. Je sentais la chaleur irradier de mes joues.

— Je suis désolée.

— Tout va bien, dit-il. Je comprends que tu aies pu voir les choses comme ça. Mais maintenant que nous avons réglé ce petit malentendu, tu es partante pour déjeuner ?

Devant son adorable sourire en coin, je me sentis craquer. Mon sandwich au beurre de cacahuètes serait encore bon le lendemain. Probablement.

— Allez !

Chapitre 5

On opta pour *Fresh Salt*, un café sur Beekham Street, avec une terrasse. Tout en sirotant mon eau glacée, je savourais la perfection de l'instant. Une brise légère soufflait du fleuve et le morceau de ciel visible entre les buildings avoisinants était d'un bleu sans nuages. Pour une fois, il n'y avait pas de fumées de véhicules de chantier, pas de vacarme de marteaux-piqueurs creusant l'asphalte, pas de sacs-poubelle ouverts jonchant le trottoir. Ni les bruits ni les odeurs habituels d'une rue de New York. C'était juste un magnifique lundi après-midi.

Et le plus beau dans cette scène magnifique ? Alex Hernandez, assis en face de moi à la table en bois patiné, me souriant. Les cheveux ébouriffés, la peau mate, le visage ombré de la parfaite barbe d'un jour. Étrangement, il était aussi débraillé que chic, et cela lui allait bien.

— J'ai une question pour toi, déclara-t-il.

— Je t'écoute.

— Tu devais vraiment retrouver quelqu'un vendredi soir ?

— Oui. Un *date Fluttr* en fait.

— Alors pourquoi as-tu filé si vite ? demanda-t-il, ses yeux s'écarquillant d'un air sceptique. Attends, tu lui as posé un lapin ?

— Non ! Je ne ferais jamais ça.

D'un doigt, j'effleurai les gouttes qui couvraient mon verre d'eau. Je n'étais pas particulièrement emballée par l'idée de raconter comment j'avais été plantée par un mec rencontré sur *Fluttr* mais je n'avais pas d'autre choix que de dire la vérité.

— C'est lui qui m'a posé un lapin.

— Oh merde ! Je suis désolé.

La pitié qu'exprimait son visage était insupportable.

— Ça arrive, dis-je avec un haussement d'épaules, essayant désespérément de feindre l'indifférence. Te faire planter fait juste partie des nombreux risques que tu prends quand tu décides de rencontrer un inconnu sur Internet.

Il se mit à rire.

— *Fluttr*, c'est nul, non ?

— Ah oui, clairement !

— Je devrais carrément supprimer mon profil. Je suis convaincu que personne n'a jamais rencontré quelqu'un qui en vaille la peine sur ce site.

— En fait, une de mes amies a rencontré son copain sur *Fluttr* et c'est sérieux.

— Il est sympa ?

— Il a l'air, répondis-je.

Après tout, hormis ce que m'avait raconté Lia, je ne savais rien de Jay. Ils sortaient ensemble depuis presque trois mois mais je ne l'avais toujours pas rencontré. Si l'on se fiait aux photos qu'elle avait postées sur son compte Instagram, ils semblaient sincèrement amoureux. Mais il avait toujours une excuse pour ne pas venir boire un verre avec nous : il était retenu au bureau tard le soir, il avait une urgence de dernière minute, des voyages d'affaires qui le contraignaient à passer plusieurs jours d'affilée loin de New York. Je ne savais même pas quel genre de travail il faisait pour être si occupé.

Mais, ce que je savais, c'était que je n'avais jamais vu Lia aussi heureuse.

—Il la rend heureuse, dis-je.

—Alors, ils sont vraiment l'exception. Aucun de mes matchs ne m'a vraiment emballé.

Je souris en signe de solidarité.

—Moi non plus.

—Tu me comprends ? C'est pareil pour tous ceux que je connais. Ce qui soulève la question de savoir pourquoi les gens persistent à aller sur le site.

—À cause des pubs dans le métro. Tout le monde est manipulé.

Fluttr avait récemment lancé une campagne marketing visant les usagers des transports en commun de New York. Elle représentait des couples radieux s'embrassant sur des toiles de fond à couper le souffle, des forêts tropicales, des plages de sable fin. Le slogan qui les surmontait en grosses lettres annonçait : « *Fluttr* : ne laissez pas filer le partenaire de votre vie. »

Et même en sachant parfaitement qu'aucun mannequin n'attendait impatiemment de m'enlever pour des vacances de rêve, ces pubs faisaient naître en moi un besoin qu'il m'était difficile de réprimer. Si je ne me connectais pas immédiatement à *Fluttr*, j'allais peut-être rater l'homme de mes rêves pour toujours.

Alex hocha la tête et acquiesça :

—C'est vrai. Quand je vois ces pubs, je déprime d'être célibataire.

—C'est juste que c'est tellement difficile de rencontrer quelqu'un.

—Mais je n'ai pas l'impression que *Fluttr* facilite les rencontres, fit-il remarquer. Nous avons trop de choix, trop d'informations. C'est tétanisant.

— Alors tu penses que nous devrions revenir à l'époque de… Comment ça s'appelait ? Quand les gens passaient des petites annonces dans le journal ?

— Annonces matrimoniales.

— Voilà.

— Non, dit-il prudemment. Mais j'ai l'impression que nous ne prenons plus le temps d'apprendre à connaître notre partenaire potentiel. Nous passons peut-être deux secondes à regarder la photo de quelqu'un avant de…

Il siffla et mima le mouvement du pouce sur l'écran.

— L'effacer pour toujours. Je reste persuadé qu'il est préférable de rencontrer les gens en personne.

— Comme dans les *speed dating* ?

Alex éclata d'un rire contagieux.

— Peut-être.

— Ou dans des bars.

— Ou au bureau.

Il me regarda droit dans les yeux en se mordant la lèvre inférieure comme s'il retenait un sourire. En voyant ses yeux noirs pétiller de malice, je sentis mon cœur faire un bond dans ma poitrine.

Était-ce un *date ?*

Alors que j'essayais de faire la part des choses entre le rêve et une réalité qui pourrait se traduire par une amère déception, le serveur arriva et posa une assiette au centre de la table.

— Et voilà vos antipasti.

— Ça a l'air délicieux, approuva Alex.

J'acquiesçai d'un signe de tête et le garçon repartit avec un sourire poli.

Le plat était vraiment appétissant. Des olives vertes et charnues luisantes d'huile. De gros morceaux de fromage italien à pâte dure. De fines tranches de prosciutto et d'épaisses rondelles de salami. Un pain croustillant et des crackers. Une généreuse portion de confiture et de miel.

C'était tellement meilleur qu'un sandwich au beurre de cacahuètes tiède.

J'hésitais sur quel délice choisir quand une voix lança :

— Salut !

Alex étouffa une bordée d'injures. Je jetai un coup d'œil derrière moi. Greg traversait la rue pavée, se dirigeant droit vers nous.

— Je m'excuse à l'avance pour tout ce qu'il dira, marmonna Alex avant de lui adresser un petit signe de la main.

— Alors, ça roule, mec ?

Sans demander s'il pouvait se joindre à nous, Greg attrapa une chaise à la table voisine et la tira vers la nôtre.

— La base de données est prête ou quoi ?

Alex se frotta la nuque et répondit :

— Elle ne devrait pas tarder à l'être. J'ai lancé la création avant de partir. C'était genre il y a vingt minutes. Je suis sûr que, quand je rentrerai, nous serons prêts à passer à l'action.

— Cool.

Greg prit une olive, la mit dans sa bouche, puis se cala contre le dossier de sa chaise et, d'un geste dégagé, y posa le bras.

— Tu as vu le combat hier soir ?

Alex esquissa un sourire contrit.

— Non.

— C'était un truc de ouf. Austin a bourré Hammil de coups de pied dans les côtes. Quand il est tombé, on s'est dit : « C'est fini. » Mais, sans prévenir, Hammil s'est relevé et l'a bombardé de coups de poing comme une bête.

Alors que Greg continuait à décrire ce que je supposai être une espèce de match de combat en cage, il se servit un morceau de baguette qu'il couvrit de jambon et de fromage. Alex le regardait d'un air ébahi. Puis, alors qu'il s'apprêtait à attraper une rondelle de salami, il lui bloqua la main.

— Tu fais quoi, là ?

Gret lui lança le même regard ahuri qu'à moi la semaine précédente, quand il avait bousillé son portable.

— Quoi ?

— C'est notre déjeuner, mec. Pas touche. Et, à propos, ajouta-t-il en faisant un geste vers moi. C'est Melanie. Mel, c'est Greg. Non que vous ayez besoin d'être présentés, étant donné que vous vous êtes déjà rencontrés.

Je voyais à son front plissé que son associé n'avait pas la moindre idée de qui j'étais. J'avais passé des heures à sauver des données de son disque dur trempé de café et il n'avait même pas pris la peine de se souvenir de mon visage.

— De toute façon, on est un peu occupés, là, poursuivit Alex. Tu peux nous laisser tranquilles ?

— Euh, OK.

Greg se leva et enfourna le reste de la nourriture qu'il nous avait piquée, avant de s'éloigner, laissant sa chaise au beau milieu du trottoir. Alex la replaça à la table voisine.

— Je suis désolé.

Je me forçai à rire.

— Ça va. Tu n'y es absolument pour rien.

— Un peu, si. Greg est mon associé, après tout.

Il passa une main dans ses cheveux et tira sur ses boucles.

— Ce que je regrette un peu plus chaque jour. Je regrette d'avoir signé pour ce projet avec lui.

— C'est horrible. Je suis désolée.

Même si, pour être franche, j'étais un peu soulagée. Si Alex avait en fait estimé que Greg, cet ahuri de Greg sans tact et sans cervelle, était l'associé en affaires idéal, je me serais posé des questions sur son jugement. En effet, je ne pouvais pas comprendre pourquoi il avait fait équipe avec lui. Ni comment ils avaient réussi à décrocher une place chez *Hatch*.

Il brisa un cracker en deux et expliqua :

— La première fois que j'ai rencontré Greg, j'ai trouvé qu'il parlait bien.

— Vraiment ? m'étonnai-je, sceptique.

— Il a l'air stupide, je sais, mais il est vraiment très doué pour jouer l'idiot quand il s'agit de se sortir d'une situation. En matière de pitchs de vente et de présentations, c'est une rock star.

J'essayai d'imaginer Greg debout devant une assemblée de cadres en costume, faisant un discours articulé, ponctué de gestes en direction de sa présentation PowerPoint. Une vision qui me semblait totalement absurde par rapport à l'homme que je connaissais, celui qui ne parlait que par fragments de phrases et qui ne me regardait jamais dans les yeux.

— Comment vous êtes-vous rencontrés ?

— À un événement Tech à Brooklyn. J'étais salarié en entreprise, je détestais mon travail et je voulais essayer de m'introduire dans le monde des start-up. J'ai commencé à discuter avec lui et il m'a dit qu'il était sur le point d'obtenir des fonds pour *Fizz*. Tout ce dont il avait besoin, c'était d'un bon informaticien. Je l'ai donc aidé à créer ses fonctionnalités et une maquette pour finaliser sa candidature pour *Hatch*. Quelques semaines plus tard, j'ai démissionné de mon poste.

— Et, maintenant, tu es là.

— Je suis là. Si ce n'est que ce n'est pas ce à quoi je m'attendais.

— À quoi t'attendais-tu ?

Il grignota son cracker et haussa les épaules.

— Je ne sais pas. Mais pas à ça. La plupart du temps, j'ai l'impression que je suis en train de travailler dans un club d'étudiants.

Je pouvais comprendre. Le niveau de testostérone dans le bureau était dingue. Bien sûr que Josh Brewster s'en tirait avec son sticker *Free Mustache Rides*. Le premier mec qui s'en serait plaint aurait été accusé de haute trahison envers son sexe.

— En outre, continua Alex, je fais presque tout le travail en ce moment. Greg n'assume pas vraiment ses responsabilités. Il fait beaucoup de promesses mais il n'est pas très doué pour les tenir.

— Tu peux t'en plaindre à quelqu'un ?

— Il n'y a personne à qui s'en plaindre. Les investisseurs ne veulent pas en entendre parler. Nous sommes dans la phase où nous sommes censés prouver que nous pouvons gérer une affaire en indépendants. Mais, honnêtement, je ne pense pas que nous en soyons capables.

La déception creusait son front de rides. Et qui aurait pu l'en blâmer ? Imaginez quitter votre poste stable, même si c'était un travail vampirisant, pour tenter votre chance dans une start-up uniquement pour découvrir que votre associé est un charlatan, immature. En comparaison, mon rôle au support IT semblait carrément tolérable.

Alex secoua la tête, son air soucieux disparaissant.

— De toute façon, comme nous le disions vendredi, c'est juste un tremplin vers la réussite et un meilleur avenir.

Je plongeai une croûte de pain dans le miel et croquai dans la bouchée sucrée.

— Absolument.

— Tu travailles chez *Hatch* depuis combien de temps maintenant ?

— Environ quatre ans. J'ai commencé à ma sortie de la fac.

— Waouh. Tu as dû en apprendre, sur le monde des start-up. Qu'est-ce qui marche, qu'est-ce qui ne marche pas. Ce que les investisseurs recherchent dans un fondateur potentiel.

Je fis un signe d'assentiment. Si je me fondais sur mon expérience, les deux conditions principales permettant à la plupart des fondateurs de start-up d'obtenir un financement de lancement étaient les suivantes : être un homme et être un salaud. Bien sûr, Alex ne cochait que la première case. Mais, avec son comportement exécrable, son associé compensait largement pour la seconde.

— Et je parie que tu t'es fait aussi beaucoup de contacts dans le métier, ajouta-t-il. Surtout avec un nouvel effectif de *Hatchlings* arrivant tous les trois mois.

— Pas vraiment. Je travaille au bureau support IT. Les *Hatchlings* ne sont pas vraiment intéressés par le fait de discuter affaires avec moi. Ils ne s'aperçoivent de mon existence que lorsqu'ils ont des problèmes de portable et qu'ils déboulent dans mon box en hurlant et en me couvrant d'insultes. À part toi, naturellement.

Il resta bouche bée.

— C'est horrible.

Pauvre Alex, si naïf. Si peu conscient des injustices du monde de la Tech.

— Écoute, pour être franche, tout ce qui m'intéresse chez *Hatch*, c'est le salaire. Et la mutuelle n'est pas mal non plus.

— Donc, ça ne te brancherait pas de lancer ta propre start-up.

— Si, bien sûr !

Les paroles avaient jailli avec conviction. Parce que, si j'étais vraiment honnête avec moi-même, je voulais une part du gâteau start-up. Et pas juste une lichette. Mais une énorme tranche, bien décadente. Je voulais créer quelque chose de valeur, quelque chose qui améliorerait la qualité de vie des gens. Avoir une vision et la concrétiser.

Je ne voulais pas stagner. Je voulais m'élancer sur la piste et prendre mon envol.

Le problème étant que mon accélérateur semblait bloqué.

— C'est juste que *Hatch* n'est pas le bon environnement pour moi, dis-je, simplifiant à l'excès une situation complexe et sexiste.

— Es-tu jamais allée à un événement Tech à New York ? Ils ont des *Happy Hours* au moins une fois par semaine. C'est comme ça que j'ai connu Greg. Même si je me rends compte que ce n'est pas le meilleur exemple de leur utilité, ajouta-t-il avec une grimace.

— Oui. Ça m'est arrivé.

En fait, je n'avais assisté qu'à un seul d'entre eux. Deux ans auparavant. Et l'événement networking motivant avait été loin de tenir ses promesses.

Bien déterminée à faire bonne impression à des collaborateurs potentiels, j'avais créé des cartes de visite avec un lien pour mon portefeuille de programmes et acheté une veste chic en soldes pour me conformer au *dress code* professionnel. Quand j'étais entrée dans la vaste salle de conférences, ce soir-là, je me sentais sereine, sûre de moi. Prête à me lancer dans l'entreprenariat.

Hélas, j'avais vite déchanté. Certes, il y avait beaucoup d'entrepreneurs potentiels. C'était d'ailleurs une réunion d'hommes. Mais chaque fois que j'entamais une conversation avec un mec qui me paraissait bien, il me prouvait invariablement que je me trompais.

Plus d'une fois, l'un d'entre eux m'avait regardée d'un air abasourdi en déclarant : « Tu ne ressembles pas à une développeuse Web. »

Certains m'avaient draguée, d'autres m'avaient fuie comme la peste. Je n'avais pas eu la moindre discussion intéressante et j'étais partie totalement découragée.

J'avais néanmoins donné deux cartes de visite. Ce qui avait été une grosse erreur. Parce que pendant des semaines, j'avais reçu des textos anonymes contenant quoi ? Des *dick pics*. J'avais fini par jeter le reste de mes cartes à la poubelle et m'étais juré de ne plus jamais remettre les pieds à un événement Tech.

— Ils n'ont pas été très constructifs, ajoutai-je.

— C'est dommage, dit Alex. Dans ce milieu, on dépend tellement des contacts que l'on se fait, du networking, de la façon dont on se vend…

— Eh bien, j'espère plus ou moins que ma chance se présentera quand je m'y attendrai le moins.

— Les meilleures chances sont celles que l'on provoque soi-même.

Il me sourit d'un air rayonnant et, soudain inondée de chaleur, je me sentis me liquéfier. Putain, il était canon ! Mais cette beauté allait au-delà de son physique. Elle était beaucoup plus profonde. Il avait une belle âme, du cœur. C'était une espèce d'homme rare, un homme qui ne considérait une femme ni comme une proie ni comme une menace. Bien sûr, il pouvait peut-être se montrer un peu naïf, mais il semblait ouvert, réceptif, voulait apprendre. Et, surtout, il était gentil, me soutenait. Et merde ! J'avais grand besoin d'un peu de positif dans ma vie en ce moment !

— Cette idée me plaît, dis-je en souriant. Provoquer mes propres chances.

— Absolument. Tu es seule responsable de ta vie. Tu as le pouvoir.

— J'ai le pouvoir.

Le simple fait de le dire me donnait l'impression d'être puissante. Ça semblait tellement évident, pourtant je n'y avais jamais réfléchi auparavant. Je n'avais pas besoin d'être gentille avec les hommes pour avancer. La gentillesse, c'était pour les faibles. Tous ces geeks exécrables, ces enfoirés désobligeants, ces pervers sexuels ? Qu'ils aillent se faire foutre !

Si je voulais démarrer une start-up, je n'avais pas besoin de m'affirmer et de m'imposer à qui que ce soit. Je pouvais y arriver seule. Parce que j'étais seule responsable de ma vie.

Et cela incluait ma vie amoureuse.

— Qu'est-ce que tu fais ce week-end ? demandai-je.

— Pas de plans pour le moment. Et toi ?

— Ma coloc organise une fête sur le toit-terrasse de notre immeuble. Elle m'a dit que je pouvais inviter qui je voulais. Il y aura certaines de mes copines. J'adorerais que tu viennes.

Ses yeux scintillèrent dans le soleil de l'après-midi.

— Merci. Avec grand plaisir.

— Super.

Avec un sourire de satisfaction, je mordis à belles dents dans une énorme rondelle de salami.

J'allais obtenir ce que je voulais de la vie, j'en étais sûre. Et aucun obstacle ne se mettrait en travers de mon chemin.

Chapitre 6

Il est étonnant de voir la différence monumentale qu'un changement minime peut apporter à votre qualité de vie.

Après ce déjeuner avec Alex, j'étais retournée au bureau d'un pas alerte, satisfaite de notre conversation. Et même si je n'irais pas jusqu'à dire que j'avais hâte de passer mon après-midi à assumer mes fonctions au support IT, j'étais loin de le redouter autant que d'habitude. Si les tâches étaient toujours aussi abrutissantes – installer des mises à jour de logiciel, nettoyer des bourrages de papier, réinitialiser des mots de passe pour des gens qui laissaient par accident leur touche majuscule enclenchée –, elles ne me donnaient plus des envies de suicide.

Parce que, maintenant, j'avais compris. Ce travail chez *Hatch* n'était pas une fin en soi mais un tremplin vers la réussite. Bien sûr, je n'avais pas la moindre idée de la forme que prendrait la réussite, mais elle m'attendait quelque part. Je finirais par l'atteindre.

Probablement.

En attendant, j'avais un salaire fixe et huit jours de congés payés par an.

Et j'avais Alex.

Mon crush secret du bureau était désormais mon *date* de samedi soir et je comptais les minutes tellement j'avais hâte. Je n'arrivais pas à me rappeler la dernière fois que j'avais attendu un rendez-vous avec une telle impatience, la dernière fois qu'un mec m'avait procuré une telle sensation d'espoir et de bonheur. Dire que nous ne nous serions peut-être jamais croisés sans ces *dates Fluttr* pourris. Brandon de Brooklyn m'avait rendu un sacré service.

Avec des images du torse vigoureux et du sourire éblouissant d'Alex tournoyant dans ma tête, je ne vis pas le temps passer. Et soudain, il fut 17 h 30, presque 18 heures. L'heure de rentrer chez moi où je pourrais me détendre et savourer mon passe-temps favori : engloutir de la *junk food* tout en faisant du *binge-watching* devant Netflix. Si je ne rencontrais pas de problèmes dans les transports en commun, dans moins de vingt-cinq minutes, je serais blottie dans mon lit avec un paquet de Doritos.

Mais, bien entendu, mon trajet de retour fut compliqué.

La ligne A n'était jamais une expérience plaisante. Chaque jour apportait son lot de problèmes de signalisation ou de pannes de système. Et le métro était toujours tellement bondé qu'il n'était même pas question de trouver une place. Aussi ne fus-je pas surprise de le voir arriver plein à craquer. Les portières s'ouvrirent et, d'une épaule, je me frayai un passage dans la foule et me glissai sous le bras d'un usager qui se tenait à la barre du plafond.

C'était une position précaire. J'avais le visage enfoncé dans une aisselle d'homme, les hanches prudemment tournées pour éviter l'entrejambe d'un autre, dans mon dos. Le bras en l'air pour agripper les trois millimètres restants de barre de métro disponible, j'essayai désespérément de ne pas m'écrouler sur les genoux de la femme assise derrière moi.

Mais le trajet n'était censé durer que vingt-cinq minutes. Je pouvais gérer.

C'est alors que, quelque part entre Jay Street et Hoyt-Schermerhorn, tout dégénéra. La voix du chauffeur, sourde et apathique, s'éleva dans le haut-parleur :

— Nous sommes arrêtés suite à un encombrement un peu plus haut sur la ligne. La circulation ne devrait pas tarder à reprendre.

Un « encombrement » était leur terme pour tout problème. Un concert de jurons étouffés et de soupirs d'exaspération s'éleva dans la rame. Mais je me consolai, sachant que le prochain arrêt était le mien. Quand les portes s'ouvriraient à Hoyt-Schermerhorn, je serais libre.

Dix minutes plus tard, nous n'avions toujours pas bougé d'un centimètre et le ronronnement réconfortant de la climatisation s'était tu. Peu après, les lumières s'éteignirent. Le chauffeur ne prit même pas la peine de nous donner d'autres informations. Alors que nous attendions dans la chaleur étouffante de la rame obscure, les murmures parmi mes compagnons d'infortune se firent de plus en plus impatients, ponctués d'imprécations. Privé de ventilation, l'air se fit dense et nauséabond. Les gens retirèrent leurs vestes et se mirent à s'éventer avec leurs magazines *The New Yorker*.

Bientôt, la colère gronda. Hommes et femmes se mirent à jurer et à crier.

— Qu'est-ce qui se passe, putain ?

— J'ai besoin de sortir.

— Pourquoi ne nous disent-ils pas quel est le problème ?

— Putain de métro !

J'eus une crampe à l'épaule. Même si le train ne bougeait pas, j'agrippais toujours la barre au-dessus de ma tête d'une main ferme. Partiellement parce que je voulais me retenir, au cas où nous repartirions sans crier gare. Mais aussi parce qu'il était presque impossible de bouger. Nous étions serrés comme des sardines, dans un espace minuscule, rempli d'odeurs corporels.

La douleur finit par devenir intolérable et, quand je sentis des fourmis dans mes doigts engourdis, je n'eus d'autre choix que de lâcher la barre. Très lentement, je baissai mon bras droit, me tournant un peu pour essayer de m'accrocher quelque part de ma main gauche. Alors que je me dandinais d'un pied sur l'autre, je sentis quelque chose de mince et dur me frôler les fesses.

Merde! L'entrejambe que j'avais essayé d'éviter.

Je m'empressai de pivoter mais il me suivit. Mon cœur se mit à cogner à grands coups dans ma poitrine. Je sentis la transpiration perler sur mon front. Je ne pouvais aller nulle part. J'étais coincée dans un métro, l'érection d'un inconnu pressée contre mes fesses.

J'avais le choix : je pouvais feindre que ce n'était pas en train d'arriver et laisser ce pervers se frotter contre moi. Ou je pouvais faire un scandale. Dire à tous les passagers de ce métro ce qu'il était en train de faire. Lui faire honte en public pour son comportement d'immonde dépravé.

Avant, j'aurais toujours opté pour la première option. Quand il m'arrivait de tomber sur un taré qui se masturbait dans la rue ou un mec aux mains baladeuses dans un bar, je me contentais de détourner le regard en espérant que, si je l'ignorais, le mec allait tout simplement se volatiliser. Il fallait une bonne dose d'aveuglement et presque parvenir à détacher son âme de son corps. Mais l'autre solution – prendre la parole – était toujours trop terrifiante à envisager.

Or, debout dans ce métro, alors que j'étais en train de me faire frotter par ce cinglé, je me rendis compte que je n'avais rien à craindre. Que pouvait-il me faire ? Il était coincé, comme moi, comme tout le monde, dans cette foutue rame. Il n'avait nulle part où se cacher et, s'il essayait de m'agresser, j'aurais cent usagers en colère pour me soutenir.

Ce mec se permettait ses saloperies parce qu'il croyait que je n'aurais pas le courage de le dénoncer. Il pensait qu'il allait s'en tirer ni vu ni connu. Comme il l'avait sans doute fait avant.

Eh bien, qu'il aille se faire foutre !

— Excusez-moi !

Une voix gronda dans l'obscurité, pleine d'assurance, autoritaire, une voix vraiment féroce. À ma grande surprise, la voix m'appartenait.

— Puis-je avoir l'attention de tout le monde ?

Je m'interrompis pour m'assurer de l'impact que j'allais produire, pris une profonde inspiration et poursuivis :

— Pardon de vous déranger tous, mais je voulais juste vous signaler que l'homme derrière moi frotte sa bite contre mes fesses.

Le sexe battit immédiatement en retraite. Je me tournai autant que possible et finis par voir mon assaillant de près. Les cheveux gras, le visage caché derrière d'épaisses lunettes, il était plus petit que je l'avais imaginé. Un vilain bouton rose ornait son menton pâlot.

Quel petit homme minable, couvert d'acné !

— C'est lui, dis-je en le désignant d'un geste de tête. Juste là.

Des exclamations de dégoût s'élevèrent, suivies par des réprimandes sonores.

— Laissez cette jeune femme tranquille.

— Putain, c'est quoi ton problème, mec ?

— Quelqu'un peut alerter le conducteur ?

Des flashs fusèrent. Les gens sortaient leurs téléphones pour le prendre en photo. L'air paniqué, son regard se posait partout sur la foule en furie.

— Je n'ai rien fait. Elle invente.

— C'est faux !

—Nous vous croyons, affirma la femme assise sous moi.

Son voisin se leva.

—Asseyez-vous. Éloignez-vous de cet homme.

Je me glissai devant lui et pris son siège. Debout à ma place, il avait deux bonnes têtes de plus que le pervers qui, soudain recroquevillé, n'en menait pas large sous son regard hostile.

—Allez! l'invita-t-il. Essaie un peu tes conneries avec moi et ce sera la dernière chose que tu feras!

Dans la rame, l'atmosphère était électrique. Certains passagers continuèrent à invectiver le pervers, tandis que d'autres me demandaient comment je me sentais.

—Merci beaucoup pour votre sollicitude, mais je vais bien.

Et j'étais sérieuse. En fait, je me sentais super bien. Avoir dénoncé ce connard me donnait un sentiment de puissance. Peut-être la prochaine fois réfléchirait-il à deux fois avant de presser son érection contre une usagère sans méfiance.

Soudain, la lumière revint. Des acclamations s'élevèrent alors que le train se remettait en marche sans la moindre explication. Nous avançâmes lentement, nous arrêtant de temps à autre pour redémarrer, jusqu'à atteindre enfin la station Hoyt-Schermerhorn. Quand les portes s'ouvrirent, un flot de passagers descendirent, emportant le pervers avec eux.

Je les suivis à distance, me sentant beaucoup moins invincible que quelques instants auparavant. Mon équipe de protecteurs se dispersait, prenant l'escalier vers la ligne G ou vers la sortie. Maintenant que j'étais seule, ce type pouvait, s'il le voulait, me suivre jusque chez moi pour se venger.

C'est alors que j'avisai le flic. Appuyé contre un poteau, il examinait la foule en parlant dans son talkie-walkie. Un petit groupe bruyant avançait dans sa direction, dont la femme qui m'avait dit qu'elle me croyait et l'homme qui m'avait laissé son siège. Au milieu, le pervers, malmené, semblait au bord des larmes.

— C'est lui, monsieur l'agent, déclara l'un d'entre eux en le poussant en avant, dans les bras de la loi.

Les New-Yorkais ont mauvaise réputation mais, en temps de crise, ils se rallient autour de vous sans l'ombre d'une hésitation.

Je sentis une main légère se poser sur mon épaule. Je me tournai et me trouvai face à une femme d'un certain âge, le front plissé par l'inquiétude.

— Vous êtes sûre que ça va, mon chou ?

— Oui, ça va.

— Vous avez été très courageuse de le dénoncer, ajouta-t-elle. Dieu sait que j'ai eu à gérer mon lot de quéquettes indésirables. Si vous voulez mon avis, ils ne devraient pas hésiter à la lui couper.

Elle mima une paire de ciseaux tranchants d'un geste de ses doigts noueux.

— Euh… merci beaucoup.

Son visage s'éclaira d'un sourire chaleureux, dévoilant une rangée de dents jaunies. La dernière personne sur Terre que l'on aurait imaginée plaidant pour une amputation de pénis. Les apparences sont trompeuses : les femmes sont souvent bien plus coriaces qu'elles n'en ont l'air.

Après avoir fait une déclaration rapide à la police, je déclinai poliment l'offre de me faire raccompagner chez moi. Ils emmenaient le pervers, je n'avais donc plus peur d'être poursuivie dans les rues de Downtown Brooklyn.

Je rentrai donc en flânant, avec un sentiment de sécurité et de liberté. J'avais fait preuve de courage. En chemin, je décidai de m'offrir un dîner de choix et fis provision de tous mes mets préférés à l'épicerie du coin : des gâteaux à la noix de coco, des Doritos Cool Ranch, de la glace Ben & Jerry's Chubby Hubby et, uniquement pour l'équilibre nutritionnel, de l'eau de coco et une banane mûre. J'avais hâte d'enfiler mon pyjama, de me mettre au lit, de m'empiffrer en regardant *Jane the Virgin* jusqu'à en avoir les yeux bouffis.

Mais quand j'arrivai à l'appartement, je compris qu'il n'allait pas être si facile de gagner mon lit. Dans l'entrée, cinquante boîtes de conserve bloquaient l'accès à ma chambre. Au beau milieu de ce bazar, j'aperçus Vanessa qui, munie de lunettes de protection, avait une perceuse sans fil à la main.

— Salut ! lança-t-elle, parfaitement détendue, comme si notre appartement avait toujours eu l'air d'une salle de tri d'usine de recyclage.

— Qu'est-ce qui se passe ici ?

Elle brandit une boîte de conserve percée de trous.

— Je fabrique des lanternes pour samedi soir. Tu mets une petite bougie chauffe-plat à l'intérieur et ça brille. Si j'en mets assez, la terrasse scintillera de mille feux.

Ça devait être un autre de ses projets Pinterest. Le mois précédent, elle avait trouvé un vieux tiroir de commode sur le trottoir et l'avait recyclé pour en faire un casier à bouteilles mural pour notre cuisine. Ça paraissait farfelu mais le résultat était cool. Elle était vraiment douée de ses mains.

— Cette perceuse est à toi ?

— Non. Ray me l'a prêtée.

— Est-ce qu'il sait à quoi tu l'utilises ?

Elle répondit d'un vague haussement d'épaules. Mais je devinai qu'elle l'avait laissé dans l'ignorance. Ray était notre gardien. S'il avait su que sa perceuse allait servir à fabriquer des décorations pour une soirée non autorisée sur le toit-terrasse, jamais il ne la lui aurait prêtée. Après tout, n'était-ce pas lui qui allait devoir essuyer toutes les plaintes ?

— Je peux t'aider à faire quelque chose ? demandai-je.

— Non merci. Je gère.

Elle baissa la tête et reprit son travail, la pièce résonnant du bruit du métal déchiqueté et du moteur de la perceuse.

Je contournai soigneusement la course d'obstacles des boîtes de conserve pour accéder à ma chambre et refermai la porte derrière moi pour me protéger du vacarme.

Enfin seule ! Je retirai mon soutien-gorge à la hâte.

Après avoir enfilé mon pantalon de jogging préféré et un tee-shirt troué, j'ouvris mon sac de douceurs de l'épicerie et allumai mon ordinateur qui somnolait tranquillement. Des lignes de codes remplirent l'écran, un souvenir de la façon dont j'avais passé mon week-end : à échafauder une vengeance numérique sur les types qui m'avaient fait des crasses. J'avais presque oublié.

Maintenant que je m'étais bien défoulée avec *BastardAlert*, il était temps de libérer un peu d'espace sur mon serveur. Je me connectai à mon tableau de bord, prête à tout effacer. Mais quand je regardai le journal d'activité, je m'arrêtai net.

En l'espace d'une nuit, *BastardAlert* avait enregistré une bonne centaine de nouveaux signalements.

L'espace d'un instant, je crus qu'il s'agissait d'un genre de bug. Comme si l'hébergeur avait relié mon identifiant à un compte différent. Ou bien alors, j'avais été piratée par un hacker quelconque sans grande ambition.

Mais je me rendis compte en lisant les évaluations qu'elles étaient manifestement crédibles : j'avais sous les yeux des dizaines d'histoires de femmes qui avaient été flouées par des mecs rencontrés sur *Fluttr*.

Mes copines avaient manifestement fait du zèle.

J'envoyai un message à Lia, à Whitney et Dani.

Avez-vous passé une nuit blanche à ajouter des mecs sur *BastardAlert* ?

Quelques minutes plus tard, les réponses commencèrent à arriver.

DANI

De quoi tu parles ?

LIA

Je n'ai rien ajouté.

DANI

Moi non plus. Allô ? Tu as vu à qui tu poses la question ?

MEL

Ne me dis pas que c'est Whitney qui a les a tous enregistrés. Il y en a plus de cent !

Puis, dans un message séparé, sans mettre Lia ni Dani en copie, Whitney me demanda :

T'as une seconde ?

Cela n'augurait rien de bon.

Elle décrocha à la première sonnerie.

— Ne sois pas fâchée.

Je savais d'avance que j'allais être très, très fâchée !

— Qu'est-ce que t'as fait ?

— J'ai partagé *BastardAlert* avec quelques contacts.

En langage Whitney, « quelques contacts » pouvait signifier une bonne centaine de personnes. Son travail dans les relations publiques lui donnait accès à un réseau illimité. Sans parler de sa notion déformée du mot « quelques ».

— Je ne voulais pas que quelqu'un d'autre que vous le voie, protestai-je. C'était juste une blague.

— Et comment étais-je censée le savoir ? Tu ne m'as rien dit.

Elle avait sans doute raison. Je ne lui avais pas demandé de ne pas divulguer *BastardAlert*. En outre, si j'avais vraiment voulu le garder secret, Whitney était la dernière personne à qui j'aurais dû en parler.

— En tout cas, ça ressemble à tout sauf à une blague, poursuivit-elle. C'est vraiment du beau travail, Mel.

— Merci.

D'étranges picotements se propagèrent dans ma poitrine. C'était une bouffée de fierté. Un sentiment que je n'avais pas ressenti depuis bien longtemps.

— Mais je vais le supprimer.

— Quoi ? Non !

— Si. Ça m'a un peu réconfortée sur le moment mais ce n'est pas comme si j'allais apporter la solution à quoi que ce soit. Le monde du *dating* est assez déprimant comme ça, inutile d'y ajouter encore plus d'énergie négative.

— Écoute, je crois dur comme fer à la propagation de vibrations positives. Mais il est évident que tu as fait mouche, là. Les femmes ne rigolent pas sur *Fluttr*. Maintenant, elles peuvent se connecter sur *BastardAlert* et partager leur expérience. Et puis, c'est une façon pour elles de se protéger contre les mecs chelou. Avant de *swiper* à droite, tu peux vérifier leur profil sur *BastardAlert* pour t'assurer qu'ils ne vont pas t'envoyer une photo de leur bite.

— Je croyais que t'aimais bien les *dick pics ?*

— Ça m'arrive, d'accord. La question, c'est que ça dérange la plupart des femmes. Et tu ne les protèges pas juste des *dick pics*. Sur *BastardAlert*, elles saisissent toutes sortes de trucs glauques. Les mecs qui t'ignorent, qui te foutent un plan… Tu as vu ce type qui était même marié ?

Je sentis mon estomac se nouer.

— Non.

— Oui ! Il est sorti avec une meuf pendant un mois avant qu'elle le découvre. Apparemment, il avait mis son alliance dans sa poche de pantalon et, quand il l'a retiré, elle a volé sur le plancher de la chambre. L'abruti !

— Waouh !

— Tu vois ? Ton site est carrément d'utilité publique.

Whitney s'éclaircit la voix, avant de prendre une intonation plus subtile, sérieuse. Son ton de femme d'affaires efficace, pragmatique.

— Et, en plus, ça pourrait être un pas dans la bonne direction pour ta carrière.

J'émis un reniflement de dédain.

— Oui. Je suis sûre que ça ferait super sur mon C.V. Melanie Strickland, fondatrice de *BastardAlert.biz*, parce que *BastardAlert.com* était déjà pris.

— Je suis sérieuse. Le concept est original et convaincant. Tu pourrais vraiment en faire un truc important.

— Ce n'est pas le genre de truc que je veux rendre public, Whitney. Tu imagines la fureur des hommes s'ils savaient que je suis la femme derrière tout ça ? Surtout ce type marié. Qui sait ce qu'ils feraient ?

— Alors, reste anonyme. Le grand public n'a pas besoin de savoir qui tu es. En fait, ça rend le concept encore plus intéressant.

Mon premier instinct fut de lui rétorquer qu'elle était folle, de raccrocher et d'aller au bout de mon projet d'effacer le site. Mais je me rappelai soudain les mots d'Alex : « *Les meilleures chances sont celles que l'on provoque soi-même.* »

Et si c'était ma chance ?

BastardAlert était ma vision et je lui avais déjà donné vie. Peut-être serait-ce le tremplin vers une toute nouvelle phase de ma carrière.

— D'accord. Je vais le garder.

— Super ! Il y a juste un détail.

Je réprimai un soupir. Il y avait toujours « un détail » avec elle.

— Quoi ?

— J'ai quelques suggestions mineures pour l'améliorer.

Chapitre 7

Les suggestions d'amélioration de Whitney n'étaient pas vraiment mineures. C'étaient de gros changements sur les fonctionnalités de base de *BastardAlert*.

Comme d'ajouter un système de login pour empêcher les visiteuses d'inonder le site sous de faux profils. Et un moteur de recherche afin que les utilisatrices puissent facilement trouver les hommes sur lesquels elles voulaient se renseigner.

En outre, je devais trouver un moyen de m'assurer que les évaluations seraient liées à la bonne personne. Par exemple, il y avait sûrement plus d'un Brandon à Brooklyn, mais il n'y en avait qu'un seul qui m'avait plantée. Je ne pouvais pas calomnier tous les Brandon d'un quartier juste parce que l'un d'entre eux s'avérait être un enfoiré.

Au début, je me sentais dépassée à la perspective d'une refonte de mon site. Ces changements allaient prendre des heures. Des jours, même. Est-ce que cela allait vraiment valoir la peine et le temps que j'y aurais consacrés pour l'améliorer ?

Puis je me rappelai. C'était ma chance. Ma chance de prouver mon talent. De faire d'un truc un peu cool une idée carrément géniale. Si j'y arrivais, le support IT ne serait peut-être bientôt qu'un souvenir désagréable mais lointain. Aussi, même si je ne pouvais pas être sûre que tout ce travail finirait par porter ses fruits, la seule façon de le savoir était d'essayer.

C'est pourquoi, ce soir-là, au lieu de passer six heures à regarder *Jane the Virgin*, je codai. Je codai jusqu'à en avoir les yeux rouges de fatigue, des crampes aux phalanges, les pensées confuses, le cerveau en bouillie. À 3 h 30 du matin, je ne m'endormis pas mais perdis connaissance.

Les deux jours suivants se passèrent de la même façon : je me réveillais paniquée parce que je n'avais pas entendu mon réveil. Je me préparais en moins d'un quart d'heure avant de partir au travail, groggy et échevelée, et passais les huit heures suivantes à endurer un flot sans fin de soi-disant « techos » qui ne savaient même pas comment réparer leur propre ordinateur. Enfin, je me précipitais chez moi pour travailler sur *BastardAlert* jusqu'à m'en évanouir de fatigue.

C'était une routine épuisante mais, vu la satisfaction que je tirais de ces marathons de codage nocturnes, le jeu en valait la chandelle. C'était la première fois de ma vie que je travaillais sur ce genre de projet, un projet original, stimulant, un projet qui avait jailli de mon imagination et auquel les gens réagissaient. La conception de *BastardAlert* me motivait pour la première fois depuis… eh bien, c'était la première fois de ma vie que je me sentais motivée.

Même si j'avais une autre source de stimulation. Pendant que tout ce développement Web progressait, les relations avec Alex se réchauffaient. Il passait régulièrement dans mon box juste pour me dire bonjour. Nous synchronisions nos visites à la machine à café où nous nous attardions un peu trop longtemps à remuer le lait et l'édulcorant dans nos mugs. Nous échangions des sourires discrets quand nous nous croisions dans le couloir. Le savoir à un message privé de distance rendait mon travail au support IT tolérable.

Dire que j'avais quasiment fait une croix sur lui à cause d'un simple malentendu ! Je m'étais assurée d'effacer l'évaluation que j'avais publiée dimanche soir sur *BastardAlert*. Quand je l'avais accusé de me draguer derrière le dos de sa copine non existante. Toutes les traces de ma stupidité avaient été effacées d'Internet pour toujours.

Le mercredi soir, peu après minuit, je tapai ma dernière accolade et déployai le site mis à jour de *BastardAlert* sur mon serveur. Il était fantastique. En associant les références de la base de données *BastardAlert* avec des profils que j'avais trouvés sur le site *Fluttr*, je pouvais montrer des photos, améliorer les recherches et réduire les risques d'erreur d'identité.

Putain, j'étais un génie !

Je passai quelques minutes à bêta-tester le site, à cliquer sur des liens et à chercher des phrases au hasard, juste pour m'assurer que tout fonctionnait comme prévu. Puis j'envoyai un texto à Whitney en l'invitant à y jeter un coup d'œil.

Elle me répondit :

Je regarderai demain. Je suis à Greenwich Village, complètement bourrée. Tu veux nous rejoindre ?

Je répondis à mon tour :

Non merci, amuse-toi bien.

Je continuai alors à surfer sur *BastardAlert* en tirant une fierté indécente des fruits de mon labeur. La vitesse avec laquelle les pages se chargeaient, l'élégance de l'interface utilisateur… tout paraissait hyper pro. Pas du tout comme si j'avais passé quelques nuits frénétiques à coder à la hâte, gavée aux Doritos.

La base de données avait triplé de volume depuis lundi soir. Trois cents hommes étaient désormais signalés dans le site, certains d'entre eux ayant plus d'une évaluation. Comme Nate, trente-cinq ans, de Tribeca, qui avait envoyé la même *dick pic* à quatre femmes. Et Hakim, trente-trois ans, de Sunnyside, qui avait commencé au moins douze conversations différentes par la super romantique phrase d'introduction : « T'es chaude ? »

Quand j'arrivais à Eddie, trente-huit ans, de Staten Island, je cessai de cliquer. Son évaluation disait :

> Un abruti fini. Je suis sortie avec lui pendant six semaines l'été dernier puis sa femme m'a appelée pour me dire de ne pas approcher son mari. Celui-là, les filles, *swipez*-le sur la gauche. Il est MARIÉ.

Il ne s'agissait quand même pas du même homme marié dont Whitney m'avait parlé ! Elle m'avait raconté une histoire complètement différente, d'alliance tombant de sa poche de pantalon. Par curiosité, je tapai le mot « Marié » dans le moteur de recherche en haut de l'écran.

Douze profils apparurent, chacun d'entre eux représentant un homme marié différent qui avait pécho sur *Fluttr* pour un CDD. À voir leurs photos, ils avaient l'air de types bien. De types que j'aurais pu sans hésiter *swiper* à droite. Jamais on ne les aurait soupçonnés d'être des menteurs sans vergogne.

En même temps, mon père aussi avait l'air d'un type bien.

Je ne connaissais pas tous les détails de l'échec du mariage de mes parents. Je ne savais pas combien de temps papa avait été infidèle ni exactement comment maman l'avait découvert. Mon seul souvenir, c'était la lueur de défi dans son regard quand elle m'avait appris la nouvelle.

— Papa déménage demain, avait-elle déclaré d'une voix catégorique, détachée.

— Quoi ? De quoi parles-tu ?

Installée à la table de la cuisine, je révisais mes cours. J'avais levé les yeux de ma liste de vocabulaire pour la voir debout sur le seuil. Jamais je n'oublierai le mot que j'étais en train d'essayer de mémoriser à cet instant : « Aberration. »

— Je suis désolée de te l'annoncer, mon ange, avait-elle poursuivi en venant s'asseoir à côté de moi. Mais je ne peux pas prendre de gants. Ton père m'a trompée et je lui ai demandé de partir.

— Quoi ?

Cela m'avait paru insensé. Mon père était comptable. Il portait des gilets et collectionnait les figurines vintage de *Star Wars*. Il roulait constamment dix kilomètres-heure en dessous de la limitation de vitesse. Un homme en apparence si sain, si prudent, ne pouvait pas tromper sa femme.

Pourtant, c'était le cas. Et, le lendemain, il était parti. Exactement comme maman me l'avait annoncé. Alors qu'il faisait rouler sa dernière valise devant la porte d'entrée, il m'avait jeté un regard affligé et m'avait lancé : « Je suis désolé, poussin. » Comme si cela suffisait à se faire pardonner le cauchemar que ma vie d'adolescente de quinze ans était soudain devenue.

Après le dîner, maman avait vidé une bouteille de vin blanc et je m'étais réfugiée dans ma chambre avec mes livres de cours. Mais j'avais été bien incapable de me concentrer. J'avais regardé les pages, sans les voir, les phrases se brouillant sous mes yeux pleins de larmes. Quelques heures plus tard, maman était entrée en trébuchant, sans frapper.

— Comment tu te sens ?

Les réponses à sa question auraient pu être si nombreuses : « Terrifiée, abasourdie, furieuse, triste. » Mais j'avais opté pour un simple :

— Ça va.

Elle avait baissé les yeux vers le sol. Elle savait que je n'allais pas bien.

— Je suis désolée, mon ange.

— Ce n'est pas ta faute, avais-je répondu. C'est juste que je n'arrive pas à y croire. C'est papa, enfin !

Elle avait laissé échapper un soupir.

— Je ne voulais pas le croire non plus. Mais, avec le recul, tous les signes étaient là. Dès qu'il a commencé à rester tard au bureau, j'aurais dû me douter qu'il se passait quelque chose.

J'avais remarqué qu'il travaillait souvent tard mais je n'y avais pas fait attention. Je pensais juste qu'il avait beaucoup de déclarations d'impôt à classer. J'avais alors compris que j'avais été idiote de croire mon père honnête.

Je revoyais ma mère, assise sur mon lit, l'air si triste, à moitié ivre, des traces d'eye-liner sous ses yeux rougis. Quelquefois, le meilleur homme du monde pouvait se révéler un sale, un très sale menteur.

Qui sait, la graine de *BastardAlert* avait peut-être été plantée ce soir-là. Dans mon inconscient, ce site était peut-être un plan prémédité pour humilier les hommes à la conduite abjecte. Mais ce n'était pas ce qui occupait mes pensées alors que je faisais défiler les profils des douze salauds infidèles. Ce que je pensais, c'était à quel point j'étais contente qu'Alex ne soit pas l'un d'entre eux.

Je savais que ce sentiment de béatitude amoureuse ne durerait pas toujours. Qu'il finirait par me décevoir, d'une manière ou d'une autre. Mais, pour le moment, il me mettait dans un état de pure allégresse et je voulais surfer sur cette vague aussi longtemps que possible.

Mon regard se posa sur la pendule au coin de mon écran d'ordinateur. 1 h 04 du matin. J'allais enfin me coucher tôt. Je fermai mon ordinateur et allai à la salle de bains pour me brosser les dents. Quand je revins dans ma chambre, la lumière bleue sur mon téléphone flashait. Alex m'avait envoyé un texto.

> Je ne sais pas si tu es toujours debout mais j'ai fini de travailler et, au cas où, je voulais te souhaiter bonne nuit.

Je jubilai. Un feu d'artifice de sensations explosa dans ma poitrine. Ivre de bonheur, je voyais des étoiles danser devant mes yeux.

Peut-être, songeai-je, avec autant d'espoir que de naïveté, *peut-être suis-je tombée sur l'un des mecs bien.*

Je répondis à son smiley baiser par celui avec des cœurs en guise d'yeux et me glissai sous ma couette avec un sourire si large que j'en avais les joues douloureuses. Quand le téléphone vibra de nouveau, je m'en emparai vivement. Espérant qu'Alex avait répondu à mon smiley par un vrai cœur. Mais c'était un texto de Whitney. Elle m'envoyait un lien pour une vidéo YouTube avec le message :

> C'est toi, non ? J'ai du mal à distinguer l'image, il fait tellement sombre, mais je reconnaîtrais ta voix entre mille.

Elle devait être pétée parce que ce texto n'avait aucun sens. Perplexe, je pressai le bouton « play ». Des ombres flottaient sur l'écran, des silhouettes d'une foule dans une semi-pénombre. Les visages n'étaient pas reconnaissables, juste des reflets de mouvement. La lumière d'un écran de téléphone, l'éclat d'une boucle d'oreille d'une tête qui se secouait.

Cette boucle d'oreille m'était familière.

Une petite voix s'éleva dans mon haut-parleur, d'abord inintelligible, puis claire et limpide :

« L'homme derrière moi frotte sa bite contre mes fesses. »

Oh merde !

Les pouces tremblants, je tapai :

Où t'as trouvé ça ?

Twitter. Tu fais le buzz.

Malgré moi, j'ouvris l'appli *Twitter*. Et dans « Tendances pour vous », tombai sur le hashtag *#DickInTheDark*.

J'étais célèbre sur Internet, tout ça pour une « quéquette indésirable ».

Chapitre 8

Je ne m'étais jamais autant réjouie du manque d'éclairage. Certes, je ne m'en étais pas spécialement réjouie sur le moment quand, coincés dans un tunnel, privés d'air, nous étions agglutinés les uns aux autres. Et, franchement, la coupure de courant était seule responsable de l'existence de la vidéo. Si nous n'avions pas été ainsi immobilisés si longtemps dans l'obscurité, ce pervers n'aurait pas eu l'occasion de se frotter contre moi et je n'aurais pas hurlé le mot « bite » au milieu de la foule d'une rame de métro.

Mais, au moins, mon visage était dissimulé par la pénombre. Aussi, même si ma voix était maintenant célèbre sur Internet, mon identité restait un mystère total. Seuls ceux qui me connaissaient vraiment bien pourraient reconnaître ma voix dans ce cri de cinq secondes sur une vidéo de mauvaise qualité de téléphone portable. Pour tous les autres, cette femme à la boucle d'oreille scintillante et à la grande gueule n'était rien d'autre qu'une ombre anonyme en colère.

Une ombre anonyme en colère qui avait été transformée en mème.

Visiblement, un peu partout, des nerds qui s'ennuyaient dans leur cave s'éclataient à créer leur propre version de *#DickInTheDark*. En prenant des captures à partir de la vidéo, ils photoshoppaient des pénis de bandes dessinées, des légumes cylindriques et des tas d'autres symboles phalliques dans l'espace derrière ma silhouette. Un vidéaste en herbe avait agrémenté le clip d'origine d'une bande-son, en ajoutant de l'autotune à ma voix et en la doublant dans le remix *#DickInTheDark*. Il avait été posté sur YouTube moins de douze heures auparavant et avait été vu cinquante mille fois.

Inutile de dire que j'étais humiliée. Le côté positif étant que c'était une humiliation relativement privée. Mon nom n'apparaissait dans aucun des commentaires en ligne, les gens ne se retournaient pas sur moi dans la rue et, pour autant que je sache, tout le monde, excepté Whitney, Lia et Dani, ignorait qu'il s'agissait de moi.

Au début, j'eus peur que les *Hatchlings* le sachent aussi. Quand j'arrivai au travail le jeudi matin, je m'attendais presque à trouver les murs de mon box tapissés des mèmes imprimés, ou un haut-parleur hurlant le remix *#DickInTheDark*.

Manifestement, mes craintes étaient aussi infondées que ridicules. Mes collègues n'écoutant jamais un mot de ce que je disais, comment auraient-ils pu reconnaître ma voix dans la vidéo ? Quand je traversai discrètement l'open space, ce matin-là, personne ne leva les yeux de son écran d'ordinateur. J'étais aussi invisible que d'habitude.

À 11 heures, tout le monde se retrouva dans la grande salle de conférences pour notre réunion générale mensuelle, durant laquelle l'équipe de direction passait une heure à nous ennuyer à mourir. Charles, de la comptabilité, nous assura que nous étions solvables. Puis Arnaud, notre directeur de l'innovation, déblatéra pendant une demi-heure sur les avancées disruptives dans les technologies de pointe. Enfin, notre directeur des ressources humaines, Benny, prit le micro pour nous rappeler tout ce que nous devions faire pour rester conformes au code du travail de New York.

— Juste un rappel, ajouta-t-il. Vous devez avoir rempli vos modules de formation en ligne annuels sur le harcèlement au travail d'ici à la fin du mois.

Des soupirs de frustration s'élevèrent de l'assistance.

— Oui, je sais, je sais, dit Benny en levant les mains. Ne tirez pas sur le messager. Nos avocats nous le demandent dans le but de limiter les risques potentiels. C'est une affaire de dix minutes. Faites-le pour m'éviter de devoir vous relancer.

— Et si c'était considéré comme du harcèlement ? cria l'un des *Hatchlings*, déclenchant une vague d'hilarité.

Benny se mit à rire.

— Il faut que tu fasses la formation pour le savoir. Bon, c'est tout pour moi. Je vais passer la parole à Vijay qui va conclure la réunion.

Son annonce fut accueillie par une salve d'applaudissements et, après avoir serré la main à Benny, Vijay prit sa place sur le podium. En tant que fondateur et directeur associé de *Hatch*, il était la personne la plus puissante de la pièce. Pourtant, avec sa chemise à carreaux et ses lunettes trop larges, il ressemblait à un type ordinaire. Rien dans son apparence ne trahissait que ses quinze années passées chez Google à développer des algorithmes de recherche avaient fait de lui un milliardaire.

Désormais, Vijay investissait tout l'argent qu'il avait amassé dans des start-up auxquelles il croyait. Chaque *Hatchling* qui passait la porte avait reçu son approbation personnelle. Et, à la fin de chaque période d'incubation, il influençait les investisseurs pour décider quels *Hatchlings* recevraient les meilleurs financements et quels autres sombreraient dans l'oubli.

— Aujourd'hui, commença-t-il, j'aimerais prendre un moment pour discuter de la philosophie de *Hatch*. Ce que nous venons faire chaque jour dans ce bureau. Et, plus important, pourquoi nous le faisons.

Résignée, je me calai contre le dossier de ma chaise, m'apprêtant à débrancher jusqu'à ce que Vijay ait fini. Chaque mois, j'écoutais une version différente du même discours qui n'avait jamais aucun rapport avec moi. C'était un discours de motivation spécialement destiné aux *Hatchlings*. D'éloges de leur créativité, d'encouragements pour leurs efforts, et d'enthousiasme à la perspective de leur réussite future.

Mon rôle se limitait à réparer leurs ordinateurs cassés. Vijay n'avait pas la moindre idée de mon identité.

— Il y a trois ans, j'ai lancé *Hatch* avec l'objectif suivant : procurer un environnement favorable aux entrepreneurs pour encourager et développer leurs idées. Et pas juste n'importe quelles idées. Je cherchais des idées qui auraient un impact important. Des idées qui révolutionneraient la façon dont nous faisons des affaires, la façon dont nous interagissons, et la façon dont nous vivons nos vies.

Parlait-il sérieusement ? La fournée actuelle de *Hatchlings* développait des applications de football virtuel et de covoiturage, des idées qui avaient été exploitées un million de fois auparavant, d'un million de façons différentes. Elles n'avaient vraiment rien de révolutionnaire ni d'impactant.

Ce qui était révolutionnaire, en revanche ? *BastardAlert*. Rien d'autre de semblable n'existait. C'était le premier forum public sur lequel les femmes pouvaient facilement se réunir pour se soulever contre la tyrannie des *dick pics*. Grâce à un petit site Internet, je faisais du monde un endroit plus sûr.

Et ces changements que j'avais ajoutés la veille au soir amélioraient encore l'expérience *BastardAlert*. Sur son trajet pour aller au bureau, ce matin, Whitney m'avait envoyé un message pour me dire à quel point ils lui plaisaient.

Parfait ! T'as géré ! Je vais les envoyer à quelques filles de plus, d'accord ?

Ce à quoi j'avais répondu :

Super !

Et j'avais parcouru pratiquement toute la distance qui me séparait de *Hatch* en sautillant. Quand j'étais arrivée à mon box, même la vision de Bob affairé à empiler des PC sur le sol, derrière ma chaise, n'avait pas réussi à ternir ma bonne humeur.

— Ils ont besoin d'être mis à jour pour ce soir, avait-il déclaré.

J'avais acquiescé joyeusement. Après tout, mes jours chez *Hatch* étaient comptés. Bientôt, j'allais me lancer seule et je n'aurais plus jamais à subir l'une de ses pénibles réunions générales.

Sur le podium, Vijay continua son sermon, les mains croisées, l'air serein.

— S'il existe aujourd'hui beaucoup d'incubateurs de startup qui fonctionnent avec succès aux États-Unis, je crois que la caractéristique clé qui fait sortir *Hatch* du lot est notre engagement indéfectible à nos valeurs fondamentales : intégrité, décence et respect.

Je pensai aux stickers salaces (*Free Mustache Rides*) sur le portable de Josh. Ou aux bordées d'injures et d'insultes dont les *Hatchlings* m'accablaient régulièrement. Ou à Bob qui s'attendait à ce que je sourie et que je les encaisse sans broncher.

Ces valeurs fondamentales étaient une blague.

Je n'étais sûrement pas la seule à en avoir conscience. Je me redressai et lançai quelques coups d'œil discrets dans la salle de conférences. Les mecs, perchés sur le bord de leurs chaises, buvaient les paroles du P.-D.G. Les yeux rivés sur son visage, approuvant de la tête, ils lui accordaient toute leur attention.

C'était du pur cinéma, du fayotage. Mais une chose était sûre, ces *Hatchlings* étaient loin d'être résolus à vivre leur vie professionnelle avec intégrité, décence ou respect.

— En conclusion, poursuivait Vijay, je veux vous dire que je suis fier de notre travail. Les start-up de *Hatch* ont le pouvoir de changer le monde.

Un nouveau tonnerre d'applaudissements s'éleva, ponctué de quelques cris fusant du fond. Puis tout le monde se leva et sortit dans le couloir. Mon estomac gargouillait. C'était l'heure du déjeuner et j'avais un sandwich au beurre de cacahuètes dans mon sac.

Mais, en inspectant la salle de conférences, j'avais remarqué l'absence d'Alex. Aussi, au lieu de regagner mon bureau, l'air de rien, je tournai à gauche, en direction de l'espace de travail de *Fizz*. Je l'y trouvai, penché sur son clavier, avalant d'énormes bouchées de salade entre deux sessions de frappe frénétique.

Visiblement, il était absorbé par son coding. Ne voulant pas le déconcentrer je m'arrêtai net, prête à regagner mon box. Quand, soudain, il se redressa et leva les bras au-dessus de sa tête. Sa chemise se souleva de sa taille et mes yeux se posèrent sur la bande de ventre qu'il dévoilait. Dur, bronzé, musclé.

— Salut, Mel !

Le son de sa voix me fit sursauter. Je relevai la tête et vis son petit sourire en coin malicieux. Il m'avait surprise à le mater. *Oups!*

— Salut, répondis-je. Désolée, je ne voulais pas te déranger.

— Tu ne me déranges pas.

Il s'essuya les lèvres avec une serviette et fit tourner sa chaise pour me faire face.

— Ça va ?

— Je suis juste passée te dire bonjour. Je ne t'ai pas vu à la réunion générale.

— Oh oui, j'avais oublié. J'ai été tellement absorbé par tout ça, ajouta-t-il avec un geste vers son ordinateur portable, ses livres de référence, ses notes, ses papiers en boule. J'ai raté quelque chose d'intéressant ?

— Non. Ces réunions sont toujours aussi ennuyeuses qu'inutiles.

— Donc, en gros, c'est comme les *dates Fluttr.*

— En gros.

Je partis d'un rire franc, soulagée de ce répit comique après le désastre qu'avait été cette déplorable séance. Alex se mit à rire à son tour, nos regards aimantés l'un à l'autre. L'espace d'une seconde, au vingt-neuvième étage, nous étions seuls au monde.

Greg surgit alors de nulle part. Il me regarda, m'observant comme s'il me voyait pour la première fois.

— Ça va ?

— Euh… ouais.

Je me tournai vers Alex, me demandant s'il avait remarqué les vibrations malsaines que son associé dégageait. Mais, déjà, il avait ramené son regard sur son écran d'ordinateur, hyper concentré sur le quelconque problème de programmation qu'il essayait de résoudre.

— Je vais retourner travailler, dis-je.

Alex jeta un coup d'œil dans ma direction et me sourit.

— À plus tard !

— À plus tard, répéta Greg en se léchant les lèvres.

Immonde !

Je regagnai mon bureau où m'attendaient mon sandwich au beurre de cacahuètes et la pile de PC à mettre à jour. À 16 h 59, j'avais tout fini. À 17 heures, j'étais aux toilettes, en train de passer un sweat. Cinq minutes plus tard, j'étais en route pour le métro 4, direction Uptown, où je devais retrouver Lia pour notre séance de fitness hebdomadaire.

Tous les jeudis, après le travail, Lia et moi avions notre cours de gym. Nous avions commencé à les planifier quelques mois auparavant, après une expérience *Happy Hour* au cours de laquelle nous nous étions gavées à *El Cantinero*. Nous nous étions écroulées sur nos margaritas XXL, peinant à digérer les innombrables *tacos* et *enchiladas* que nous avions avalés.

— Je me sens pas bien, avait-elle dit. Comme si j'avais des haricots frits et de la tequila coulant dans mes veines.

— En quelque sorte, c'est un peu ça.

Elle avait émis un grognement.

— J'ai besoin de commencer à faire de l'exercice.

— Moi aussi, avais-je acquiescé en avalant une nouvelle chips couverte de sauce.

Son visage s'éclairant, elle s'était redressée et avait lancé :

— Hé, attends ! Je viens de me souvenir que j'ai ces coupons Groupon pour un cours de boxe française.

— Pourquoi ?

— Je pense que je les ai achetés après la dernière fois qu'on s'est explosé le bide ici.

Elle prit son téléphone.

— Certains ont l'air encore valables. T'en veux un pour venir avec moi ? Y a un cours jeudi, après le bureau.

— Ouais. Ça a l'air sympa.

Et ça l'avait été. Même si ça avait été atroce et éreintant. J'étais rentrée couverte de bleus. Le lendemain matin, chaque pas était un supplice.

Le week-end arrivé, j'avais commencé à me sentir mieux. Moins fatiguée. En meilleure santé. Mais, étant donné mon budget limité, il était hors de question de payer ces cours à leur vrai prix. Nous avions donc décidé de trouver des offres sur Groupon, prêtes à changer de discipline en fonction des deals qui se présentaient. Après avoir décidé de bloquer tous nos jeudis pour nos cours, nous n'en avions jamais raté un depuis.

Celui de ce soir était à Union Square, dans une salle de rameurs, une pièce minuscule, pleine à craquer de machines. Quand j'arrivai, Lia m'attendait, vêtue d'un caleçon treillis et d'une brassière. Elle avait posé son sac sur la machine à côté d'elle.

— Je te l'ai gardée, annonça-t-elle.

— Merci.

Je m'installai avec précaution dans le siège coulissant et regardai autour de moi.

— À quoi crois-tu qu'un cours de rameur va ressembler ?

— J'ai regardé une vidéo YouTube hier soir. Ça avait l'air très intense.

— Hum, grommelai-je.

Non en raison de l'intensité de l'exercice à venir. Mais la référence à YouTube me fit immédiatement penser aux bites de bandes dessinées de l'autotune *#DickInTheDark*.

Lia devina immédiatement ce qui me préoccupait. Elle pressa mon avant-bras et, avec un petit sourire compatissant, demanda :

— Ça va ?

— Oui. C'est pas si terrible. À part vous, personne ne sait que c'est moi dans la vidéo.

— J'aimerais savoir qui a démarré tout ce truc. Ces mecs sont des boloss qui ne savent pas quoi faire de leur temps.

— Je ne veux pas les défendre mais certains assurent en Photoshop.

Notre conversation fut interrompue par trois claquements de mains énergiques. Une femme aux épaules massives, un vélociraptor tatoué sur sa cuisse musclée, entra d'un pas énergique dans la pièce en criant :

— On est prêts ? Parés ?

Question purement rhétorique car, au bout de trente secondes, le petit espace se mit à résonner du bruit d'une dizaine de rameurs en mouvement. Au bout de cinq minutes, j'étais essoufflée, au bout de dix, je ne sentais plus mes pieds.

Dans un exercice difficile, chaque fois que j'arrivais à ce stade, soufflant et haletant comme un chien déshydraté, en général, je ralentissais. J'arrêtais de me surpasser. Je me donnais une chance de reprendre mon souffle.

Aujourd'hui, c'était différent. Aujourd'hui, au lieu de renoncer, j'invoquai mentalement les raisons pour lesquelles abandonner n'était pas une option : j'avais besoin d'être plus forte et d'augmenter mon endurance pour montrer au monde qu'il ne fallait pas me chercher.

Chacun de mes mouvements avait une signification.

Tire. J'allais y arriver un jour, seule.

Tire. Ces *Hatchlings* allaient regretter d'avoir croisé mon chemin.

Tire. Pareil pour le pervers du métro et les connards qui en avaient fait une super blague sur Internet.

Sans que je m'en aperçoive, on arriva au sprint final. Notre instructrice nous hurla :

— Allez aussi vite que vous le pouvez ! Donnez tout !

Je tirai, poussai, soufflai, les gouttes de transpiration à mon front allant s'écraser à terre.

Ces hommes ne me briseront pas.

Une sonnette vibra soudain, terrifiante.

— Ça ira pour aujourd'hui. Bon travail tout le monde !

Elle frappa de nouveau dans ses mains puis ajouta :

— Et n'oubliez pas vos étirements !

Puis elle disparut derrière une porte affichant : « Réservé au personnel. »

Mon corps était secoué de vibrations. Je me penchai en avant, la tête dans les mains, forçant mon cœur à reprendre un rythme normal. Tous mes soucis, toute ma colère, avaient disparu, remplacés par le feu, la passion et, inexplicablement, un violent désir sexuel. J'imaginai Alex, son pan de ventre nu, la toison brune dévoilée par son col ouvert, mes mains explorant…

— C'était bizarre, non ? lança Lia, faisant éclater mon fantasme. Bien, mais bizarre.

Je me redressai et approuvai dans un soupir.

— Oui, bizarre.

— Qu'est-ce qui te fait sourire ?

— Hein ?

— Tu souris comme une débile.

— Vraiment ?

Je portai ma main à mon visage, tapotai mes joues, mes lèvres. Oui, c'était bien un sourire.

— Je suppose que c'est juste que je me sens bien.

— OK. Si ce cours refait des deals Groupon, nous devrons nous inscrire.

On rassembla nos affaires et on descendit l'escalier qui menait à la rue. Arrivées sur la Cinquième Avenue, on se fit la bise, nos visages moites de transpiration.

— Tu vas chez Jay, maintenant ? demandai-je.

— Non, il travaille tard.

— Qu'est-ce qu'il fait, déjà ?

— Il est dans la finance.

— Comme quoi ?

Elle me lança un coup d'œil étrange.

— Honnêtement, je ne le sais même pas. Il m'a déjà expliqué mais chaque fois qu'il m'en parle, je décroche. Quelque chose à voir avec le trading. Tout ce que je sais, c'est que c'est hyper ennuyeux.

On éclata de rire et elle ajouta :

— En fait, tu pourras lui demander samedi soir.

— Il vient à la soirée ?

— Ouais. Nous sommes ensemble depuis bientôt trois mois. Je lui ai dit qu'il était grand temps qu'il rencontre mes meilleures amies.

Je baissai les yeux sur mes pieds, hésitant à poursuivre. Comme si je sentais que ça risquait de me porter la poisse.

— Moi aussi, j'amène quelqu'un.

— Qui ? Tu as rencontré quelqu'un ? s'exclama Lia, les yeux exorbités, ses doigts frétillant d'excitation.

— Oui.

— Sur *Fluttr* ?

— Non. Au travail. Il s'appelle Alex. C'est un *Hatchling*. Super sympa et marrant.

Et sexy.

Avec un cri d'allégresse, elle prit ma main et la serra. C'était l'une des qualités que j'appréciais le plus chez Lia. Quand ses amies avaient de bonnes nouvelles à partager, elle réagissait toujours avec une joie sans retenue. Elle n'avait jamais une once de mesquinerie, de jalousie. Juste un émerveillement sincère.

— C'est tellement génial ! Félicitations !

— Merci. On croise les doigts.

Pressant encore une fois ma main, elle sourit.

— J'ai un bon pressentiment pour celui-là, Mel !

Et même si j'avais les mots au bord des lèvres, j'avais trop peur de les prononcer à voix haute.

Moi aussi, j'ai un bon pressentiment sur celui-là.

Chapitre 9

Depuis tout le temps que j'étais célibataire, j'avais rencontré beaucoup de mecs.

Beaucoup.

Mais cela faisait longtemps que je n'avais pas eu un rendez-vous qui compte vraiment pour moi.

Même si, dans un sens, ils avaient tous compté pour moi. Si je n'avais pas pensé qu'il pouvait y avoir une chance, même infime, qu'un homme devienne mon prince charmant, jamais je ne me serais fatiguée à *swiper* à droite sur sa photo au départ.

Le problème étant que j'avais rencontré tellement de nuls, enduré tellement de déceptions et d'humiliations, que j'avais cessé de m'en réjouir d'avance. C'était devenu une corvée, une corvée que je devais cocher sur ma liste de tâches : *Je ne veux pas mourir seule ? Je ferais mieux de sortir boire un verre avec cet inconnu d'Internet !*

Aussi, même si je gardais un vague espoir et faisais preuve d'une remarquable persistance, mon enthousiasme pour les sites de rencontres avait faibli. J'avais cessé de m'investir émotionnellement, j'avais perdu mon intérêt.

Voilà pourquoi il m'avait fallu un certain temps pour identifier la source de cette étrange sensation en moi. Si cela avait commencé comme un frisson d'excitation au creux de mon ventre le samedi matin, l'après-midi, j'avais l'estomac complétement noué. Quand à 17 h 30, en regardant l'heure, j'avais vu qu'Alex arriverait dans moins de trois heures, j'avais les nerfs à vif.

Et, soudain, j'avais compris : j'avais le trac.

Et j'avais le trac parce qu'il comptait pour moi.

Parce que Alex n'était pas un inconnu d'Internet. Notre drague ne s'était pas limitée à quelques selfies pris sous un bon angle et quelques bulles de texte. C'était réel, il était une personne concrète. Que ça me plaise ou non, j'étais déjà impliquée émotionnellement. Je voulais que cette soirée soit exceptionnelle.

En d'autres mots, je voulais qu'il me regarde et soit pris d'un besoin irrépressible de me faire l'amour.

Après avoir inspecté mon reflet dans le miroir, je décidai que j'avais du boulot.

Je tapai rapidement sur Google la phrase « Conseils beauté pour un *date* » et me trouvai face à une mine de conseils sur « Comment le rendre accro ». Je choisis un lien au hasard et me mis à parcourir les rubriques de « Les essentiels avant un *date* ».

Je passai l'heure suivante à me pomponner, me faire belle, m'épilai les sourcils, me limai les ongles, me rasai partout. À la rubrique numéro sept, je tombai sur une impasse.

« Rayonnez *:* illuminez votre teint avec un masque coup d'*éclat repulpant.* »

Mon arsenal de beauté limité ne comprenait pas de masques pour le visage. Et il était trop tard pour sortir en acheter un. Mais, à en juger par le nombre de sacs Sephora vides fourrés sous le lavabo, Vanessa avait sûrement quelque chose que je pourrais utiliser pour « illuminer le teint et améliorer le grain de peau ». Quoi que cela puisse vouloir dire.

Je sortis de la salle de bains pour lui poser la question et trouvai notre espace de vie commun envahi d'accessoires de fête. Le canapé croulait sous les fleurs, les serpentins et les guirlandes lumineuses. La cuisine était remplie de bassines argentées contenant des sacs de glaçons et des bouteilles de rosé. Nos plans de travail étaient envahis par toutes sortes de trucs à grignoter et de plateaux. Sans oublier, bien entendu, les cinquante boîtes de conserve reconverties en lanternes dans l'entrée.

C'était comme si un tableau Pinterest avait explosé dans l'appartement.

Vanessa surgit de derrière le bar, un énorme sac de marshmallows à la main.

— Salut ! me lança-t-elle.

— Salut !

Immédiatement, je sentis une pointe de culpabilité. J'avais été tellement occupée à me faire belle que je n'avais pas pensé à lui demander si elle avait besoin d'aide pour ses préparatifs. Même si, en théorie, c'était sa soirée et que la perspective d'avoir des ennuis avec le propriétaire ne m'emballait pas, je n'avais pas vraiment essayé de la convaincre de renoncer à son projet. Notre toit-terrasse offrait une vue imprenable sur New York. Ce serait le cadre idéal pour une réunion de printemps.

Ou, par exemple, un premier baiser.

— C'est vraiment le bordel ici, fis-je alors remarquer. En quoi puis-je aider ?

Elle ouvrit le sac de marshmallows et repoussa mon offre d'un geste de main.

— T'inquiète. Je gère.

Avec un coup d'œil éloquent en direction du tas de boîtes de conserve bloquant la porte d'entrée, je demandai :

— T'es sûre ?

— Oui. Tout va très bien. J'ai une méthode.

Un par un, elle sortit les marshmallows du sac et les disposa sur un plateau, parfaitement alignés, en laissant de côté ceux qui présentaient un défaut en surface.

— À propos, je voulais te demander, tu attends combien d'amis ? Pour que je sache quelle quantité de nourriture sortir.

— Juste Dani, Whitney et Lia. Et Lia amène son copain.

Je m'interrompis et déglutis.

— Et moi aussi, j'ai invité un mec.

— « Un mec » ? répéta-t-elle en penchant la tête sur le côté. Raconte.

— Il s'appelle Alex. Je l'ai rencontré au bureau.

— Il a quel âge ?

— Vingt-six ans.

— Qu'est-ce qu'il fait dans la vie ?

— Je te l'ai dit, je le connais du travail. C'est un des fondateurs de start-up.

— Hum, dit-elle avec une moue, en me scrutant. Ça peut être à double tranchant.

— Ça veut dire quoi ?

— Eh bien, si tout se passe bien, dans quelques années, il pourrait gagner plein de fric. Mais s'il ne peut pas trouver un bon investisseur, il est à deux doigts de la faillite.

— Je me fiche un peu de l'argent qu'il gagne.

— D'accord, je vois, dit-elle avec un clin d'œil entendu, comme si nous partagions un secret. Et sa famille ?

— Quoi sa famille ?

— Qui sont-ils ? Où habitent-ils ?

— Je n'en ai pas la moindre idée. Qu'est-ce que ça peut faire ?

— Sa relation avec ses parents peut avoir une grande influence sur la façon dont il te traitera. Une mère collante, un père autoritaire. Des trucs qui peuvent poser des problèmes à long terme. Il est important de savoir ce qui t'attend d'emblée.

Dis donc! Si c'était le genre de vérifications auxquelles Vanessa soumettait tous ses *dates*, pas étonnant qu'elle soit toujours célibataire.

C'était une chose de filtrer les partenaires potentiels pour comportement inacceptable, comme envoi de *dick pics* ou infidélité. Mais c'en était une autre de faire des recherches sur leur histoire familiale et de calculer leur potentiel de salaire. Non seulement c'était cinglé, mais c'était mettre la charrue avant les bœufs. Quel était l'intérêt de se renseigner sur l'équilibre des parents sans avoir d'abord testé l'alchimie entre vous ?

Même si la question de savoir si on avait des parents déséquilibrés ne semblait pas pertinente. Après tout, je ne voulais pas être jugée sur ma famille dysfonctionnelle.

Impatiente de changer de sujet, je repris :

— Je me demandais si tu avais un masque pour le visage à me prêter.

— Bien sûr.

Elle lâcha le sac de marshmallows maintenant vide sur le plan de travail, et se frotta les paumes.

— Quel genre veux-tu ?

— Euh… quelque chose pour illuminer le teint et améliorer le grain de peau ?

Elle hocha vivement la tête.

— J'ai juste ce qu'il te faut. GlimmerGlam est un masque à l'argent colloïdal et au plasma d'algues. Je vais te le chercher.

Quand elle eut disparu dans sa chambre, j'inspectai de plus près ses préparatifs. Les marshmallows étaient sur le plus haut plateau d'un présentoir à trois étages.

Sur le deuxième, elle avait disposé une pile de crackers et sur celui du bas des carrés de chocolat. Un panneau écrit à la main indiquait « Bar à Marshmallows ».

Trop chou, même si je nous imaginais mal griller nos marshmallows autour d'un feu de camp sur le toit. À moins que ?

On frappa à la porte. Je repoussai doucement les boîtes de conserve du pied et me frayai un chemin pour aller ouvrir. Et me trouvai nez à nez avec Ray, debout dans le couloir, une échelle sur l'une de ses larges épaules.

Il sourit poliment.

— Salut Melanie ! Ça roule ?

Oh merde !

Mon premier instinct fut de le repousser et de fermer la porte pour lui cacher la preuve du délit qui se préparait. Mais il faisait deux fois ma taille. Je pouvais m'appuyer de tout mon poids contre son torse large et musclé, il ne bougerait pas d'un centimètre.

Au lieu de cela, j'essayai de former un bouclier humain entre ses yeux et le capharnaüm derrière moi. Et, bien sûr, oubliai totalement la collection de boîtes de conserve à terre. Feignant de ne pas les entendre s'écraser et s'entrechoquer sous mes pieds, je répondis :

— Je vais bien. Super bien. En quoi puis-je t'aider ?

Il ouvrit la bouche pour me répondre mais se tut. Son regard s'était posé sur l'intérieur de l'appartement.

Merde, merde, merde, merde !

Paniquée, je cherchai un mensonge plausible pour expliquer la présence d'un bar à marshmallows au milieu de la cuisine. Puis son visage s'éclaira sur un sourire niais.

— Salut, Vee !

« Vee » ?

Je pivotai sur mes talons pour voir Vanessa s'avancer vers nous, l'air parfaitement détendue, un pot de GlimmerGlam à la main.

— Salut, Ray.

— Tu es prête pour que j'accroche les guirlandes lumineuses ?

Elle hocha la tête, attrapa un enchevêtrement de fils sur le canapé et les fourra dans ses bras.

— Si tu pouvais les étendre en diagonale de la cheminée à la porte d'accès pour former un quadrillage, ce serait super.

— Je me souviens des photos que tu m'as montrées.

Il se tourna vers moi et ajouta :

— Tu peux le croire ? Cette fille m'a fait surfer sur Pinterest.

Je comprenais maintenant pourquoi Vanessa ne s'inquiétait pas d'avoir des problèmes avec le propriétaire. Ray était à fond sur elle. Si quiconque se plaignait de la fête, il ne la dénoncerait pas. Il avait l'air amoureux d'elle.

— Dépêche, le pressa-t-elle. La soirée commence dans deux heures. Quand tu auras fini, j'ai besoin que tu installes les tables et que tu montes le reste de ces trucs au premier.

— D'accord. D'accord. Je gère, chef.

Sur ces mots, il partit dans le couloir, chargé de son échelle et des guirlandes, et disparut dans l'escalier.

Vanessa referma la porte. Devant mon expression ébahie, elle demanda :

— Quoi ?

— Tu sors avec Ray ?

Elle se renfrogna, l'air scandalisé.

— Bien sûr que non !

— Eh bien, visiblement, il est amoureux de toi.

— Pas du tout.

— Si. Sinon, pourquoi t'aiderait-il avec tout ça ?

— Parce que c'est son travail.

— Ce n'est pas son travail d'accrocher des guirlandes électriques pour ta soirée-terrasse illégale. En fait, je suis presque sûre qu'il risque son poste.

Elle tressaillit, comme si elle n'avait pas envisagé cette possibilité. Mais son air préoccupé se dissipa aussitôt.

— Tu t'inquiètes trop.

Me disait une femme qui menait une enquête sur chacun des mecs avec qui elle envisageait de sortir.

— Voilà, reprit-elle en me tendant le pot contenant le masque. Applique-le en couche épaisse, laisse poser pendant un quart d'heure, et ton visage sera aussi ferme qu'une peau de tambour.

— Merci beaucoup.

Elle regagna sa place derrière le bar et je battis en retraite dans ma chambre pour reprendre mon marathon beauté. Agenouillée devant le miroir, j'étalai le gel d'un blanc nacré sur mon visage, qui bientôt, se transforma en un masque argenté chatoyant. Je ressemblais maintenant à l'une de ces statues vivantes de Seaport.

Je replaçai le couvercle et inspectai l'étiquette. GlimmerGlam affirmait avec audace l'efficacité de son produit. Allait-il vraiment « énergiser mes cellules et repulper ma peau » ? C'était peu probable.

En tournant le pot, les yeux exorbités, je lus le prix indiqué à l'arrière : cent dix-neuf dollars. Comment Vanessa pouvait-elle se payer ce truc ? Et le partager si volontiers avec moi ? Rien que la quantité que je venais d'utiliser avait dû coûter au moins vingt dollars, probablement plus. J'allais devoir compenser en augmentant ma participation aux courses pour la maison, le mois suivant.

Pendant que le masque opérait sa magie, je me connectai au tableau de bord de *BastardAlert* pour vérifier les statistiques actuelles. Depuis que Whitney avait envoyé le lien du site mis à jour à « quelques filles de plus », des centaines de nouvelles évaluations avaient été ajoutées à la base de données. Le site avait même trouvé un public au-delà de New York. Alors que je faisais défiler les derniers ajouts, je trouvai un *ghoster* de Los Angeles, un arnaqueur d'Austin et un mec de Washington qui aimait traiter les filles qu'il matchait sur *Fluttr* de putes. *BastardAlert* était en train de rapidement se transformer en un bottin d'enfoirés à l'échelle nationale.

Je me laissai tellement absorber par la lecture des profils que je perdis toute notion du temps et gardai mon masque une demi-heure. Ce qui ne sembla pas bien grave. Après l'avoir retiré, je constatai que ma peau ne montrait aucun signe inquiétant. Je me regardai attentivement dans le miroir, à l'affût des signes de raffermissement et d'énergie, en vain. Je ne remarquai aucun changement particulier. Ce masque était une arnaque.

Mon enthousiasme devant la liste des astuces beauté commençait à faiblir. Je voulais être belle à en couper le souffle. Mais la vérité c'était que je ne pouvais pas cacher qui j'étais vraiment à Alex. Il m'avait déjà vue au bureau, dans ma tenue de travail neutre et ma peau sans tonus. Pourtant, il était quand même intéressé. Et puis, avais-je vraiment envie de repasser par toute cette liste avant chacun de nos rendez-vous ?

Aussi, au lieu d'enfiler une culotte gainante et des stilettos, je sortis ma maxi robe préférée de ma penderie. Fluide et vaporeuse, elle avait une taille empire flatteuse et un dos nu. J'enfilai des ballerines confortables et laissai mes boucles tomber en cascade naturellement sur mes épaules. Pour tout maquillage, j'estompai un peu d'eye-liner et rehaussai mes lèvres d'un gloss irisé.

Sans vouloir me jeter des fleurs, j'étais carrément sexy. Une bombe. Et j'espérais bien qu'Alex serait de cet avis.

Quand je sortis de ma chambre, il était un peu plus de 20 heures. Le désordre dans nos pièces communes avait disparu et il n'y avait plus aucune trace de Vanessa ni de Ray. Les festivités ayant sans doute démarré, je pris mon téléphone et montai sur le toit. La porte d'accès était entrouverte. Je la poussai et me retrouvai au beau milieu du rêve incarné d'un organisateur de soirées.

La première chose que je remarquai fut l'éclairage. Vanessa avait raison : grâce à ces boîtes de conserves-lanternes, la terrasse scintillait de mille feux. Avec les guirlandes électriques et les gratte-ciel de Manhattan se découpant à l'horizon, l'ambiance était surnaturelle.

Surnaturelle mais chaleureuse. Le sol était couvert de tapis défraîchis et d'énormes coussins. Des palettes de bois qui avaient été transformées en tables basses étaient décorées de nappes en dentelles et de bouquets. Dans un angle, des pichets d'une boisson rose attendaient sur un bar, à côté d'un buffet sur lequel étaient disposés des amuse-bouches.

Mais la pièce de résistance était l'indécent « Bar à Marshmallows ». Il avait été installé contre la cheminée de briques rouges, la pancarte en lettres peintes à la main accrochée au mur. À côté trônait un brasero de fortune, fabriqué à partir d'un seau de métal et d'un tas de pierres de lave. Quelques invités arrivés tôt faisaient déjà rôtir des marshmallows dans les flammes.

— Alors, tu en penses quoi ? dit la voix de Vanessa derrière moi. C'est trop ?

— Non.

En fait, peut-être un peu.

— C'est incroyable.

— Merci.

Elle m'entraîna jusqu'au bar et remplit un bocal d'un liquide rose.

—Goûte cette sangria.

La première gorgée fut à la fois sucrée et acidulée.

—Miam.

—Je l'ai faite à base de rosé et de framboises.

—Délicieux.

Je survolai du regard la foule grandissante, en quête de visages familiers. Je cherchais surtout Alex, mais il n'était nulle part.

Dans un coin, j'avisai un groupe de mecs costauds en pantalon Dickies et tee-shirt moulant. Pas vraiment mon genre mais pas désagréables à regarder.

—C'est les copains de Ray, expliqua Vanessa. Tu vois, il n'a pas fait ça parce qu'il est amoureux de moi. Mais parce que lui aussi voulait faire une soirée sur le toit.

—Donc, vous avez lancé les invitations ensemble ?

Elle haussa les épaules d'un air dégagé.

—Plus ou moins.

—Il est où, là ?

—Il branche l'enceinte. On a vraiment besoin de mettre du son ici.

Elle agita la main vers quelqu'un derrière moi puis me tapota le bras, avant de me laisser en me disant :

—À plus tard.

Je bus une longue gorgée de sangria et m'avançai vers le parapet de la terrasse. Le panorama sur New York était d'une perfection de carte postale. Avant de venir y vivre, c'était ainsi que j'imaginais la Big Apple : spectaculaire, parfaite, romantique à outrance. Je n'y avais jamais envisagé la réalité de la vie quotidienne. Que je devrais garder un travail que je haïssais dans le simple but de payer mon loyer. Ou repousser des érections dans une rame de métro bondée.

D'un autre côté, tout n'était pas noir. Je m'étais fait de super amies ici. Comme Whitney et Dani qui, justement, franchissaient la porte du toit, un large sourire aux lèvres.

— Salut ! hurla Whitney en ouvrant les bras pour m'embrasser. Tu es trop canon.

— Merci. Toi aussi. Où est Lia ?

— Elle vient avec Jay, expliqua Dani.

— Oh. Je suis contente de le rencontrer enfin. Pas vous ?

— Oui, je suis vraiment curieuse de voir à quoi il ressemble en vrai.

— C'est ça ! persifla Whitney en faisant un geste vers le bar. J'ai besoin d'un verre.

Elle remplit deux bocaux de sangria et en tendit un à Dani, puis me resservit même si le mien était encore à moitié plein.

— Quoi de neuf, vous deux ?

— J'ai eu un rendez-vous à chier, hier soir, commença Dani.

— Où l'as-tu rencontrée ?

— Sur *Iris*.

— Et pourquoi « à chier » ?

— On n'a rien en commun. C'est une blogueuse mode qui vit de ses rentes familiales. Et moi, je porte ça depuis ma première année de fac.

Elle montra ses bottes de moto.

— Et alors ? Vous êtes censées partager un lit, pas une penderie.

— Ce n'était pas les vêtements. Mais ce qu'ils représentent. Nos milieux différents. Nos valeurs différentes.

Whitney mit une framboise dans sa bouche.

— Elle était con, non ?

— Totalement débile. Nous n'avions même pas commandé un verre que nous n'avions plus rien à nous dire.

Avec un soupir, Dani se perdit dans la contemplation du contenu de son bocal.

— Je suis si lasse du *dating*. Une partie de moi voudrait juste renoncer, ce que je ferais aussi bien de faire. Les études montrent que la stigmatisation des célibataires est passée de mode, de toute façon.

— Tu as essayé *Instacul*? demanda Whitney.

Dani ouvrit la bouche pour protester mais elle poursuivit :

— Je suis sérieuse. Quelquefois, un simple plan cul peut te revigorer. Vois ça comme une escale essence sur vol long-courrier.

— C'est répugnant.

— Ne sois pas si réfractaire.

— Je ne suis pas réfractaire. Je suis juste…

Dani s'interrompit et montra la porte.

— Voilà Lia.

Je me tournai et la vis se dirigeant vers nous.

— Salut les filles !

Elle avait une voix stridente, d'une gaieté excessive, une voix de pom-pom girl qui aurait avalé une caisse entière de Red Bull.

— Désolée, je suis en retard, mais Jay n'arrivait pas, alors je lui ai dit que je le retrouverais ici.

— Pourquoi n'arrivait-il pas ? demanda Whitney.

— Il travaille.

Levant les mains en l'air, elle ajouta :

— Je sais, qui travaille un samedi soir ? À ce rythme, je m'attends presque à le voir se défiler pour Cabo.

Son sourire se fit un peu hésitant.

— Je suis sûre qu'il ne va pas se défiler pour Cabo, la rassura Dani.

— Bien sûr que non. C'est sans doute qu'il fait toutes ces heures sup pour pouvoir prendre du temps pour lui.

— Je sais. Tu as raison, dit-elle dans un rire aigu. Je fais des drames. Il ne va pas tarder.

Elle se tourna vers moi et demanda :

— Où est ton homme ?

Whitney gronda :

— Quel « homme » ?

— Juste ce mec du travail que j'aime bien. Alex. Je l'ai invité ce soir.

Je jetai un coup d'œil à mon téléphone. 8 h 22. Il allait peut-être faire comme Jay et me poser un lapin lui aussi.

— C'est sans engagement, repris-je. Genre il pourrait venir ou pas.

Putain, quelle idiote ! J'avais utilisé ce stupide masque pour rien. Ne savais-je pourtant pas qu'il était inutile de m'investir sentimentalement avec un mec qui finirait de toute façon par me décevoir ?

Les hommes sont tous des enfoirés.

Soudain, la musique s'éleva, un mélange sensuel de basses et de synthé. Je me sentis m'embraser, comme si quelqu'un avait allumé une lampe chauffante et l'avait dirigée droit sur mon corps. Ça devait être l'alcool qui coulait dans mes veines. Un coup d'œil à mon bocal vide confirma mon soupçon.

La basse résonnait en rythme avec le synthé, je me sentais de plus en plus brûlante. Peut-être était-ce plus que l'alcool. Je levai la tête, cherchant la source de cette chaleur inattendue.

Et tout à coup, je l'aperçus, debout sur le seuil, à contre-jour, ses boucles volant au vent, ressemblant à un élégant demi-dieu.

Il était là. Alex ne m'avait pas déçue.

Pas encore.

Chapitre 10

L'expression de son regard me donna l'impression d'être plus belle encore que si j'avais utilisé un masque à base d'or. À la fois torride, avide, et un peu étonnée. Comme si, peut-être, il ressentait un besoin irrépressible de me faire l'amour.

— Tu es sublime, me complimenta-t-il.

— Merci.

Tout mon corps était parcouru de picotements.

— Pardon d'être en retard. Le métro le week-end, tu sais ? C'est toujours le bordel.

— Pas de souci, assurai-je, feignant la plus parfaite décontraction, comme si je n'avais pas été sur le point de me liquéfier trente secondes auparavant. Je vais te présenter mes copines.

Les désignant tour à tour du doigt, je déclarai :

— Voici Whitney, Lia et Dani.

Il sourit et leur serra la main.

— Enchanté.

Whitney montra la bouteille qu'il avait à la main d'un geste.

— C'est du Moët ?

— Oui. J'espère que ça va.

— Carrément !

Elle vida sa sangria et lança :

— Fais péter le champagne.

— Ça roule.

Alors qu'il défaisait le papier doré et le muselet qui protégeaient le bouchon, je jetai un coup d'œil aux filles, curieuse de leur première réaction. Dani leva un pouce furtif et me murmura discrètement :

— Il est mignon.

Peinant à contenir son impatience, Whitney reluquait la bouteille, et Lia fixait du regard un point, au loin.

Le bouchon sauta avec un bruit sec et une mousse blanche se mit à couler sur le goulot. Il remplit nos bocaux jusqu'au bord, puis en prit un vide sur le bar et se servit à son tour.

— Tchin ! dit-il, avant de me regarder droit dans les yeux. Aux nouveaux amis.

On répéta en chœur en faisant tinter nos verres.

— Tchin !

Je bus une première gorgée du vin pétillant.

— Cet endroit est super, déclara alors Alex en inspectant les lieux. Les lumières, le buffet, le brasero. C'est toi qui as tout installé, Mel ?

— Non. Je n'ai rien fait. C'est ma coloc, Vanessa.

— Elle travaille dans l'événementiel, ce genre de truc ?

— Non, dis-je en secouant la tête. Elle est assistante virtuelle.

— Je suppose que c'est un travail qui implique beaucoup d'organisation.

Se tournant alors vers les filles, il demanda ;

— Et vous trois ? Qu'est-ce que vous faites dans la vie ?

Lia répondit la première :

— Je suis graphiste au *Golden Group*.

— Waouh, le *Golden Group*, c'est une sacrée boîte ! Bravo d'avoir décroché ce job.

— Merci, répondit-elle, visiblement flattée. C'est un peu le job de rêve.

— J'en doute pas. Et toi ? reprit-il à l'intention de Dani.

— Je fais un doctorat en sociologie à la *New School*.

En riant, il me lança :

— Je n'avais pas compris que toutes tes potes étaient des génies.

Dani rougit légèrement.

— Je ne me qualifierais pas de génie. Mais je ne suis sûrement pas débile non plus.

Enfin, il décocha son sourire éblouissant à Whitney.

— Et toi ?

Elle lui répondit par une question.

— Tu n'es pas un *Hatchling* ?

— Hum…

Il se dandina d'un pied sur l'autre, l'air déstabilisé par la tournure que prenait soudain la conversation.

— Si.

— Tu es l'un de ces connards qui passent leur temps à emmerder Mel, c'est ça ?

— Whitney, sifflai-je. Bien sûr que non.

— Ben, c'est toi qui as toujours dit que les *Hatchlings* sont des vrais connards avec toi.

Alex tiqua. C'était tellement gênant. J'aurais voulu me réfugier sous la table avec un pichet de sangria et tout le plateau de marshmallows.

— Manifestement, Alex est différent, fis-je remarquer. Pourquoi aurais-je invité un collègue qui ne serait pas sympa avec moi ?

— Tout va bien, dit-il, d'une voix douce et apaisante. Je comprends, Whitney. Melanie est ton amie et tu t'inquiètes pour elle. Les hommes sont des salauds et des manipulateurs. J'en suis témoin tous les jours au travail. Je fais mon possible pour être différent.

— Et tu l'es, renchéris-je en jetant un coup d'œil éloquent à Whitney.

Il s'humecta les lèvres et poursuivit :

— Pour ce que ça vaut, je n'aime pas non plus la compagnie des autres *Hatchlings*. Comme je l'ai dit à Mel, j'ai quelquefois l'impression de travailler dans un club d'étudiants. Et si c'est si pénible pour moi, je ne peux même pas imaginer à quel point c'est pénible pour elle, l'une des seules femmes du bureau.

Pour une fois, Whitney s'abstint d'une réplique acerbe. Fascinées, mes amies regardaient Alex me prendre la main et entrelacer ses doigts aux miens.

— Franchement, grâce à Mel, mon travail chez *Hatch* est bien plus supportable. Avant, le matin, j'allais au travail à reculons. Mais maintenant…

Il posa les yeux sur moi.

— Juste de savoir que je vais passer quelques minutes avec elle est une raison suffisante pour me lever.

Oh, il était doué ! Même Whitney avait l'air impressionnée, ce qui était un exploit, vu sa prédilection pour les polémiques à n'en plus finir.

— C'est vraiment beau, approuva Lia d'une voix tremblotante, comme si elle s'apprêtait à fondre en larmes.

Dani et moi échangeâmes un coup d'œil inquiet.

— Ça va, Lia ? demanda-t-elle.

Elle hocha la tête.

— Oui. C'est juste que c'était si gentil de dire ça, Alex. Mel compte beaucoup pour nous et je suis contente de savoir qu'il y a quelqu'un d'autre pour s'occuper d'elle.

Avec un reniflement, elle ajouta :

— Je boirais bien un peu plus de champagne.

— Bien sûr, dit-il en la resservant immédiatement.

Mes amies maintenant sous le charme, la tension se dissipa et la conversation se fit fluide. Alex posa des questions judicieuses et écouta les réponses avec attention. Il les regarda dans les yeux, rit à leurs blagues, remplissant leurs verres quand nécessaire. Sans jamais me lâcher la main. Mes doigts frémissaient.

Ce n'aurait pu être plus parfait.

Je commençais à flotter sur un petit nuage de pur bonheur quand, soudain, je me figeai. Le son était étouffé et de piètre qualité mais j'aurais reconnu ce petit air autotuné n'importe où. Un connard quelque part derrière moi avait lancé le remix *#DickInTheDark* sur son téléphone.

Alex ne parut pas remarquer. Il était trop accaparé par son échange animé avec les filles. Mais je n'entendais plus que ma voix numérisée en train de chanter à tue-tête : « frotte sa bite contre mes fesses. »

Plus j'essayais de le bloquer, plus le son était fort. Pour un peu, on aurait pu croire qu'il sortait de l'enceinte. Pourtant, mes copines ne remarquèrent rien. Et il était évident que je n'avais nulle intention de raconter à Alex toute l'histoire de la façon dont j'étais devenue un hashtag *Twitter*. Je pris mon expression la plus impassible et feignis d'être passionnée par la conversation. Totalement indifférente à ces gens derrière moi qui riaient de l'un des moments les plus humiliants de ma vie.

Enfin, la vidéo s'interrompit. Je pouvais respirer de nouveau. Mais à peine avais-je rempli mes poumons d'oxygène que le plaisantin pressa la touche « replay » pour réécouter cette putain de chanson.

— Franchement ! lâcha Whitney, un peu trop fort. Ce mec ne peut-il pas éteindre son téléphone de merde ?

Anxieuse de ne pas provoquer une scène, je la fis taire.

— Ne commence pas, s'il te plaît.

— Attends, c'est ridicule.

— Je suis d'accord, renchérit Alex. Je ne comprends pas ce que les gens trouvent de si drôle à ce truc.

Je me sentis blêmir.

— Tu as vu cette vidéo ?

— Pas l'originale, juste le remix. Quelqu'un l'a mise au bureau l'autre jour.

Tiens donc, quelle surprise ! À dire vrai, je n'aurais pas été étonnée que certains *Hatchlings* soient responsables de la diffusion de ces mèmes.

Une nouvelle fois, la vidéo s'interrompit. Et, de nouveau, le mec pressa « replay ».

— Putain ! Fait chier !

Whitney se retourna, arracha le téléphone à son propriétaire et enfonça la touche « stop » d'un ongle verni.

— Assez avec cette merde !

Oh non ! Mon envie de me cacher sous le buffet se fit encore plus pressante. Je me protégeai le visage d'une main. Non parce que j'avais peur que quelqu'un puisse me reconnaître. Mais parce que Whitney s'apprêtait à faire un scandale dans un endroit qui comptait un million de téléphones portables et que je ne voulais surtout pas me retrouver à faire le buzz dans une nouvelle vidéo.

Mais, à ma grande surprise, le mec laissa tomber. Il marmonna un « peu importe » pas inspiré et se dirigea de l'autre côté du toit.

Lia me tapota l'épaule.

— Ça va ?

— Oui, bien sûr. Pourquoi ça n'irait pas ?

Je souriais, jouant la comédie pour Alex, espérant éviter ce sujet de conversation en particulier. Ou, au moins, le repousser jusqu'à notre deuxième rendez-vous.

Mais il était d'une perspicacité gênante.

— Cette vidéo te dérange ?

— Oui, acquiesçai-je en hochant la tête, en quête d'une excuse. Elle est très énervante.

— C'est vrai, dit-il d'un air grave, je ne peux pas croire au nombre de saloperies que les femmes doivent constamment endurer des hommes. Vous êtes inlassablement harcelées de tous les côtés. Au travail, dans la rue, dans le métro.

— Exact, acquiesça Whitney.

— N'oublie pas Internet, renchérit Dani.

— C'est aussi grave sur Internet ? demanda-t-il, provoquant des éclats de rire.

— Oui, dis-je. En particulier sur *Fluttr*.

— Comment ? Que peuvent faire les mecs de si naze ?

— En deux mots, Alex, répondit Whitney en comptant sur ses doigts. *Dick*. *Pic*.

— Oui, mais ça ne doit pas arriver si souvent, si ? Genre, un pervers vous en envoie une à l'occasion, vous le dénoncez et il se fait virer de *Fluttr*, c'est ça ?

— J'en reçois au moins une par jour, répliqua Whitney. Quand ce n'est pas deux. Ou plus.

— Et les dénoncer ne sert à rien, ajoutai-je. Ces messages atterrissent sans doute dans une boîte anonyme qui n'est jamais ouverte.

— Vraiment ?

Il avait l'air abasourdi. La réalité de la vie d'une femme le stupéfiait.

— Pourquoi aller sur *Fluttr*, dans ce cas ?

— Parce qu'il y a des mecs bien dans le lot, répondit Lia. C'est comme ça que j'ai rencontré mon copain.

Sa mine s'allongeant soudain, elle sortit son téléphone.

— À propos, je devrais sans doute l'appeler pour voir où il en est.

Elle s'éloigna vers un coin tranquille. En silence, on la regarda tapoter l'écran de son portable, le porter à son oreille puis le rabaisser lentement.

— Reste encore à voir si son copain est un mec bien, fit remarquer Whitney.

— Je ne comprends pas pourquoi tu ne l'as jamais aimé, répliqua Dani.

— Comment pourrais-je l'aimer ou pas ? Je ne l'ai jamais rencontré. S'il n'y avait pas toutes ces photos qu'elle poste sur Instagram, je me poserais même des questions sur son existence. Elle le tague même pas alors c'est quoi son problème ?

— Il doit peut-être rester discret sur les réseaux sociaux à cause de son travail.

Whitney eut un reniflement de dédain.

— Pour moi, c'est des conneries.

— D'accord, mais en tout cas, il y a vraiment des mecs bien sur *Fluttr*.

Je me tournai vers Alex.

— Par exemple, tu y es, non ?

— J'y *étais,* précisa-t-il.

— Oh, glapis-je.

Que voulait-il dire par là ? Au déjeuner, l'autre jour, il avait parlé de supprimer son profil. Je pensais que c'était une blague mais il était peut-être sérieux.

Ou peut-être...

Non, il n'était pas possible qu'il ait supprimé son profil à cause de moi.

À moins que ?

Tandis que je m'interrogeais mentalement sur la raison qui l'avait poussé à faire une pause sur *Fluttr*, la conversation se poursuivait autour de moi.

— Je pense que ce que Mel essaie de dire, c'est que les mecs bien se font rares, dit Dani.

— Oui, exactement.

— Donc, chaque fois que tu *swipes* à droite, tu dois croiser les doigts et espérer que tu ne vas pas tomber sur une *dick pic ?* demanda-t-il.

— En gros, oui.

Je souris, un peu grisée par tout ce champagne.

— Mais il y a un nouveau site Internet sur le marché qui essaie d'aider les femmes à éviter de matcher avec des pauvres types.

— Ah ouais ?

— Ouais.

Je peinais à contenir mon excitation.

— Tu te rappelles, l'autre jour, quand tu m'as dit que les meilleures chances étaient celles que l'on provoquait soi-même ?

— Non ! hurla Whitney.

Le champagne jaillit de son verre, trempant l'impeccable chemise bleue d'Alex. Nous poussâmes une exclamation d'horreur.

— Oh, mon Dieu ! s'écria Dani.

— Ça va ? demandai-je. Qu'est-ce qui s'est passé ?

D'un ton rassurant, Whitney répondit :

— Tout va bien. Tout va bien. J'ai cru voir un ex qui me harcelait. Mais je me suis trompée.

L'air consterné, Alex regarda son torse. Mais déclara néanmoins :

— Pas de souci. Ça arrive.

— Tu peux aller te laver dans ma chambre, proposai-je. Je vais te montrer le chemin.

— Il peut le trouver seul, intervint vivement Whitney.

— Ça ira, dit-il. C'est juste un peu humide. Je vais aller chercher des serviettes. Je reviens.

Il se fraya un chemin dans la foule, prenant soin de ne pas mouiller un autre invité. Dès qu'il fut assez loin pour ne pas m'entendre, je regardai Whitney.

— C'était quoi ça, putain ?

— Tu ne peux pas lui parler de *BastardAlert.*

— Pourquoi pas ?

— Parce que ton identité doit rester secrète, tu t'en souviens ?

— Je la garde secrète pour le public. Pas pour un mec avec qui je sors.

— C'est juste votre premier rendez-vous.

— Techniquement, c'est notre deuxième.

Si notre déjeuner de lundi comptait comme rendez-vous. Ce que c'était.

— La question est que votre relation n'est pas encore sérieuse, j'imagine. Tu es encore en train d'apprendre à le connaître. Qui sait s'il est digne de confiance ou pas ? Il pourrait te *ghoster* la semaine prochaine et raconter à tout le monde que tu es derrière *BastardAlert.*

— Il ne peut pas vraiment disparaître, protestai-je. Nous travaillons ensemble. Nous nous croisons tout le temps.

— Raison de plus pour te taire. Tu ne veux pas que les autres *Hatchlings* découvrent qui est derrière ton site. Si ? Je suis sûre que la moitié de ces enfoirés sont déjà signalés sur *BastardAlert.* S'ils savent que c'est toi l'administratrice, ils vont te pourrir encore plus la vie qu'aujourd'hui.

Elle avait raison. Voulais-je vraiment aller travailler tous les jours avec un groupe de mecs qui voudraient se venger de moi ? Pourtant, je ne pouvais pas imaginer Alex me balançant. Pas aux *Hatchlings.* Il ne pouvait pas les blairer.

— Mais il est tellement différent.

— Je ne peux qu'approuver, dit Dani. Il a l'air vraiment super.

— Écoute, dit Whitney. Si ça devient sérieux entre vous, dans ce cas, tu pourras le lui dire. Pour le moment, reste discrète. En plus, j'ai une super idée pour faire connaître le nom *BastardAlert*. Et je pense que tu as le potentiel pour vraiment tout déchirer.

— Vraiment ?

— Oui, si tu la joues fine.

« Vraiment tout déchirer » voulait dire que je n'aurais plus jamais à supporter les *Hatchlings*. Que plus jamais je n'aurais à réparer un ordinateur cassé, à sourire sous une pluie d'insultes. J'aurais ma propre entreprise. Je serais la patronne.

Alex revenait. Il essuyait sa chemise avec un paquet de serviettes à cocktails roses.

— Ça va ? demandai-je. Je suis sûre que j'ai du détachant quelque part, si tu as besoin.

— Non, c'est bon. Alors, de quoi parlions-nous ?

Il froissa ses serviettes et son regard se posa tour à tour sur Whitney et Dani, avant de revenir sur moi.

— Hum, dis-je en me mordant la lèvre inférieure, feignant de réfléchir.

— Attends, nous parlions de *Fluttr* et tu as dit quelque chose sur le fait de provoquer soi-même ses chances.

L'air concentré, je levai les yeux en l'air, comme si je cherchais une réponse dans le ciel obscur. En réalité, j'essayais désespérément d'éviter son regard de crainte qu'il ne devine ma feinte. Je finis par hausser les épaules.

— Franchement, je ne m'en souviens pas. Ça ne devait pas être si important pour que j'oublie si facilement.

Heureusement, le retour de Lia fit diversion. Elle avait les joues rouges et les yeux larmoyants.

— Qu'est-ce qui ne va pas ? demandai-je, connaissant pertinemment la réponse.

— Oh rien. C'est juste... Jay ne vient pas.

— Il travaille encore ? Il est presque 22 heures, ajoutai-je avec un coup d'œil à mon téléphone.

Sa lèvre inférieure se mit à trembler. J'avais dit ce qu'il ne fallait pas dire.

— Je vais rentrer, annonça-t-elle.

Nous poussâmes un grognement de déception.

— Tu ne vas pas partir juste parce qu'il ne vient pas, la rabroua Whitney. Reste et amuse-toi avec nous.

Elle renifla.

— Non, je suis vraiment fatiguée. Je devrais y aller.

— Vous savez quoi, moi aussi, lança Dani. Je vais t'accompagner jusqu'au métro.

Lia ne protesta pas. Elles posèrent leurs bocaux sur la table la plus proche et on se salua. Tout en m'embrassant, Dani me chuchota :

— Je vais voir si elle veut en parler.

— Tu es vraiment une amie, dis-je. Merci d'être venue.

Après leur départ, Whitney déclara :

— Eh bien, c'est réglé. Jay est officiellement sur ma liste de boloss.

— Comme s'il ne l'était pas déjà.

— Cinquante dollars qu'il se défile pour Cabo.

— Oh non ! Je ne veux même pas y penser.

— Putain, je vais l'atomiser s'il fait ça.

Alex eut un petit rire nerveux.

— Merde, j'espère ne jamais atterrir sur ta liste de boloss.

Whitney le regarda d'un air féroce, ses yeux comme deux flèches prêtes à viser.

— Ne me donne pas de raison de t'y ajouter.

Sur ces mots, elle s'éloigna, le laissant abasourdi.

— Ne fais pas attention, le rassurai-je, elle est hargneuse.

Il déglutit et je lui pris la main, impatiente de mettre un terme à toute cette histoire et de m'amuser. La musique avait augmenté en volume et je sentais la sangria. Une piste de danse de fortune s'était formée au centre du toit.

— Viens, l'invitai-je en l'entraînant vers la foule des invités qui ondulaient et se trémoussaient.

Nous commençâmes innocemment, gardant une distance respectueuse tout en oscillant en rythme. Il finit par m'attirer plus près, jusqu'à me plaquer contre lui. Ses mains se posèrent sur ma taille, mes hanches, ma chute de reins. Mes doigts s'enfoncèrent dans ses boucles épaisses, au bas de sa nuque. Nos lèvres se frôlaient. Je sentais le champagne dans son haleine.

Ma peau était parcourue de petits frissons. Mes muscles palpitaient. Ma bouche était avide. Jamais je n'avais désiré un baiser avec une telle violence.

Soudain, un hurlement s'éleva :

— Au feu !

Chapitre 11

Inutile de dire que cela cassa l'ambiance. Mon baiser sur le toit tombait à l'eau.

Il s'agissait néanmoins d'un petit incendie. Un hipster avait fait le con en faisant griller son marshmallow et le bout de sa barbe de trente centimètres s'était enflammé. Il avait paniqué, comme n'importe qui dont le corps s'embraserait et, quand il avait crié, Ray avait bondi. Après avoir traversé le toit comme une flèche, notre intrépide gardien avait arraché l'extincteur du mur et fait jaillir la mousse en direction du brasier.

Immédiatement, une épaisse couche blanche recouvrit tout dans un périmètre d'un mètre : le brasero, le bar à marshmallows, la victime. Heureusement, personne ne fut grièvement blessé, même si le hipster était en larmes.

— J'ai mis trois ans à la faire pousser, s'écria-t-il en essuyant la mousse de ses yeux.

Sa copine le consola avec une expression consternée, même s'il était difficile de dire si elle regrettait la perte de la barbe de son amoureux ou si elle s'interrogeait sur ses choix sentimentaux.

Il n'y avait pas non plus de dégâts matériels. Juste une énorme quantité de mousse blanche à nettoyer. Mais un début d'incendie sonnait toujours le glas d'une fête. La musique s'interrompit brutalement et Vanessa s'avança vers le milieu du toit en tapant dans ses mains.

— Puis-je avoir votre attention ?

Le silence se fit dans la foule des invités et elle déclara :

— Merci beaucoup d'être venus. C'était top de vous avoir tous ici par cette belle soirée de printemps. Malheureusement, les événements ayant pris une tournure inattendue, poursuivit-elle avec un geste en direction du brasero et du bar à marshmallows maintenant cramé, je crains que nous devions mettre un terme aux festivités un peu tôt.

Un grondement général s'éleva et elle s'empressa d'ajouter :

— Encore désolée. Merci.

Je levai les yeux vers Alex qui me serrait toujours contre lui. Mais, de sensuelle, son étreinte s'était faite protectrice.

— Ça va ? me demanda-t-il.

— Oui. Ce n'est pas ma barbe qui a pris feu.

— C'est vrai.

Les sourcils froncés, il regarda Ray qui tirait une énorme poubelle d'une remise.

— Je devrais aller voir s'il a besoin d'aide.

Sur ces mots, il s'éloigna.

Tandis que Vanessa commençait à méthodiquement pousser les gens vers la porte du toit, je cherchai Whitney du regard. Et finis par la repérer dans un coin, en train de draguer l'un de ces grands costauds en pantalon Dickies. Il avait l'air totalement émoustillé. Je frémis rien qu'à l'idée de ce qu'elle était en train de lui chuchoter à l'oreille.

— Oh, Brad ! héla Ray dans leur direction.

Le dénommé Brad tressaillit et, après avoir lancé un sourire peiné à Whitney, s'élança vers Ray.

Elle se leva, lissa sa jupe et s'avança vers moi d'un pas nonchalant.

— Ce type est sexy.

— C'est un copain de notre gardien.

— Votre gardien n'est pas mal non plus.

Après avoir inspecté la foule qui se disséminait, elle ajouta :

— J'ai l'impression que la fête est finie.

— Rien de mieux pour interrompre une fête qu'un feu de barbe.

— Il y a un nouveau club à Greenpoint qui joue de la *house* le samedi. J'avais l'intention d'aller y faire un tour. Tu veux venir ? Tu peux amener ton *toy boy* si tu veux.

— Non. Il faut que je reste pour aider Vanessa à ranger.

— Comme tu voudras. Bisous, ajouta-t-elle en m'embrassant sur la joue. N'oublie pas le préservatif.

Je me mis à rire, tout excitée, puis cette étrange sensation à l'estomac revint et je me sentis un peu nauséeuse. Il y avait de grandes chances pour qu'Alex reste, ce soir. Et si une partie de moi n'avait qu'une hâte, coucher avec lui, l'autre, plus insidieuse, était terrifiée à l'idée de tout gâcher.

Ce conseil d'un autre temps résonnait dans ma tête : « Fais-le attendre. » À cette époque de l'histoire, où les femmes étaient enfin aussi indépendantes qu'autonomes, cette directive me semblait totalement dépassée, pour ne pas dire un peu sournoise. Pourquoi ne coucherais-je pas avec un type qui me plaisait vraiment, qui me respectait et qui me faisait frissonner chaque fois qu'il me touchait ?

À cause de cet autre conseil suranné : « Toujours se faire désirer pour qu'il reste. » Tout au fond de moi, je savais que c'était n'importe quoi. Mais la théorie persistait, et partout. J'avais même lu un article sur, étonnamment, le blog de *Fluttr*, disant que le faire languir permettait à une femme de gagner le respect d'un homme. Alors que coucher le premier soir la cataloguait direct comme pute.

Tout cela était néanmoins bien démodé. Whitney, qui n'était surtout pas intéressée par les relations à long terme, ne suivait jamais ce conseil. Pourtant, son détachement semblait toujours produire l'effet inverse et ses coups d'un soir finissaient par s'incruster. Lia, en revanche, avait fait attendre Jay jusqu'à leur cinquième rendez-vous, ce que, franchement, je trouvais dément. Mais après ça, leur histoire était vite devenue sérieuse. Même si on ne savait pas trop où ils en étaient.

Et puis merde ! J'allais me laisser guider par mon désir. Alex n'allait pas se volatiliser. Comme je l'avais dit à Whitney, vu que nous travaillions au même endroit, ce serait carrément impossible.

En outre, il ne semblait pas être du genre à disparaître. Alors que je ramassais les bocaux et les assiettes en papier vides, je le regardai démonter le brasero, rincer chaque pierre de lave une à une, pour s'assurer qu'elles ne puissent plus s'enflammer. Chacun de ses mouvements était précis, réfléchi. S'il mettait une telle douceur à manier une pierre, j'imaginais à quel point il serait délicat avec mon cœur.

Grâce à l'aide d'Alex, de Ray et de ses copains, au bout de vingt minutes, le toit était rangé et nettoyé. Les guirlandes lumineuses avaient été retirées, les tables pliées, et tous les bocaux et plateaux vides redescendus à l'appartement. Après avoir checké Ray, ses copains nous saluèrent, et on resta tous les quatre : Vanessa, Ray, Alex et moi.

— Je peux faire autre chose ? demanda Alex.

— Non, répondit Ray en bidouillant l'enceinte. Il ne me reste plus qu'à débrancher ce truc et on aura fini. Mais il y a quelque chose de coincé.

— Laisse-moi regarder, proposa Vanessa en s'accroupissant à côté de lui.

Je jetai un coup d'œil à Alex. C'était maintenant ou jamais. Parce qu'il était certain que je n'allais pas attendre notre cinquième rendez-vous.

— Tu veux venir un peu chez moi ?

On ne tourna pas autour du pot. Exit le traditionnel verre sur le canapé devant la télé. On se dirigea tous les deux vers ma chambre avec un objectif en tête : nous envoyer en l'air.

Nos vêtements se volatilisèrent et, nos mains voguant sur nos corps, nous nous explorâmes mutuellement. Quand nos bouches se rejoignirent, j'eus l'impression que ma soif était enfin étanchée. Trois orgasmes plus tard, terrassée de plaisir, je baignais dans un océan de volupté. L'idée que j'aie pu envisager de le faire attendre ne me semblait pas simplement ridicule mais masochiste. Aucune raison valable ne justifiait de se priver de cette extase.

Après notre marathon sexuel, je finis par m'endormir, pour me réveiller à l'aube avec une envie pressante d'aller aux toilettes. Alex était blotti contre moi, sa poitrine se soulevant au rythme de son souffle régulier. Putain, il était encore plus beau endormi !

Aussi silencieusement que possible, je roulai hors du lit, enfilai un tee-shirt trop grand et passai la tête dans le couloir. Pas un signe de vie. Tant mieux ! Un coup d'œil rapide dans le salon me dévoila l'ampleur du désastre. Il y régnait un désordre inimaginable. Mais cela attendrait le lendemain matin. Je me dirigeai vers la salle de bains sur la pointe des pieds et allumai la lumière.

La première chose que je vis fut une paire de fesses fermes et bronzées et l'expression horrifiée de Ray dans la glace.

— Oh merde ! s'écria-t-il.

Je poussai un cri. Pas de peur. Ray avait toujours été un mec gentil, poli, totalement inoffensif. J'étais juste choquée. Par le fait de le trouver ici, dans ma salle de bains, au beau milieu de la nuit, fesses nues.

Et, pour être honnête, j'étais surprise de le voir aussi musclé. Qui aurait pu se douter que ses pantalons Dickies dissimulaient de telles merveilles ?

En fait, je connaissais déjà la réponse à cette question : Vanessa.

— Melanie, je suis tellement désolé.

Fébrile, il s'empara d'une serviette, la plaqua contre son entrejambe, cherchant désespérément à cacher ses attributs. Je me réfugiai dans le couloir et me cachai derrière la porte pour nous épargner à l'un comme à l'autre d'échanger un regard gêné.

— Je ne voulais pas te faire peur.

— Ça va, répondis-je. C'est juste que je ne m'attendais pas à te trouver ici. C'est pas grave.

— Si j'avais su que tu étais ici, jamais je ne me serais baladé à poil. Je pensais que tu étais chez ton copain.

Il pense qu'Alex est mon copain.

J'étouffai un fou rire nerveux.

Soudain, celui qui n'était pas mon copain bondit de la chambre, un drap enroulé autour de sa taille.

— Tout va bien ?

En me voyant le dos contre la porte de la salle de bains, avec aux lèvres ce que je supposais être un sourire rêveur, il s'arrêta net.

— J'ai cru t'entendre crier. Qu'est-ce qui se passe ?

Sans me laisser le temps de répondre, Ray émergea de la pièce, l'immense serviette de bain toujours drapée autour de sa taille.

— Salut !

Alex nous regarda tour à tour.

— Salut !

Puis, comme si nous n'étions pas assez nombreux comme ça, Vanessa surgit sur le seuil de sa chambre.

Son kimono en satin avait glissé sur l'une de ses épaules. Son maquillage avait coulé, elle était tout ébouriffée. Je ne pensais pas l'avoir jamais vue aussi négligée.

Ou aussi radieuse, en fait.

Mais quand elle nous aperçut, ses joues roses pâlirent. Elle se raidit, rajusta son kimono et croisa les bras.

— Que se passe-t-il ? demanda-t-elle à son tour, d'une voix qui, malgré sa sévérité, tremblait légèrement.

Agrippant sa serviette d'une main, Ray s'avança vers elle.

— Rien, mon chou.

Quand il la toucha, elle tressaillit.

— J'ai fait peur à Melanie, c'est tout. Encore désolé, Mel.

Il m'adressa un sourire d'excuses. Puis fit un signe de tête à Alex.

— À plus, mec.

— À plus.

La porte se referma derrière eux et je plaquai ma main sur ma bouche pour étouffer mon fou rire.

— Quoi ? chuchota Alex.

Je levai un doigt puis le pointai vers la salle de bains.

— Donne-moi une seconde. Je te dirai quand j'aurai fini.

Lorsque je regagnai ma chambre, je le trouvai allongé sur mes draps froissés. Il feuilletait mon exemplaire écorné de *La Bible du développeur*.

— Tu fais des recherches tôt le matin ? demandai-je.

— Je dois rester au taquet. Le monde des start-up est une jungle, tu sais.

Alors qu'il tournait une page, une feuille tomba sur sa poitrine.

— C'est quoi ?

Je me glissai sur le lit à côté de lui et me figeai. Il avait à la main des notes que j'avais prises la semaine précédente alors que j'essayais de résoudre un problème sur *BastardAlert*. Elle était couverte de mots comme « profils », « *évaluation* » et « Fluttr ».

Oh oh!

Je la lui arrachai vivement des mains, la roulai en boule et la jetai derrière ma tête de lit.

—Rien. Juste un brouillon. Sans doute vieux d'un siècle. Il était peut-être même dans le livre quand je l'ai acheté. Je l'ai eu d'occasion. Sur Internet.

Tais-toi, tais-toi, tais-toi.

Alex plissa les yeux d'un air soupçonneux.

—Ça va?

—Très bien. Vraiment très bien.

Il fallait que je fasse diversion, et vite!

—Attends que je t'explique pourquoi je riais dans le couloir.

Il mordit à l'hameçon sans méfiance.

—Ah oui. Je n'avais pas compris que Vanessa sortait avec votre gardien d'immeuble.

—Elle ne sort pas avec lui. Du moins, elle ne *sortait* pas avec lui. Il était à fond sur elle et elle était dans le déni total. Mais je suppose qu'elle a fini par céder.

—Ce qui explique comment elle a eu accès au toit.

—Exactement. Elle a couché pour grimper au sommet, au sens littéral.

Il se mit à rire. Et s'empressa d'ajouter:

—Attends, tous les moyens sont bons! Je ne la juge pas. Des tas de gens utilisent le sexe pour obtenir ce qu'ils veulent.

Je lui lançai un regard faussement suspicieux.

—C'est la raison pour laquelle tu couches avec moi? Pour que je répare ton ordi à l'œil?

— Non, dit-il en suivant ma hanche d'un doigt. Je veux dire, ne te méprends pas, c'est un avantage certain. Mais la seule raison pour laquelle je suis ici en ce moment, c'est que tu me plais vraiment.

Il ponctua sa phrase d'une petite bourrade affectueuse, un geste singulier qui me fit fondre.

— J'espère que ça ne te fait pas flipper, ajouta-t-il alors.

— Pourquoi ça me ferait flipper ? Fais-moi confiance, après tous les cauchemars que j'ai endurés en matière de rencontres, t'entendre me dire que je te plais… c'est exceptionnel. C'est différent. Tu es différent. Et toi aussi tu me plais, vraiment.

Je me penchai vers lui en l'embrassant. Lentement, tendrement, avec ferveur. Comme si ses lèvres étaient la friandise la plus exquise et décadente que j'aie jamais goûtée. Il m'attira alors vers lui, m'enlaça de ses bras vigoureux, et ce sentiment familier revint.

L'extase.

Pour moi, il pouvait se faire tout réparer gratis.

Chapitre 12

Je me réveillai au son d'un froissement de tissu. Quelqu'un pliait des vêtements propres. Peut-être qu'une fée avait fait ma lessive pendant la nuit pour me délivrer de ma pile de linge sale.

Non, c'était juste Alex qui lissait son pantalon en le mettant à l'envers. Il était en caleçon et en chaussettes. Mais pourquoi ? Avait-il l'intention de se casser ?

Je me redressai brusquement.

— Tu pars déjà ?

Putain, j'avais l'air désespérée. Après tout, le soleil était levé. La matinée devait être bien avancée. C'était peut-être même déjà l'après-midi. L'heure d'entamer notre journée, séparément. Après tout, nous n'étions pas un couple. Il n'était pas mon copain.

Quand même, s'il avait voulu bruncher ou autre, je n'aurais pas été contre. Même une tasse de café m'aurait fait plaisir.

Mais ce n'était manifestement pas le plan. En entendant ma question, il me lança un coup d'œil paniqué. Un regard qui disait : « Je voulais filer en douce, c'est raté. »

— Tout va bien ? demandai-je.

— Oui, ça va. C'est juste…

Il tournait en rond au milieu de ma chambre minuscule, inspectant le sol en désordre du regard.

— Où j'ai mis ma chemise ?

Je la sortis de l'enchevêtrement des draps et la lui lançai.

— Tiens.

— Merci.

Je le regardai attacher ses boutons, bouillonnant intérieurement. Après la nuit que je venais de passer, une nuit pleine de passion, de rires et d'orgasmes multiples, il avait été sur le point de s'éclipser sur la pointe des pieds, sans me réveiller. Il n'avait même pas eu l'intention de me dire au revoir. *L'enfoiré* !

Je le croyais différent. Je lui avais dit qu'il me plaisait. J'avais couché dès le premier soir et, maintenant, il s'en allait.

Putain, j'étais trop conne !

— Je suis désolé, dit-il. Je n'avais pas l'intention de te réveiller.

— Oui, sifflai-je entre mes dents. Je suis sûre que tu es désolé.

Il haussa les sourcils, manifestement inquiet.

— Qu'est-ce qui ne va pas ?

Sérieux ? Je n'arrivais pas à croire que j'allais devoir le lui expliquer. Dans ce cas, il fallait que ce soit limpide.

— Nous avons baisé toute la nuit et tu étais sur le point de filer en douce.

— Non ! se défendit-il d'un air horrifié. Non, ce n'est pas… Oh, merde, je suis désolé.

Soudain, il était à côté de moi, sur le lit, et me prenait la main.

— Je suis tellement désolé. Je comprends que tu puisses l'interpréter comme ça mais c'est juste que je voulais te laisser dormir. Tu avais l'air si paisible, si heureuse. Si ça peut me racheter, je t'ai laissé un petit mot.

Il montra ma table de nuit sur le bazar de laquelle était posée une feuille de papier.

Je la pris à contrecœur. Un petit mot c'était sans doute mieux que rien. Mais je n'étais vraiment pas convaincue. Il disait :

Mel,
Je pars au bureau. J'ai passé une nuit géniale. Merci pour tout. Je t'envoie un message plus tard.

— Tu travailles un dimanche ?

— Je travaille tous les dimanches. Tous les samedis aussi. Les week-ends n'existent pas quand tu essaies de lancer une start-up. Et je ne voulais pas partir en speedant autant mais je me suis réveillé trop tard. Or, j'ai promis à Vijay de lui donner les résultats de son test de charge aujourd'hui. J'ai encore un gros boulot avant d'y arriver.

Il se passa une main dans les cheveux, son regard de nouveau paniqué. Et je compris soudain que cette expression n'avait rien à voir avec le fait d'avoir été surpris à filer en douce. Il était terrifié à l'idée de perdre son financement.

Je lui pressai la main.

— Je comprends.

— Merci.

Visiblement soulagé, il sourit.

— J'ai vraiment passé une super nuit.

— Moi aussi. Pardon d'avoir flippé.

— T'inquiète. Et désolé de t'avoir fait flipper.

Il prit ma nuque dans ses mains et me caressa le menton de ses pouces.

— Mais je suis content d'avoir une chance de pouvoir te dire au revoir décemment maintenant.

J'étais tellement avide de son baiser que la pensée de l'haleine du matin ne me traversa même pas l'esprit. Cela ne semblait pas le déranger non plus. Pas à la façon dont il dévora mes lèvres avec frénésie, me faisant frissonner de tous mes membres.

Il s'interrompit brutalement, le regard un peu embrumé.

— Je t'envoie un message tout à l'heure.

Je fis mine de me lever mais il reprit :

— Reste au lit. Tranquille. Je peux sortir tout seul.

Sur ces mots, il disparut.

Après l'intensité de ce baiser, il m'était impossible de me détendre. Peut-être allais-je essayer ma balle antistress plutôt. Je me rallongeai et léchai mes lèvres sur lesquelles son goût persistait. Mais mon plan d'épanouissement personnel fut brutalement interrompu par un bip de mon téléphone. C'était un texto de Whitney.

WHITNEY
T'es allée sur *Twitter* ?

MEL
Non, pourquoi ?

WHITNEY
T'es de nouveau dans les sujets tendance.

Bordel!

MEL
Je m'en fous.

WHITNEY
Non, c'est pas le topic *#DickInTheDark.* C'est autre chose. Vaaachement mieux !

MEL
Ça veut dire quoi, putain ?

Elle me répondit par un lien. Au début je ne compris pas ce que je faisais défiler. Ça ressemblait à un fil d'actualité *Twitter* sur des *dates Fluttr* ratés. Je remarquai alors que tous les tweets avaient le même hashtag : *#BastardAlert.*

MEL
Merde !

WHITNEY
Je sais !

MEL
Comment t'as trouvé ça ?

WHITNEY
En allant chez SoulCycle. Je te raconte plus tard.

WHITNEY
Au fait, tu es libre à dîner demain soir ?
Happy Hour @ Stanton Social.

MEL
Oui.

WHITNEY
Cool. J'envoie un message à Dani et Lia pour voir si elles sont partantes.

WHITNEY
Et prépare-toi, chérie. Tu es sur le point de tout déchirer!

Je sentis mon estomac gargouiller, sans doute une réaction viscérale à la perspective de tout défoncer. Ce qui n'avait pas vraiment de sens. La veille au soir, j'étais excitée à l'idée de tout déchirer. C'était ce que je voulais, non ? Que les gens parlent de mon produit. Un hashtag populaire, c'était un billet pour le TGV de la réussite. Le rêve de toute start-up.

Mais, en théorie, je n'avais pas de start-up. J'étais juste une femme qui gérait un site Web de sa chambre en espérant finir par en tirer un profit. J'avais la conviction que *BastardAlert* pourrait me faire gagner de l'argent un jour. Je croyais même qu'il pourrait être révolutionnaire. Pour le moment, néanmoins, j'avais des doutes. Souhaitais-je vraiment mener cette révolution ?

Si *BastardAlert* devenait viral, il me serait impossible de garder l'anonymat. Pas à une époque où tout le monde se promenait avec son téléphone qui faisait GPS et appareil photo. Les gens seraient curieux. Me démasqueraient. Puis ils feraient le rapprochement et comprendraient que j'étais la même femme que celle de *#DickInTheDark*. Imaginez les mèmes qu'ils feraient alors.

Et puis il y avait le facteur Alex. S'il découvrait que j'étais le cerveau derrière *BastardAlert* par un quelconque mème, il se demanderait sûrement pourquoi je ne lui en avais pas parlé en personne. Il m'interrogerait sur mes motivations, deviendrait soupçonneux et perdrait confiance en moi. Un fossé se creuserait entre nous. Et ce serait la fin de notre relation qui n'avait même pas démarré.

Toute cette anxiété me donnait soif. Je sortis du lit et me dirigeai vers la cuisine pour aller chercher un verre d'eau. J'y trouvai Vanessa, debout devant l'évier, en train de frotter nos bocaux. Elle ne leva pas les yeux quand j'entrai dans la pièce.

— Salut.

— Salut, répondit-elle en frottant de plus belle.

— Tu as besoin d'aide pour ranger ?

— Non. Je gère.

Un rapide coup d'œil à l'appartement me confirma que c'était exact, qu'elle gérait vraiment. Le désordre du matin avait disparu. Il ne restait qu'un peu de vaisselle mais elle la lavait à une vitesse stupéfiante.

Elle-même avait pris une douche. Plus de maquillage qui avait coulé, plus de cheveux en bataille. C'était comme si notre rencontre au beau milieu de la nuit dans le couloir n'avait jamais eu lieu. Et, à voir comme elle fuyait mon regard, je supposais qu'elle la regrettait.

Sans un mot, je m'approchai du placard et pris un verre.

— Je sais à quoi tu penses, commença-t-elle.

Oh non !

— Je ne pense à rien.

— C'était une erreur, reprit-elle sans lever les yeux de son éponge. J'ai bu beaucoup trop de sangria et j'ai pris une décision stupide.

— D'accord.

Vanessa n'avait pas besoin de justifier sa partie de jambes en l'air avec Ray. Honnêtement, j'étais la dernière personne pour juger un mauvais choix de partenaire sexuel. Pourtant, elle semblait bien déterminée à donner des explications.

— Franchement, je n'avais jamais fait ça. Ça ne me ressemble pas de coucher dès le premier soir. J'attends toujours jusqu'au troisième rendez-vous au moins pour coucher. Et même plus longtemps, d'habitude.

— Ce n'est vraiment pas grave, dis-je.

— Si, ça l'est.

Elle coupa l'eau et jeta l'éponge dans l'évier.

— Je suis tellement gênée. Attends, Ray ! Surtout lui !

— Tu aurais pu tomber sur pire.

Elle eut un reniflement de dédain.

— Peu probable.

— C'est vraiment un type sympa.

Qui a vraiment un beau cul.

— C'est le gardien.

— Eh bien, vois ça comme ça : en sortant avec le gardien de l'immeuble, tu auras le droit d'organiser des soirées sur le toit quand tu voudras.

L'air dégoûté, elle répliqua :

— Ce n'est pas si drôle. De toute façon, je pense qu'après ce début d'incendie, nous ne sommes pas près d'être de nouveau autorisées à monter sur le toit.

— Ray n'a pas eu d'ennuis, si ?

— Non. Juste un voisin qui s'est plaint. Heureusement, il a réussi à l'empêcher d'appeler le propriétaire. Mais comme nous avons eu vraiment de la chance qu'il ne se soit rien passé, il va mettre le holà aux prochaines soirées sur le toit.

— C'est sans doute mieux.

Je remplis mon verre d'eau et, regardant Vanessa du coin de l'œil, je repris :

— Quand ce feu a démarré, Ray a réagi au quart de tour.

— Oui. Il contrôlait vraiment la situation.

— Il donne l'impression d'être vraiment fiable.

Un sourire rêveur flottant sur ses lèvres, elle acquiesça :

— Oui.

— En plus, il est super bricoleur.

— Oh mon Dieu ! Tu as vu la maîtrise avec laquelle il a accroché ces guirlandes électriques ? Elles étaient parfaitement symétriques.

— Il ferait vraiment un super copain.

Le sourire rêveur de Vanessa se transforma en froncement de sourcils contrarié.

— Non.

— Pourquoi pas ?

— Il habite à Bensonhurst.

— Et alors ?

— Avec sa mère.

— Oh !

C'est vrai, je ne serais pas trop emballée à la perspective de coucher avec un type sous le toit de sa mère. Mais je la revis surgir de sa chambre, dans son kimono de soie, radieuse.

— Il est évident qu'il est charmé. Et tu donnais l'impression d'être vraiment heureuse hier soir.

— Je n'étais pas heureuse. J'étais ivre.

Elle retira ses gants de caoutchouc et les posa sur le plan de travail.

— En outre, des tas de gens sont heureux quand ils rencontrent quelqu'un pour la première fois. Quand tout est nouveau, qu'on s'éclate au lit et qu'on n'a pas la moindre idée de ce qui nous attend. Ça n'a rien à voir avec le bonheur.

« Tout est nouveau. » « On s'éclate au lit. » Ça ressemblait beaucoup à ce que je vivais avec Alex.

— Tu parles de choisir un partenaire, là, fis-je remarquer. Cela n'aurait pas de rapport avec le bonheur ? Qu'est-ce qui peut possiblement être plus important qu'être heureux ?

— La complicité. La compatibilité. Et tu décides de tout ça en faisant tes recherches préliminaires.

Elle se tapota la tempe.

— Plus tu en sais plus tu as de pouvoir. C'est pourquoi je vais chez Vilma. Plus tu en sais sur un mec en amont, moins tu risques de vivre l'une de ces atroces ruptures qui te laissent le cœur brisé.

Sa lèvre inférieure tremblota puis elle prit une profonde inspiration.

— À ce propos, Vilma m'a arrangé un rendez-vous mardi soir. Je dois appeler ma coiffeuse pour voir si elle peut me prendre plus tard aujourd'hui. Ce balayage commence à devenir terne.

Sur ces mots, elle se réfugia dans sa chambre et ferma sa porte derrière elle. Je restai immobile, les yeux fixés sur l'évier qu'elle venait de quitter, m'interrogeant sur la rapidité avec laquelle elle avait repoussé l'idée d'un avenir avec Ray. Certes, le fait qu'il habite chez sa mère était un problème, mais il ne vivrait certainement pas avec elle pour toujours.

D'un autre côté, le processus d'élimination de Vanessa était-il vraiment très différent de la façon dont j'avais filtré mes copains potentiels via *Fluttr* ? Je prenais souvent mes décisions en moins de deux secondes, me fondant sur des facteurs bien plus superficiels. Qui sait ? J'avais peut-être refusé plein de mecs qui, potentiellement, auraient pu être *The One* à cause d'un sourire idiot ou d'un mauvais angle de photo !

Même si ça n'avait pas vraiment d'importance. Parce que, maintenant, j'avais Alex. Et si les choses continuaient à aller aussi bien pour nous deux, je n'aurais plus jamais à avoir recours à *Fluttr*. D'ailleurs, j'allais retourner dans ma chambre et me dépêcher de désactiver mon profil.

Ce que je fis sur-le-champ.

Quand j'eus fini, je fis défiler mon fil d'actualités Instagram pour me mettre à jour sur tout ce qui était arrivé pendant que je faisais l'amour et que je dormais.

À en juger par le selfie posté à 3 heures du matin devant ce club de Greenpoint, Whitney s'était couchée tard. Dani, en revanche, s'était levée tôt et avait posté une photo de sa tasse de café à côté de son ordinateur portable, avec la légende : « Session de torture du dimanche matin *#dissertation.* »

Puis il y avait une photo de Lia : un bouquet de roses mauves dans un vase de cristal. Elle l'avait postée vingt minutes auparavant avec la légende : « Fleurs de mon chéri. »

Apparemment, Jay avait présenté ses excuses.

Je cliquai sur le profil de Lia et *swipai* sur ses photos les plus récentes, m'arrêtant quand j'arrivai au selfie qu'elle avait pris la semaine précédente. Un *close-up* de leurs visages, leurs joues pressées l'une contre l'autre. Il était d'apparence normale. Pas tout jeune mais il portait bien son âge. Des cheveux poivre et sel, quelques pattes-d'oie qui lui donnaient un air distingué. Il avait l'air d'un homme bien.

Mais les apparences pouvaient être trompeuses.

Par mesure de sécurité, je chargeai *BastardAlert* et cherchai « Jay, 41, Midtown ». Quand la page afficha « pas de profil correspondant », je me rendis compte de ma stupidité. Les couples se disputaient tout le temps. Les hommes décevaient, les filles pleuraient. Des fleurs étaient envoyées en guise d'excuses. Ça ne voulait pas dire que Jay était un sale type.

Ça ne voulait pas dire non plus que c'était un mec bien. Mais l'absence de profil *BastardAlert* était néanmoins encourageante. Et même si je trouvais Vanessa un peu timbrée avec son discours sur les entremetteuses, ses paroles contenaient une part de vérité. Plus on était informé mieux on était armé. *BastardAlert* allait peut-être se révéler un outil utile pour éviter non seulement les *dick pics* mais aussi les chagrins d'amour.

Je revis alors l'expression paniquée sur le visage d'Alex quand je l'avais surpris en train de s'habiller à la hâte et sentis mon cœur se serrer. Il avait une explication parfaitement raisonnable. Il m'avait même écrit un petit mot. C'était un type bien. Mais qui savait s'il m'avait raconté la vérité ?

Comme Vanessa l'avait dit, plus on en sait sur quelqu'un en amont, moins on risque de souffrir par la suite.

Je tapai « Alex, 26, Financial District » dans le moteur de recherche. Et quand je vis son sourire éblouissant s'afficher à l'écran, je sentis mon cœur voler en éclats.

Évaluation : L'enfoiré *Fluttr* typique. Super canon mais baratineur. Dit tout ce qu'on veut entendre au bon moment. Ne croyez pas un mot de ce qu'il vous raconte.

Chapitre 13

Il n'était pas question que je flippe.

Il n'y avait qu'une appréciation. Bien sûr, elle était virulente mais elle était aussi un peu vague. « L'enfoiré *Fluttr* typique » pouvait vouloir tout dire.

En fait, pas tout. C'était carrément négatif. Mais je n'avais pas la moindre idée de l'identité de celle qui l'avait postée. Pourquoi devrais-je faire confiance aux mots d'une utilisatrice anonyme d'Internet ?

Bien sûr, si les évaluations n'étaient pas fiables, on pouvait s'interroger sur la vraie utilité de *BastardAlert*.

Pourtant, la veille au soir, Alex avait été la perfection incarnée. Me serrant contre lui pendant que nous dansions sous les guirlandes électriques. Se précipitant pour aider Ray après le feu. Charmant mes copines avec ses commentaires pleins de gentillesse et de considération.

Ce qui, je supposais, pouvait être interprété comme du baratin.

« Je n'avais pas compris que toutes tes potes étaient des génies. »

« Avant, le matin, j'allais au travail à reculons. »

« Juste de savoir que je vais passer quelques minutes avec elle. »

Quand Alex avait parlé ainsi, il était totalement sincère. *Non ?*

Peut-être pas.

J'avais besoin de me distraire, sur-le-champ. J'ouvris donc mon ordinateur portable, me connectai à Netflix et passai le reste de mon dimanche au lit, me gavant de *junk food* et d'épisodes de *Jessica Jones*. Transportée loin de la réalité, dans un monde de fiction, je rêvais d'ouvrir ma propre agence de détectives super-héros, où j'enquêterais sur les menteurs aux comportements glauques qui maltraitaient les femmes, et les dénoncerais. Un peu comme *BastardAlert*, en plus vicieux encore.

Entre chaque épisode, je consultais mon téléphone pour vérifier si j'avais un message d'Alex. En vain. Déçue, je rafraîchis mon fil d'actualité *Twitter* pour voir si de nouveaux tweets avaient été ajoutés au hashtag *#BastardAlert*. À mesure que la soirée s'avançait, l'activité sembla baisser. Je me connectai alors à mon tableau de bord *BastardAlert* pour consulter les statistiques actuelles. Apparemment, au cours des vingt-quatre dernières heures, le trafic Internet n'avait pas beaucoup changé.

Ce *trending topic* n'était pas en train de devenir l'énorme coup marketing prédit par Whitney. *#DickInTheDark* avait plus fait le buzz, bordel !

Ce qui aurait dû me tranquilliser l'esprit, je suppose. Quand Whitney m'avait dit que j'allais tout déchirer, j'avais été tellement inquiète de voir mon identité révélée.

Et maintenant, je me disais juste : quelle importance ? Quelle importance si une bande de nerds dans leur cave m'avaient transformée en mème sexiste ? Quelle importance s'ils m'avaient exposée et humiliée ? J'avais passé ma vie à me faire humilier par les hommes, de toute façon, et j'étais toujours debout. Alors autant en tirer de l'argent.

Mais vu que tout le monde se foutait de *BastardAlert*, ce n'était même pas le propos. Et je resterais visiblement coincée au support IT dans le futur proche.

Quand j'eus visionné toute la première saison de *Jessica Jones*, il était presque minuit. Je jetai un dernier coup d'œil à mon téléphone avant d'éteindre, espérant voir un message d'Alex. Mais, bien sûr, il n'y avait rien.

Contrairement à ce qu'il m'avait promis, il ne m'avait pas envoyé un seul texto. Et, franchement, je commençais à le soupçonner de ne jamais en avoir eu l'intention. Il n'était probablement même pas obligé de travailler le dimanche. C'était juste une excuse qu'il avait inventée quand je l'avais surpris en train d'essayer de filer en douce. Parce qu'il savait quoi dire au bon moment.

C'est alors que la vérité me frappa de plein fouet : Alex Hernandez m'avait baratinée pour coucher avec moi.

— La même merde recommence.

La voix de Josh Brewster résonna dans mon box. Je pivotai sur ma chaise pour le trouver debout sur le seuil, le torse bombé, la respiration haletante, agrippant son ordinateur d'un poing rouge et charnu. Il semblait sur le point de me le balancer à la figure.

Machinalement, je souris.

— Bonjour Josh. En quoi puis-je t'aider ?

Au lieu de dédramatiser la situation, mon attitude affable sembla attiser sa fureur.

— Je ne sais pas. Tu peux ? demanda-t-il en agitant l'ordinateur dans ma direction. Chaque fois que je te demande de réparer cette merde, je le récupère encore plus en panne.

Reste calme. Ne réplique pas.

— Laisse-moi voir ce qui se passe, dis-je de ma voix la plus suave.

Avec une grimace, il me le tendit et je l'ouvris pour regarder l'écran.

— Hum… j'ai l'impression que tu es encore infecté par un malware.

— Ouais, c'est déjà ce que tu m'as dit la dernière fois, donc, manifestement, c'est pas ça.

Je m'éclaircis la voix, comptant mentalement jusqu'à trois avant de lui faire une réponse précipitée et de la regretter.

Josh profita de mon silence pour continuer à fulminer.

— La seule raison pour laquelle je te l'ai rapporté, c'est que je ne trouve pas Bob. C'est le seul compétent ici.

Putain, ce mec était vraiment con !

— Et si tu me le laissais ? Je l'apporterai à Bob quand je le verrai. Je suis sûre qu'il pourra le réparer immédiatement.

Avec un sifflement, il disparut, un rictus méprisant aux lèvres. Dès qu'il fut parti, je consultai le logiciel espion et me mis à faire défiler les données collectées sur son activité. J'y trouvai plein de trucs anodins : des mails rédigés sur Outlook. Des messages décontractés échangés avec les membres de son équipe. Beaucoup de code extrêmement mal écrit.

Mais il y avait beaucoup plus que les trucs inoffensifs. Comme les heures qu'il passait sur le site *GrosSeinsGratuits.com*, ou les innombrables visites qu'il faisait sur le forum *Bombes Sexuelles*. Et, confirmant mes soupçons, il allait aussi sur de nombreux sites de jeu. Si l'URL contenait le mot « virtuel », « pari » ou « casino », il y avait une chance sur deux pour qu'il s'y soit connecté.

Le logiciel espion montrait aussi qu'avant chaque session, il désactivait l'antivirus. Puis il le relançait et effaçait l'historique de son moteur de recherche. Il n'avait même pas entendu parler du mode navigation privée ! Mais le mal était fait et l'ordinateur était déjà infecté.

J'avais hâte de montrer cette preuve à Bob. L'ordinateur de Josh sous le bras, je me levai d'un bond et me dirigeai vers la cachette préférée de mon boss : la salle des serveurs. Chaque fois qu'il disparaissait, je savais que je le trouverais réfugié quelque part entre les rangées d'ordinateurs, cherchant le réconfort dans le ronron de leurs ventilateurs. Là, personne ne viendrait le déranger.

En tant que patron, il pouvait se le permettre. En tant que subalterne, je ne le pouvais pas. Je devais rester à l'étage des bureaux, assumer mon rôle au support IT et gérer les foudres des *Hatchlings*. Quand Bob était dans la salle des serveurs, à moins d'une crise urgente, j'étais censée le laisser travailler en paix.

En théorie, la découverte de l'activité en ligne de Josh n'avait rien d'une urgence ni d'une crise. Mais je sentais qu'elle valait une interruption. J'avais besoin de vengeance et tout de suite. Ces « données » étaient la preuve irréfutable de l'irresponsabilité flagrante des *Hatchlings* et du fait que je ne m'étais jamais trompée sur leur compte. Bob allait peut-être enfin comprendre que je n'avais pas à endurer leurs insultes et leurs agressions. Et peut-être leur demanderait-il enfin d'arrêter de me pourrir la vie.

Après avoir désactivé la fermeture électronique grâce à ma carte d'accès, je poussai la lourde porte de métal qui ouvrait sur la salle des serveurs. D'innombrables rangées d'étagères noires contrastaient avec les murs blancs et les tubes fluorescents au plafond. Des centaines de ventilateurs tournant simultanément créaient un ronronnement surnaturel. Je m'avançai le long du couloir sur la pointe des pieds, jetant des coups d'œil à la ronde, jusqu'à ce que j'aperçoive mon boss. Assis par terre, les yeux plissés par la concentration, il était penché sur son ordinateur portable.

Quand il entendit le bruit de mes pas, il leva la tête, son regard exprimant un mélange de fureur et d'appréhension.

— Qu'est-ce que tu fais ici ? gronda-t-il.

— Tu te rappelles quand je t'ai dit que Josh surfait probablement sur des sites de jeu d'argent ?

Bob laissa échapper un soupir exaspéré.

— Ça ne va pas recommencer !

— C'est différent, cette fois. J'ai des preuves !

Je m'assis à côté de lui et ouvris l'ordinateur.

— Regarde.

Alors que je faisais défiler les données prouvant la culpabilité de Josh, une expression perplexe se peignit sur le visage de mon patron.

— Qu'est-ce que c'est ?

— J'ai installé un logiciel espion sur son ordi.

Les yeux exorbités, il s'exclama :

— Tu as quoi ?

— Tu m'as dit que je ne pouvais l'accuser de rien sans preuve de ses « activités ».

— Je ne t'ai jamais dit d'installer un logiciel espion. Ce n'est pas un logiciel autorisé par *Hatch*. C'est contraire à la politique de l'entreprise.

Bob m'arracha l'ordinateur des mains pour récupérer le contrôle de la souris et inspecter les preuves.

— Josh est au courant que tu as fait ça ?

— Non.

— Bien. Ne lui dis rien.

— Tu veux voir ce que ça démontre ?

Je me penchai et montrai du doigt les preuves accablantes.

— Il désamorce le scanner de virus pour pouvoir aller surfer sur certains sites… Ça, c'est contraire à la politique d'entreprise.

— Regarde les dates et les heures. C'est toujours le week-end ou tard le soir. Il n'est pas au bureau quand il se connecte. De toute façon, notre pare-feu le bloquerait s'il faisait ça sur notre réseau de bureau.

— Et alors ?

— Et alors ce qu'il fait de son temps libre ne regarde que lui.

— Même sur un portable de *Hatch* ?

— Oui. Tu dois désinstaller ça tout de suite.

— Mais il n'arrête pas de télécharger des virus.

— C'est la raison pour laquelle tu travailles ici.

Je me sentis bouillonner d'une telle colère que je me mis à trembler.

— C'est ça mon travail ? Le laisser tout bousiller, me parler comme à une merde, puis nettoyer ses dégâts avec un sourire ?

Bob écarta les mains et baissa la voix comme pour m'apaiser.

— Ne tombons pas dans l'hystérie, OK ? Il n'a plus que quelques semaines à passer ici. Puis il va partir et tu ne le verras plus jamais.

Je savais qu'il parlait de Josh Brewster. Qu'il faisait référence au fonctionnement de *Hatch* qui voyait arriver une cohorte de nouveaux fondateurs de start-up tous les trois mois. Mais une question fusa à mon esprit : était-ce ce qu'Alex pensait ? *Encore quelques semaines puis elle sortira de ma vie et je ne la reverrai plus jamais.*

J'avais été tellement convaincue qu'il ne disparaîtrait pas du jour au lendemain parce que nous travaillions ensemble que je n'avais même pas envisagé que notre temps en tant que collègues de travail était compté. Bien sûr, m'éviter au bureau serait délicat. Mais, après tout, ce ne serait l'affaire que de quelques semaines. Puis il passerait à autre chose et je resterais coincée chez *Hatch*, à gérer un nouvel arrivage de détestables *Hatchlings*.

Parce que le prochain arrivage serait tout aussi horrible que celui-là. Les *Hatchlings* étaient toujours les mêmes : privilégiés, ingrats, vulgaires. Je serais prise au piège de ce roulement sans fin, pour toujours, et Bob ne prendrait même pas ma défense.

Je sentis soudain mon visage en feu. Mes yeux me brûlaient, ma gorge se mit à gonfler. Putain, j'étais sur le point de faire le pire ! Pleurer devant mon patron.

Bob me regarda, l'air horrifié.

— Ça va ?

Merde, merde, merde, merde.

Règle numéro un dans le manuel de l'informaticienne : ne jamais, jamais, JAMAIS pleurer devant son patron. Il était déjà assez difficile de se faire prendre au sérieux dans ce secteur pour ne pas étaler ses émotions. Si je pleurais maintenant, la moindre once de respect qu'il avait pour moi disparaîtrait à jamais.

Je ravalai donc la boule dans ma gorge, refoulai mes larmes et me forçai à afficher un sourire aimable.

— Très bien.

Puis, je repris mon ordinateur et ajoutai :

— Je vais aller nettoyer le virus et retirer le logiciel espion maintenant.

Il plissa les yeux, méfiant devant ma soudaine docilité, mais soulagé dans le fond de ne pas avoir à gérer les larmes d'une femme.

— Bien.

Sans un regard en arrière, je m'enfuis de la salle des serveurs et m'avançai dans le couloir d'un pas rapide pour aller me réfugier dans l'intimité de mon box. Mes yeux étaient douloureux de retenir mes larmes. J'avais besoin de les laisser couler en paix.

Mais, à un détour de couloir, je butai contre un torse large et solide, vêtu d'une chemise.

— Oh là ! Ça va ?

Alex m'attrapa par les épaules et me stabilisa. Sous le fin coton de mes manches, je sentis la chaleur de ses paumes se propager dans tout mon corps. Il m'adressa son sourire éblouissant.

Non. Il ne faut pas qu'il me refasse craquer.

Me dégageant de son emprise, je me redressai et lissai mon chemisier.

— Tout va bien.

Son sourire faiblit un peu. Moins éblouissant, plus contrit.

— Écoute, je suis désolé de ne pas t'avoir envoyé de message hier soir. Je suis resté ici jusqu'à 2 heures du matin, finalement, pour essayer de réussir les tests de charge. Puis je suis rentré dormir deux heures avant de revenir ici à 6 heures. Un vrai cauchemar.

— Tu dis ça souvent.

— Qu'est-ce que je dis souvent ? s'étonna-t-il.

— Que tu es désolé.

— Oh.

Sa bouche s'ouvrit et se ferma. Visiblement, il cherchait ses mots.

— Est-ce que… hum ! Tu as quelque chose à me dire ?

J'avais des tas de choses à lui dire en fait : que j'avais tout lu sur son passé de baratineur sur *BastardAlert*. Que j'étais terrifiée à l'idée de m'attacher et qu'il me fasse souffrir. Qu'il était si beau dans ce couloir, là, devant moi, que j'aurais voulu qu'il me donne une raison de lui faire confiance afin que nous puissions échanger un baiser secret là, tout de suite.

Mais je me contentai de lui adresser mon habituel sourire affable. Celui que je réservais à tous les *Hatchlings*.

— Non, je suis juste vraiment occupée. J'ai besoin de réparer encore ce truc.

Je tapotai l'ordinateur de Josh, le sticker *Free Mustache Rides* nous narguant tous.

— Je dois y aller.

Je vis la lueur de chagrin dans ses yeux. Ou peut-être prenais-je mes désirs pour la réalité, en imaginant que je comptais assez pour lui pour que ma rebuffade puisse le peiner.

Je passai devant lui et regagnai mon box presque en courant, les larmes me gonflant déjà les paupières. À peine installée sur ma chaise, je fus submergée par le regret. J'aurais dû lui parler à cœur ouvert, lui demander franchement s'il pensait que nous avions un avenir ensemble, ou s'il s'agissait juste d'une autre aventure sans lendemain. J'aurais dû lui laisser une chance de s'expliquer.

Avide de distraction, je regardai mon téléphone. J'avais un message de Whitney. Super ! Elle m'avait envoyé un lien pour un article de *BuzzFeed*. Elle passait son temps à m'envoyer ce genre de lien. En général, c'était l'un de ces tests ridicules comme : « Quelle Kardashian êtes-vous ? » ou « Commandez une boisson *Starbucks* et nous devinerons votre position sexuelle préférée. » Et, d'habitude, je l'ignorais. Mais, aujourd'hui, j'étais avide d'une diversion stupide pour me changer les idées.

Pourtant, cette fois, le lien me réserva une vraie surprise.

Chapitre 14

Sept profils BastardAlert *WTF!*

Par Kirra Boyce, de BuzzFeed
Posté : lundi 16 avril, 8 h 57

Mesdames, nous sommes toutes passées par là : un swipe *à droite sur un profil* Fluttr *d'apparence normale et, cinq minutes après, il vous envoie une photo de son sexe. Ça craint, mais si vous voulez jouer le jeu du* dating *d'aujourd'hui, il faut bien apprendre à gérer ces* dick pics *indésirables, non ?*

Faux ! Maintenant, vous avez BastardAlert*, un site Internet qui vous aide à ne plus tâtonner sur les sites de rencontres. Alimenté par une multitude d'utilisatrices et de plus en plus connu,* BastardAlert *(.biz, pas .com), vous offre la possibilité de faire une recherche sur un homme avant de* swiper *à droite. Entrez son nom, son âge et son adresse dans le moteur de recherche, aussi élégant que rapide, et vous aurez immédiatement les réponses à toutes les questions brûlantes précédant un rendez-vous : A-t-il déjà envoyé des* dick pics *? Est-il du genre à ne jamais rappeler ? A-t-il jamais été pris en flagrant délit d'infidélité ?* BastardAlert *vous fournira l'information.*

Avec plus de mille profils d'hommes (et bien d'autres chaque jour), BastardAlert *est une véritable mine virtuelle d'informations sur le pire que* Fluttr *a à proposer. Du mec du New Jersey qui dissimule un secret de famille à celui qui veut être « l'esclave » de chaque femme, voici les sept premiers profils qui nous ont fait dire :* « What the Fuck ? »

D'un pouce tremblant, je fis défiler l'article, abasourdie, relisant les mêmes phrases encore et encore. Je n'arrivais pas à croire qu'un site Internet que j'avais créé sur un coup de sang soit maintenant présenté sur un site comme *BuzzFeed*. Leur lectorat s'élevait à une bonne centaine de millions de personnes. Selon les statistiques au bas de la page, l'article avait été envoyé par mail, tweeté et partagé sur Facebook plus de cinq cents fois. Et il n'avait été publié que quelques heures auparavant.

Whitney avait peut-être raison, après tout, d'affirmer que BastardAlert allait « tout déchirer ».

Je répondis par message :

J'y crois pas !

WHITNEY
Je te l'avais dit.

MEL
Comment c'est arrivé ?

WHITNEY
Je t'expliquerai pendant le dîner.

C'était génial ! Un article en première page de *BuzzFeed* ? Whitney avait vraiment dû faire jouer ses relations pour le décrocher.

Je le relus, savourant les mots comme « de plus en plus connu », et « *élégant et rapide* ». Mes efforts étaient reconnus, mon dur travail payait. Ce site Internet allait sûrement faire ses preuves. Il allait me sauver de l'enfer du support IT.

C'était du moins ce que je pensais avant de lire les commentaires.

Vlad Popov, Philadelphie, Pennsylvanie
C'est à coup sûr une tactique marketing de *Fluttr*.

Gene Steinbach, Irvine, Californie
Non. Sinon ils se tireraient une balle dans le pied.

Vlad Popov, Philadelphie, Pennsylvanie
Pas possible que ça ait été fait par d'autres. L'interface se connecte trop bien avec l'application. Impossible à copier en externe.

Michael McCarthy, Seattle, État de Washington
Désolé de vous le dire mais c'est juste pas possible que *Fluttr* en soit l'auteur. Ils emploient le top du top des développeurs. Ce site *BastardAlert* est une grosse merde, lente et mal foutue.

Gene Steinbach, Irvine, Californie
+1, Michael « élégant et rapide », mon cul !

Mon cœur battait à se rompre. J'aurais mieux fait de m'abstenir de lire les commentaires. Ils n'apportaient jamais rien de bon. Mais je ne pouvais pas ne pas les voir. Et maintenant, j'étais furieuse. Comment cet inconnu d'Internet osait-il qualifier *BastardAlert* de « grosse merde, lente et mal foutue » ? Comme si Gene Steinbach ou Michael McCarthy pouvaient faire mieux.

Même si je ne les connaissais pas. Peut-être pouvaient-ils développer un meilleur site que le mien. Peut-être que je me berçais d'illusions et que *BastardAlert* était vraiment une grosse merde.

Pour m'en assurer, je lançai le site sur mon navigateur. Et me rendis compte que, en effet, il chargeait lentement, prenait des plombes à exécuter les recherches et à afficher les images. Mais lorsque je me connectai, tout s'expliqua : la fréquentation du site avait plus que quadruplé en une nuit, avec des milliers de nouvelles évaluations ajoutées à la base de données et des centaines de nouvelles utilisatrices inscrites. Les visiteuses venaient de villes aussi lointaines que Londres, Sydney, Hong Kong et Paris. *BastardAlert* était devenu international.

Alors, évidemment, le site était lent. Quand je l'avais construit, jamais, dans mes rêves les plus fous, je n'avais imaginé qu'il atteindrait cette portée d'influence, avec des milliers d'utilisateurs du monde entier se connectant simultanément. Si je voulais les impressionner par son élégance et sa vitesse, il était indispensable d'y apporter des changements. Et tout de suite. Avant que *BastardAlert* ne gagne une réputation de « grosse merde lente et mal foutue ».

Josh allait devoir patienter avant de récupérer son ordinateur portable.

De : Melanie Strickland
À : Joshua Brewster
Objet : Petit contretemps

Salut Josh,
J'ai rencontré un petit problème en réparant ton ordinateur. Ça va me prendre un peu plus longtemps

que prévu. Mais il sera prêt sans faute avant la fin de la journée.
Merci.
Melanie.

En général, je détestais envoyer ce genre de mails. Un retard donnait l'impression que j'étais incompétente ou que je ne pouvais pas tenir mes promesses. Mais je commençais à me rendre compte que mes performances au support IT n'avaient pas vraiment d'importance. Que je fasse mon travail à la perfection ou que je me plante constamment, les *Hatchlings* continueraient à me traiter comme une merde. Pour preuve, la réponse de Josh.

De : Joshua Brewster
À : Melanie Strickland
Objet : Re : Petit contretemps

Comme par hasard, putain !

Pourquoi devrais-je continuer à me tuer à la tâche pour ces fondateurs de start-up si ingrats ? Même quand j'assurais, Bob prenait leur défense et me réprimandait. Je ferais bien mieux de bâcler mon travail au bureau, de donner la priorité à *BastardAlert* et d'en tirer le meilleur possible. C'était la seule manière pour moi de fonder ma propre start-up.

Au cours des deux heures suivantes, je me concentrai sur l'amélioration de mon code, sur la reconfiguration de mon serveur et la restructuration de ma base de données. C'était le mieux que je puisse faire sans changer d'offre payante chez mon hébergeur, ce qu'assurément je ne pouvais me permettre en ce moment, ni dans un futur proche. Mais ce fut plus que suffisant car, dès mes modifications mises en ligne, le temps de réponse et de chargement des pages fut amélioré.

Prenez ça, Gene Steinbach et Michael McCarthy!

Tandis que le scanner cherchait les fichiers contaminés, je relus l'article de *BuzzFeed* pour la énième fois. Et parce que apparemment j'étais masochiste, je retournai à la section des commentaires. Avec l'espoir secret de trouver des utilisateurs se félicitant de la vitesse soudaine du site qui engueuleraient Gene et Michael pour leurs remarques débiles.

Bien sûr, il n'en était rien. Néanmoins, je trouvai cette pépite :

> Frankie Fanning, New York, NY
> Je dirais que c'est une salope frigide qui a conçu ce site… mais tout le monde sait que les filles sont des codeuses de merde.

Je sentis ma vue se brouiller, mon souffle se faire court. « *Tout le monde sait que les filles sont des codeuses de merde.* »

C'est le genre de truc que j'avais toujours soupçonné les hommes de penser en me regardant. Comme quand les participants des événements IT me disaient que je ne ressemblais pas à un développeur ou passaient leur temps à me draguer au lieu de s'intéresser à mes diplômes. Je l'avais même remarqué à la fac, quand les autres étudiants ignoraient mes suggestions pendant les travaux de groupe et que mes profs faisaient des blagues sexistes comme si je n'étais pas dans la salle de cours.

Mais voir cette phrase, tapée noir sur blanc, confirmait mes pires craintes. Dans ce secteur, je serais toujours considérée comme inférieure. Et cela n'avait rien à voir avec mes véritables compétences mais avec mon sexe.

Ce que je voulais maintenant, plus que tout, c'était annoncer au monde entier qu'une femme était responsable de la création de ce site Internet. C'était une fille qui l'avait conçu, programmé, qui le maintenait à flot durant cette période de progression spectaculaire.

Et qu'il allait rendre cette fille riche !

Mes doigts se mirent à voleter sur le clavier, prêts à répondre à ce connard de Frankie Fanning. Il allait comprendre exactement à qui il avait affaire. À une femme qui n'avait plus l'intention de se faire insulter. Mais alors que je tapais des mots furieux dans une box, je me rendis compte que m'exposer dans la section commentaires de *BuzzFeed* était une très mauvaise idée. Rien de bon ne venait jamais d'une réaction à chaud. Cela risquait de me nuire en tant que femme, déjà cataloguée comme « trop émotive ».

J'avais besoin de rester calme, de raisonner, d'élaborer un plan mûrement réfléchi et efficace pour révéler mon identité au public. Fermer mon navigateur et ignorer les commentaires était un bon début.

Seconde étape : consulter Whitney. En tant qu'experte en relations publiques, elle saurait exactement quelle tactique adopter.

Chapitre 15

— Ne fais pas ça !

La réaction de Whitney à mon idée de sortir de l'anonymat était claire.

Ce n'était pas celle que j'avais espérée. J'avais imaginé des cris de joie, des *high fives* enthousiastes, des projets publicitaires dessinés sur des serviettes à cocktail. Au lieu de cela, elle secoua la tête avec dédain, comme si j'aurais dû déjà savoir que c'était une idée stupide.

— L'anonymat le rend plus attractif, ajouta-t-elle. Personne ne sait qui poste quoi ni même d'où vient *BastardAlert*. Le fait de garder ton identité secrète contribuera à alimenter le buzz.

— N'a-t-on pas eu assez de buzz ? intervint Dani.

— Ce n'est rien, répliqua Whitney avec un geste de main dédaigneux. Ce n'est pas un malheureux article dans *BuzzFeed* qui va provoquer la ruée des investisseurs avec des valises pleines de dollars.

Elle porta son verre à ses lèvres.

— Ça ne donne pas cette impression, rétorquai-je. Tu sais combien de visiteurs *BastardAlert* a eus hier ? Trois mille six cent quinze.

— C'est plus que ce que tu as d'habitude ?

— Oui. Genre cinquante fois plus.

— Waouh ! s'exclama Lia. Tu sais comment ce hashtag *#BastardAlert* a démarré ?

Le sourire narquois sur les lèvres rouge carmin de Whitney répondait à sa question.

— C'était toi ?

— Les hashtags sont l'un des meilleurs moyens de lancer une campagne marketing organique.

— Mais comment tu as fait pour en faire un *trending topic* ?

— Facile. J'ai choisi certains des profils les plus abjects sur *BastardAlert* et j'ai tagué quelques influenceuses que je sais être célibataires et en recherche active. Elles ont tagué leurs copines qui ont tagué les leurs, et ainsi de suite, jusqu'à ce que ça fasse le buzz.

Elle but une nouvelle gorgée de vin.

— J'ai aussi fait le lien avec le hashtag *#DickInTheDark.*

— Quoi ?

Ce foutu hashtag commençait tout juste à se faire oublier. La dernière chose que je souhaitais était que Whitney fasse renaître ces atroces mèmes et qu'on puisse les relier à ma start-up naissante.

— Calme-toi, me dit-elle. C'est pas grave. J'ai juste dit des trucs comme « évitez un *#DickInTheDark* grâce à *#BastardAlert.* ». Ça a aidé à augmenter la visibilité. Puis j'ai envoyé un mail informel à Kirra en lui suggérant d'en parler dans *BuzzFeed*. On connaît la suite.

Notre serveur arriva avec un plateau de mini-burgers commandés avec le menu *Happy Hour* pour cinq dollars chacune.

— Et voilà, les filles, déclara-t-il en posant les assiettes devant nous. Trois bœufs, trois végétariens, et deux poissons panés.

— Waouh, ça a l'air trop bon ! s'exclama Whitney.

— Mon préféré, c'est le poisson pané.

Il s'accroupit légèrement et se pencha vers Whitney, comme si elle était seule à la table.

— Mais gare au piment.

Toujours partante pour se faire draguer ouvertement, elle retint un sourire.

— Merci pour le conseil mais j'aime quand c'est épicé.

Dani n'essaya même pas de refréner son rire tant sa réponse était ringarde. Ce qui ne démonta en rien Whitney ni le serveur. Les yeux dans les yeux, ils se fixèrent d'un regard brûlant, jusqu'à ce que la femme à la table voisine réclame du pain d'une voix forte. Alors qu'il tournait les talons pour aller chercher une corbeille, Whitney garda les yeux rivés sur ses fesses.

— En fait, déclarai-je alors, j'ai décidé que j'aimerais m'attribuer le mérite de *BastardAlert*.

— Et tu le feras, répondit-elle, ramenant son attention sur moi. Mais laisse encore passer un peu de temps. Nous avons besoin de faire durer le suspense aussi longtemps que possible.

— Pourquoi ?

— Plus longtemps les gens ignoreront qui est derrière *BastardAlert*, plus longtemps ils proposeront leurs propres théories. Autrement dit, plus de commentaires sur des blogs ou sur des réseaux sociaux, plus de couverture presse, plus d'excitation. Ce qui créera une frénésie spéculative.

— Comme pour l'iPhone, renchérit Dani. Ils divulguent toujours aussi peu d'informations que possible avant le lancement officiel du produit.

— Exactement, approuva Whitney. Tu as des centaines d'articles sur chaque nouvel iPhone avant que quiconque ait la moindre idée de ce à quoi il ressemblera ou de comment il fonctionnera. Et tu connais les ventes. Les gens adorent le mystère.

Le but de *BastardAlert* n'était-il pas justement de démystifier le processus des rencontres en ligne ? Une fille qui passait du temps à faire des recherches sur un mec avant de le *swiper* à droite n'était pas vraiment friande de mystère. Je dus prendre l'air sceptique car Whitney poussa un soupir comme elle le faisait toujours quand je me montrais, comme elle le disait, « philistine ».

— Pourquoi penses-tu que *Fluttr* est devenu si populaire ? demanda-t-elle.

— Le bouche-à-oreille ? suggérai-je en haussant les épaules avant de mordre à belles dents dans un mini-burger au bœuf.

— D'une certaine façon, oui. Mais il a été alimenté par des prospects de l'équipe marketing de *Fluttr* : d'abord, ils ont fait naître une rumeur sur l'arrivée prochaine de *Fluttr*, une nouvelle application de *dating* révolutionnaire. Puis ils ont créé une liste d'attente artificielle pour que les gens se sentent privilégiés quand on leur accordait une invitation. Et, pour finir, ils ont envoyé des mails évasifs et des tweets teasers des semaines à l'avance. Le jour où l'appli a été en ligne, des milliers d'utilisateurs attendaient déjà d'y avoir accès. Et ce qui est si incroyable dans toute cette histoire, c'est que *Fluttr* n'a absolument rien d'unique. C'est un site comme tous les autres sites de rencontres sur le marché. Il n'est populaire qu'à cause du buzz. Mais *BastardAlert*, en revanche, est vraiment unique. Ce qui te donne une longueur d'avance. Et maintenant, tu dois juste travailler son image de marque pour appâter les investisseurs. Et tu rafleras la mise.

Des dollars se mirent à danser devant mes yeux. Un support financier solide me changerait radicalement la vie.

Adieu bureau de support IT.

Adieu prêt étudiant.

Bonjour la réussite en start-up !

— Les mini-burgers sont bons ?

Le serveur surgit à côté de Whitney, interrompant mon rêve éveillé.

— Délicieux, répondit-elle.

D'un geste aguicheur, elle lécha une goutte de mayonnaise sur son doigt.

— On peut avoir des serviettes ?

— Bien sûr, répondit-il, en se précipitant vers le poste de service.

Lia sortit son téléphone de son sac.

— Alors, j'ai besoin de votre avis, les filles. C'est au sujet de Cabo.

— On te l'a déjà dit ! lança Dani sur un ton un peu exaspéré. Jay ne va pas se défiler.

— Oh, je sais.

Elle se mit à rire comme si cette simple notion était parfaitement absurde.

— J'ai réagi de manière totalement excessive l'autre soir. C'est à cause du champagne. Bref, dans notre hôtel, nous aurons ce magnifique spa.

Elle déverrouilla son écran et nous montra les photos du site de l'hôtel et spa *Villa de Oro*. Des tables de massage étaient alignées sur des plates-formes le long de la plage que des vagues aigue-marine venaient paresseusement lécher.

— Ça a l'air top, dis-je en réprimant une pointe de jalousie familière.

— Comme il a été totalement accaparé par le travail, ces derniers temps, j'ai pensé que ça pourrait être sympa pour lui de déconnecter. Je pensais donc lui faire la surprise en lui offrant une journée au spa. Vous trouvez ça trop ringard ?

— Non, pas du tout. C'est une idée super romantique.

— Génial ! Alors ma question est : dois-je réserver un massage de couple *et* un soin visage ou juste un massage ?

— Hum…

J'échangeai un coup d'œil avec Whitney et Dani et répondis :

— C'est difficile à dire sans connaître ses goûts.

— C'est vraiment dommage qu'on ne l'ait pas rencontré samedi soir, ajouta Dani.

— Je sais, acquiesça Lia. Il était vraiment déçu d'avoir raté la soirée.

Whitney esquissa une moue.

— J'ai l'impression que c'est lui qui devrait t'offrir une journée de spa, pas le contraire.

— Eh bien, il m'invite déjà en vacances sous les tropiques.

Whitney leva les yeux au ciel. Lia prit une profonde inspiration et poursuivit d'un ton calme :

— Attends, il s'est excusé. Je lui ai dit en toute franchise qu'il m'avait vraiment déçue et peinée. Il m'a écoutée, m'a dit qu'il était désolé et je lui ai pardonné. Nous sommes passés à autre chose. Quand on veut faire marcher une relation, on ne peut pas être rancunier.

— Comme tu voudras, dit Whitney en avalant son mini-burger au poisson.

Le serveur revenait avec une épaisse pile de serviettes.

— Et voilà ! dit-il en les posant devant elle. Je peux faire autre chose pour vous ?

Whitney passa le bout de sa langue sur sa lèvre supérieure.

— Je ne sais pas. Ici ?

— Je pense que ça ira ! ajoutai-je, sans doute un peu trop fort.

En général, le numéro de bimbo de Whitney me faisait marrer. Mais, ce soir, je n'avais pas la patience. Puis, me tournant vers Lia, j'ajoutai :

— Tu sais, tu ne peux pas te tromper avec un massage. Je te conseillerais de suivre ton idée.

— Merci.

Avec un sourire, elle rangea son téléphone dans son sac.

— Comment ça va avec Alex ?

— Oui, il est super sympa, Mel ! approuva Dani.

Manifestement, Alex avait vraiment charmé mes amies. Elles semblaient toutes si impressionnées, si heureuses pour moi, que j'avais presque de la peine de ternir son image de M. Parfait.

— Pas si bien que ça.

Elles me dévisagèrent, bouche bée.

— Qu'est-ce qui s'est passé ? demanda Lia.

— Je l'ai trouvé sur *BastardAlert*. Apparemment, il a une réputation de menteur.

Je chargeai son profil sur mon téléphone et le fis passer à la ronde.

— Oh, c'est grave ! lança Lia.

Mais Whitney et Dani ne partageaient pas son inquiétude.

— Ça paraît un peu vague, fit remarquer Dani. Je ne suis pas sûre que tu devrais abandonner à cause d'une accusation aussi floue.

— C'est vrai, approuva Whitney. Tu ne peux pas croire tout ce que tu lis sur *BastardAlert* de toute façon.

— Mais pourquoi quelqu'un mentirait sur *BastardAlert* ?

— Pourquoi mentir dans un post n'importe où ? Internet est plein de gens qui inventent des conneries juste pour le plaisir.

Whitney n'avait pas tort. Je repensai aux commentaires que j'avais lus à la suite de l'article de *BuzzFeed*. Tous ces hommes qui postaient des opinions de merde comme si c'étaient des faits alors que, en réalité, ils n'avaient pas la moindre idée de ce qu'ils racontaient. *BastardAlert* n'était-il rien de plus qu'une section de commentaires détaillés ?

— Si tu ne peux pas faire confiance à ce que tu lis sur *BastardAlert*, je n'en vois pas l'utilité, fis-je remarquer.

— Bien sûr que si, répliqua Whitney. Sa valeur ne réside pas dans la légitimité de ses évaluations. Il ne fait aucune promesse d'authenticité, ne garantit pas de trouver un partenaire digne de confiance. *BastardAlert* est précieux parce qu'il fournit un espace commun sûr où les femmes peuvent s'exprimer sur leurs relations de merde. C'est du défoulement, pur et simple.

« *Du défoulement* ». N'était-ce pas justement ce qui m'avait poussée à créer ce site ? J'avais éprouvé un besoin si violent de parler au monde entier des hommes qui m'avaient flouée. Brandon de Brooklyn, Joe de Murray Hill, Alex de Financial District.

À part que, visiblement, je m'étais trompée sur ce dernier.

— Pour ce que ça vaut, continua-t-elle, j'ai vraiment apprécié Alex. Et tu sais que personne ne trouve grâce à mes yeux.

— Moi aussi, il m'a plu, ajouta Lia.

— Et à moi, renchérit Dani. Il m'a vraiment donné l'impression d'être un mec honnête.

— Tu peux toujours lui en parler, ajouta Lia. Lui expliquer ce que tu ressens et lui demander ce qui se passe.

— Je ne vais pas aller lui raconter que j'ai trouvé son profil sur *BastardAlert*. Ce serait juste… bizarre, non ? Comme si je l'espionnais.

Leur silence me confirma leur réponse.

Dani sortit des billets de son sac et les posa sur la table.

— Bon, les filles, ce fut un plaisir, mais malheureusement, je dois partir un peu tôt.

— Où tu vas ?

— J'ai un rendez-vous.

— Oh, dit Whitney en joignant les mains. Avec qui ?

— Elle s'appelle Yvelise, elle a vingt-huit ans, elle habite Astoria et elle fait un doctorat en sciences neurologiques à l'université de New York.

— Le couple de rêve, approuva Lia.

— J'espère. Nous communiquons depuis quelque temps. Je fonde de très grands espoirs en celle-là.

— Tu l'as rencontrée sur *Iris* ? demandai-je.

— Non. *Iris* a été fermé.

— Oh non ! Qu'est-ce qui s'est passé ?

— Qui sait ! dit Dani en haussant les épaules. Tu sais comment c'est avec ces start-up. Elles peuvent disparaître du jour au lendemain. Alors je suis de retour sur *Fluttr*.

Évidemment.

— Souhaitez-moi bonne chance, ajouta-t-elle, avant de se diriger vers la porte.

Les doigts croisés, nous lançâmes en chœur :

— Bonne chance !

Elle était à peine partie que notre serveur apparut.

— Vous nous quittez déjà, les filles ?

— Pas encore. Vous voulez une autre tournée ? nous demanda Whitney.

— Oui. Et peut-être une autre assiette de ces mini-burgers.

— Ça roule.

Il nous fit un clin d'œil, ce que je trouvais habituellement aussi ringard que rebutant. Mais ça ne dérangea pas Whitney. Elle le lui rendit et le salua d'une main alors qu'il s'éloignait.

On traîna un moment à bavarder tout en dégustant nos mini-burgers. Le numéro de charme de Whitney ne tarda pas à payer. Le serveur nous offrit des donuts au chocolat et quand, finalement, à la fin de la soirée, il nous apporta l'addition, il avait déduit presque la moitié des boissons.

Une fois que nous l'eûmes réglée par carte, il s'agenouilla à côté de Whitney et lui murmura :

— Je finis mon service dans dix minutes. Tu fais quoi ce soir ?

— En fait, je vais peut-être t'attendre.

— Cool.

C'était à gerber.

Après une bise rapide à notre amie qui nous promit de nous envoyer un message quand elle serait rentrée pour nous rassurer sur les bonnes intentions de ce mec, je quittai le bar en compagnie de Lia. Nous descendîmes Stanton Street en regrettant d'avoir accepté cette dernière tournée et de devoir nous lever si tôt le lendemain matin.

On se sépara au coin de Delancey et d'Essex. Je prenais la ligne F et elle regagnait à pied son appartement de Chinatown.

— À jeudi, dis-je. On fait quoi cette semaine ?

— Du Krav Maga. Ça a l'air intense.

— Pourquoi choisissons-nous toujours des cours intenses ?

— Parce qu'ils sont pas chers.

En riant, on se fit la bise et, alors que je m'apprêtais à descendre dans la station de métro, Lia reprit :

— Mel, je pense vraiment que tu devrais parler à Alex. Tu n'as pas besoin de lui raconter que tu l'as trouvé sur *BastardAlert*. Mais au moins, dis-lui ce que tu penses. Il n'a pas la moindre idée de ce qui se passe. Et, franchement, toi non plus. Cette évaluation pourrait être complètement bidon. Et, même si ce n'était pas le cas, les gens changent.

— Je sais, tu as sans doute raison.

— J'ai raison, c'est sûr. Il avait vraiment l'air d'un mec bien. Laisse-lui au moins une chance de le prouver.

Tout le long du trajet de retour, je réfléchis aux paroles de Lia. J'accordais bien trop de crédit aux paroles d'une inconnue anonyme. Ce qui était parfaitement insensé. Ne savais-je pas déjà qu'il ne fallait jamais se fier à ce qu'on lisait sur Internet ? Pourquoi une simple évaluation trouvée sur *BastardAlert* me poussait-elle à ignorer ce conseil qui s'était vérifié ?

Quand j'émergeai du métro à Brooklyn, j'envoyai un message à Alex.

> Salut. Je sais que tu dois travailler, ou peut-être que tu dors, mais j'avais un truc à te dire. Donc, dès que tu as une seconde, fais-moi signe.

Il me répondit presque immédiatement.

> Je suis libre maintenant.

Oh, non ! C'était trop rapide ! Je n'avais pas eu le temps d'essayer de faire le tri dans mes pensées. J'écrivis un texto, puis l'effaçai et recommençai. Encore et encore, dans l'espoir de trouver les mots justes camouflant la véritable question que j'avais besoin de poser : « Puis-je te faire confiance ? »

Je compris soudain que ce n'était pas le moment de feindre ni de formuler des questions parfaites. C'était le moment d'avoir un échange honnête et spontané.

Mon doigt glissa sur la touche « appel ».

— Salut.

Sa voix était chaude et caressante comme le miel.

— Salut.

Respire à fond. Ne réfléchis pas trop. Exprime juste ce que tu ressens.

— Je suis désolée d'avoir été si… bizarre aujourd'hui.

— T'inquiète. Je suis désolé de ne pas t'avoir envoyé de message hier soir. Je sais ce que tu as pu imaginer, surtout après m'avoir surpris à essayer de filer en douce le matin sans dire au revoir. Je suis complètement pris par le travail en ce moment. Mais je te promets que ça ne veut pas dire que tu ne me plais pas vraiment. Parce que c'est tout le contraire.

— Moi aussi, tu me plais vraiment.

Mais puis-je te faire confiance ?

— Laisse-moi me faire pardonner, dit-il. Ils mettent les serveurs à jour demain soir, donc je ne pourrai pas travailler. Viens chez moi. Je nous ferai à dîner, d'accord ?

Si j'allais chez lui et que je le laissais me faire à dîner, je savais exactement où ça allait nous mener : de nouveau au lit. C'était une proposition dangereuse. Voulais-je vraiment m'engager plus loin sans m'être assurée de qui il était vraiment ?

Étant donné notre alchimie sexuelle, néanmoins, l'offre était carrément tentante. Je repensai à la pure extase qu'avait été notre nuit ensemble. Tout ce que je savais, c'était que je voulais revivre les mêmes sensations.

— D'accord.

— Super. À demain alors !

— À demain !

Je raccrochai sans poser la question que j'aurais vraiment dû poser.

Mais ce n'était pas une question à laquelle il pouvait répondre, de toute façon. J'étais la seule à pouvoir décider si je pouvais lui faire confiance.

Chapitre 16

Alex habitait un luxueux immeuble sur John Street. Le sol du hall d'entrée était en marbre blanc, ses murs étaient couverts d'art abstrait et des lustres en cristal pendaient du plafond. Comparé à mon taudis dans un immeuble sans ascenseur de Brooklyn, cet endroit était un palace.

Après que le portier – un portier ! – m'eut fait signe d'entrer, je pris l'ascenseur jusqu'au trentième étage et suivis la faible odeur de bacon et d'oignons jusqu'à l'appartement 3017. Il avait laissé sa porte d'entrée ouverte et je le trouvai debout devant la cuisinière. Avec en fond sonore une musique douce, une mélodie rythmée par le son des maracas. Il remuait le contenu de la sauteuse en cadence.

— Je ne sais pas ce que tu cuisines mais ça sent super bon.

— Salut ! Je ne t'ai pas entendue arriver. Ça va ?

Il posa sa sauteuse et régla le bouton du four. Puis, s'essuyant les mains avec un torchon, il sortit de derrière le bar et m'embrassa avec ferveur.

— Maintenant, ça va.

— Tu veux un verre de vin ?

— Carrément.

Il sortit une bouteille de rouge du casier à bouteilles – un vrai casier à bouteilles intégré aux placards, et non un tiroir de commode recyclé, comme chez moi – et nous versa deux verres. On trinqua et il dit :

— Merci d'être venue ce soir.

— Merci de m'avoir invitée.

Je savourai la première gorgée puis jetai un coup d'œil dans la poêle.

— Qu'est-ce que tu prépares ?

— Ma spécialité. *Arroz con gandules.* C'est du riz aux pois perdrix et au porc.

Son visage pâlit.

— Tu manges bien du porc ?

J'acquiesçai d'un signe de tête.

— Je mange de tout.

— C'est bien. J'aurais sans doute dû te demander avant de planifier mon menu. Je fais aussi une salade. Ça ira ?

— Super. Merci.

Avec un soupir de soulagement, il regagna son poste devant la cuisinière.

— J'espère que ce sera bon.

L'air nerveux, il s'agitait entre la sauteuse et le livre de cuisine usé ouvert sur le comptoir, *La Cuisine de Porto Rico.*

— Je peux t'aider à faire quelque chose ?

— Non.

Il m'adressa de nouveau son sourire éblouissant.

— Tu t'assieds et tu te détends. Savoure ton vin.

Je me hissai sur un tabouret de bar et le regardai choisir une tomate mûre dans le panier, à côté de son réfrigérateur. À l'aide d'un minuscule couteau de chef, il la coupa en quartiers égaux et la posa dans un bol, recommençant l'opération jusqu'à ce que toutes les tomates aient disparu. Ses mouvements étaient soigneux et précis, tout comme quand il avait lavé les pierres de lave après l'incendie, sur notre toit. Tout comme il touchait mon corps.

— Alors, c'est ta spécialité ?

— Ouais. Plus ou moins. C'est mon père qui m'a appris mais ça remonte à quelques années. Je suis donc un peu rouillé. La cuisine, c'est pas vraiment comme le vélo.

— Tu n'avais pas besoin de te donner tant de mal, franchement.

— C'est rien du tout, s'empressa-t-il de répondre. J'adore cuisiner, c'est juste que je n'ai pas beaucoup de temps pour pratiquer. Je finis toujours par commander des plats à emporter. C'est vraiment un plaisir de pouvoir te faire à dîner.

— Ce sera un plaisir de me faire servir.

— Tu aimes cuisiner ?

— Pas du tout.

Il se mit à rire.

— Dans ce cas, dans notre relation, je peux être le chef.

— Et je peux passer toutes les commandes de plats à emporter.

— Bonne idée.

Il ajouta quelques ingrédients et couvrit la sauteuse d'un couvercle hermétique.

— C'est comme ça chez mes parents. Ma mère aussi déteste cuisiner. Alors c'est mon père qui, presque tous les soirs, se charge du dîner. Ils sont mariés et heureux depuis presque trente ans. Donc, si ça fonctionne pour eux, ça pourrait fonctionner pour nous.

Je bus une gorgée de vin, dissimulant un sourire jubilatoire. Si stupide que cela paraisse, il était agréable de l'entendre parler comme si nous avions un futur ensemble, agréable de se partager des tâches ménagères imaginaires et de se comparer à ses parents qui étaient mariés depuis des années. Ce genre de blagues était réservé aux copines, pas aux aventures sans importance.

Restait à savoir si ce n'était pas juste du baratin.

Il sortit son portable de sa poche et fit une grimace.

— Merde ! marmonna-t-il en tapotant sur son écran. Désolé, ça ne prendra qu'une seconde.

— Pas de problème.

Je continuai à boire. Mais au fil des secondes silencieuses qu'il passait absorbé par son téléphone, mon excitation laissa place à de l'irritation. À qui pouvait-il envoyer des messages avec une telle frénésie ? Ce ne pouvait pas être lié au travail. Il avait dit lui-même qu'il y avait une coupure planifiée ce soir.

C'était étrange. La technologie moderne pouvait créer un lien entre deux êtres à deux extrémités du globe, mais elle pouvait tout aussi bien creuser un fossé entre deux autres, côte à côte dans la même pièce. Plus Alex restait rivé à son écran, plus nous semblions déconnectés. Son corps n'était qu'à quelques centimètres du mien mais son esprit voguait dans des sphères parfaitement inconnues.

Désireuse de regagner son attention, je tapotai mon verre à vin de mes ongles, en rythme avec la musique. Puis je me mis à fredonner. Enfin, je demandai :

— Qui est-ce ?

Après un silence, comme s'il ne m'avait pas entendue, il répondit sans lever les yeux :

— Quoi ?

— La musique. Qui joue ?

— Oh, je sais pas. C'est juste une playlist *Spotify*.

— C'est quoi son nom ?

L'air agacé, il répondit :

— Donne-moi une seconde et je regarderai.

— Laisse tomber, dis-je d'une voix cassante. Je ne voulais pas t'emmerder.

Il leva la tête vers moi, l'air contrit.

— Non, non, je suis désolé. Tu as raison, ajouta-t-il avec une grimace. Je le dis souvent. C'est juste toujours la même chose. Le boulot.

Il posa son téléphone sur le bar dans un geste de frustration.

— Je croyais que les serveurs étaient remis à niveau ce soir ?

— Oui, mais quelqu'un doit surveiller les remises à niveau, s'assurer que tout se passe comme prévu. Greg avait dit qu'il le ferait. Or, apparemment, il y a un message d'erreur qui continue à apparaître et, bien sûr, il ne prend pas la peine de chercher une solution sur Google, bordel !

Il fit une nouvelle grimace.

— Désolé, répéta-t-il encore.

— C'est bon. Ça arrive.

— Je ne comprends pas pourquoi il ne peut pas gérer seul. Je lui ai dit que tu venais ce soir, donc il sait que je ne suis pas dispo.

— Il sait que je suis ici ?

Je revis Greg le jeudi précédent, me regardant de cet air bizarre. Ce qui expliquait pourquoi il avait remarqué mon existence pour la première fois : il savait qu'Alex et moi… étions occupés ensemble. Même si, jeudi, nous n'avions encore rien fait, à part déjeuner.

— Tu lui as dit quoi exactement ?

Alex se dandina d'un pied sur l'autre.

— Que nous… tu sais… nous voyions.

Ah… Le « se voir » tant redouté. Cela suggérait pas mal de possibilités dans le langage masculin, toutes résolument dans le domaine du « temporaire ».

D'un autre côté, nous ne nous « voyions » que depuis une semaine. À quoi aurais-je dû m'attendre ? À ce qu'Alex annonce à tout le bureau que nous vivions une relation sérieuse et monogame ? Certes, ça ne m'aurait pas vraiment déplu. Mais il était totalement insensé d'envisager un engagement à un stade si précoce.

Son téléphone vibra de nouveau sur le comptoir.

— Sérieux ? ragea-t-il en tapotant sur l'écran. Putain ! Fais une recherche Google, Greg !

— C'est l'histoire de ma vie, dis-je. Tu n'imagines même pas le nombre de fois où quelqu'un vient au support IT avec un problème qu'une recherche Google résoudrait en moins de deux.

— Je suis sûr que ça arrive tout le temps. Pour être honnête, je ne comprends pas comment la moitié de ces *Hatchlings* obtiennent leurs financements. Un fondateur de start-up n'est-il pas censé être innovant et débrouillard ? demanda-t-il en secouant la tête d'un air accablé.

Il but une gorgée de vin et reprit :

— Il m'arrive de regretter d'avoir quitté mon dernier poste. C'était un boulot crevant mais, au moins, je travaillais avec des gens compétents. Et je n'étais pas harcelé par des incapables mon soir de congé.

Il fit un geste irrité en direction de son téléphone.

— Et si j'y étais resté, je ne serais pas sur le point de perdre mon salaire dans six semaines.

— Tu as vraiment peur que vous n'obteniez pas votre financement ?

— À l'allure où vont les choses ? Je ne sais pas. J'ai toujours cru que je voulais démarrer de rien au sein d'une start-up. Mais l'expérience *Hatch* me donne envie de repartir en courant dans une multinationale américaine.

J'effleurai sa main de mes doigts.

— N'oublie pas que tu m'as dit que, pour toi, *Hatch* était juste un tremplin vers de grands projets. Alors peut-être que ça craint pour le moment, mais ça ne durera pas toujours.

Bientôt, tu travailleras à ton prochain objectif. Et, le moment venu, tu créeras ta boîte idéale.

Alex me regarda, les yeux dans les yeux, toute trace d'irritation disparue.

— Tu as raison. Si je passe du temps chez *Hatch*, c'est pour un objectif.

— Exactement.

— Et si je n'avais jamais travaillé chez *Hatch*, jamais je ne t'aurais rencontrée.

Il couvrit mes doigts de son autre main et les pressa doucement, faisant naître un frisson d'allégresse dans tout mon être.

— On ne sait jamais, protestai-je. Peut-être nous serions-nous rencontrés sur *Fluttr*.

— Tu crois que tu m'aurais *swipé* à droite ?

— Ça dépend de la photo que tu aurais utilisée.

— Je vais te la montrer.

Il prit son téléphone et fit défiler sa galerie photos pour en choisir une.

— C'était ma photo de profil par défaut.

Un coup d'œil à l'écran et mon estomac se noua. Parce que je me souvins soudain que j'avais déjà vu cette photo. Sur son profil *BastardAlert*.

J'ouvris la bouche mais j'eus du mal à trouver mes mots.

— Elle est si mauvaise que ça ?

— Non. C'est juste…

Je m'interrompis, incapable de finir ma phrase de crainte que le tremblement dans ma voix trahisse mon inquiétude.

— Ton silence en dit long, dit-il avec un sourire narquois, avant de *swiper* sur la photo suivante. C'était celle-là que j'utilisais avant. Elle est meilleure ?

Cette fois, c'était un autre cliché de lui, toujours aussi beau et élégant, mais à côté d'une brune aux yeux noisette encore plus sublime. Il lui enlaçait fermement les épaules d'un bras et ils semblaient avoir tout juste partagé un secret hilarant.

— T'es sérieux ?

— Quoi ?

— C'est vraiment la photo de profil que tu as utilisée ?

Il jeta un coup d'œil à l'écran puis me regarda de nouveau.

— Ouais. Y a un problème ?

— Tu es en train de flirter avec une très belle femme.

— Nous ne flirtons pas, répliqua-t-il d'un air horrifié. C'est ma sœur. Nous nous ressemblons comme deux gouttes d'eau. Tu vois ?

Je lui arrachai le téléphone des mains et étudiai l'écran. De plus près, je vis qu'ils se ressemblaient vraiment. Le même regard de velours, le même sourire irrésistible, le même teint mat, les mêmes cheveux bruns et bouclés. Alex ne se montrait ni provocant ni arrogant avec cette photo. Juste naïf.

— Ça n'a pas d'importance, dis-je. Les filles qui sont sur *Fluttr* prennent des décisions en un éclair. Elles ne vont pas prendre le temps de chercher à comprendre si c'est ta sœur ou ton ex. Une meuf sur une photo, c'est presque toujours un *swipe* à gauche automatique.

Il pressa la touche pour éteindre son écran et déclara :

— Donc, nous ne nous serions jamais rencontrés.

— Juste à cause d'une photo.

— Je te l'ai dit, *Fluttr* est nul.

— C'est vrai, acquiesçai-je.

Je ne pouvais pas m'empêcher de penser aux dizaines, aux centaines peut-être, de mecs que j'avais *swipés* à gauche parce qu'ils ne respectaient pas les règles tacites du choix de photo.

— OK, je t'ai montré la mienne, maintenant tu me montres la tienne, dit-il.

Je fus soudain prise de timidité, anxieuse à l'idée d'être jugée. Même si des tas d'hommes avaient déjà vu cette photo et pris la décision immédiate de *swiper* à droite ou à gauche sur mon visage, qu'Alex, en chair et en os, me donne son verdict me remplissait d'appréhension. D'autant que je savais que, pour ma part, ne sachant pas que la fille sur la sienne était sa sœur, je l'aurais *swipé* à gauche sans l'ombre d'une hésitation.

Mais je n'avais pas vraiment le choix. Debout devant moi, l'air interrogateur, il attendait que je lui tende mon téléphone. Je tapotai donc mon écran et lui montrai mon selfie. Je l'avais pris sur une lubie, quelques mois auparavant, en rentrant à la maison au crépuscule. La lumière dorée, tamisée, était idéale, et mes cheveux s'étaient montrés étrangement coopératifs. Je la trouvais flatteuse.

Alex la regarda fixement, sans un mot. *Il déteste.*

— Elle n'a rien d'extraordinaire, fis-je remarquer.

— Elle est sublime.

Ooooh !

— Tes lèvres sont juste…

Levant les yeux de l'écran, il me dévisagea.

— Elles sont parfaites.

Machinalement, je portai mes doigts à ma bouche. Alex semblait avide. Comme s'il était affamé depuis des jours et que mon corps allait le rassasier.

Il s'approcha plus près, les yeux fixés sur mes lèvres frémissantes. Puis sa bouche fut sur la mienne, mes mains se mirent à fourrager dans ses cheveux, et nous commençâmes à nous débattre frénétiquement avec nos vêtements. Nous arrivâmes tout juste jusqu'au lit.

Quand nous eûmes fini, il m'embrassa vigoureusement et lança :

— Un putain de *swipe* à droite !

Plus tard, je me mis à rire, l'esprit encore embrumé par le sexe. Mais alors que je reprenais pied dans la réalité, j'eus de nouveau conscience de mon environnement. Et, surtout, de l'odeur âcre qui s'échappait de la cuisine.

— Y a un truc qui brûle ?

— Oh merde ! Le riz !

Toujours nu, il se leva d'un bond et alla arracher la sauteuse fumante de *arroz con gandules* de la cuisinière. Il jeta un coup d'œil sous le couvercle et son expression dégoûtée me fit comprendre que son plat était fichu.

— Je crois bien que nous allons devoir commander notre dîner.

Pendant qu'il passait une commande à *Adrienne's Pizza Bar*, j'enfilai mon soutien-gorge et ma culotte et me dirigeai vers la salle de bains pour me laver. Quand j'en sortis, je trouvais Alex en caleçon, assis sur le canapé, déjà absorbé dans son téléphone.

— Greg est encore en train de te harceler ? demandai-je en m'asseyant à côté de lui.

— Non. Je ne lui répondais pas pendant que toi et moi étions… tu sais.

Il leva les yeux et me lança un sourire espiègle.

— Alors il a fini par arrêter de me bombarder de messages.

— Il a peut-être enfin compris comment utiliser Google.

— Les miracles arrivent, dit-il. C'est *Café con Leche*, à propos.

— Quoi ?

— La musique. Tu m'as demandé le nom sur la playlist *Spotify* tout à l'heure.

— Oh, oui. Merci.

Il jeta son téléphone sur le côté, leva les yeux vers moi, scintillants dans la pénombre. Personne ne m'avait jamais regardée ainsi avant, comme si j'étais adorée. À cet instant précis, je voulais croire tous les mots qui sortaient de sa bouche.

— Tu veux regarder quelque chose ?

Il m'attira près de lui, m'enlaça tout en allumant la télévision et commença à faire défiler les programmes Netflix. Qu'Alex me baratine ou pas, blottie au creux de ses bras, je savourais la tendresse de son étreinte et ses regards brûlants. Il y avait si longtemps que j'attendais le réconfort de pouvoir me lover contre un homme, un homme si flatteur et gentil. Et tout en regardant le spectacle d'Ali Wong, je fis de mon mieux pour m'abandonner à l'instant, en échangeant des baisers entre deux gorgées de vin.

Une vingtaine de minutes plus tard, l'interphone vibra et je sentis mon estomac gargouiller à la perspective d'une pizza. Pendant qu'Alex enfilait son tee-shirt, je mis sur pause. La sonnette résonna de nouveau.

— J'arrive ! hurla-t-il en se précipitant à la porte.

Mais au lieu d'ouvrir au livreur d'une pizza brûlante, il se trouva nez à nez avec Greg, debout dans le couloir, son habituelle expression ahurie sur le visage.

— Ça va, mec ?

En un éclair, je pris un coussin du dossier du canapé et m'en protégeai comme d'un bouclier. Puis je me figeai, pensant que si je restais totalement immobile, Greg ne remarquerait pas ma présence ni, surtout, que j'étais en sous-vêtements.

— Ça va, Melanie ?

Trop tard.

Alex agita la tête d'un air paniqué avant de se tourner vers son associé.

— Qu'est-ce que tu fais ici ?

— Tu as arrêté de répondre à mes messages.

— Oui. Parce que tu as dit que tu gérais la mise à jour.

— Ouais, mais je pensais avoir juste à regarder. Je ne pensais pas qu'il y aurait une merde.

— Tu…

Alex s'interrompit au beau milieu de sa phrase, se passa une main sur le visage et poussa un soupir à fendre l'âme. Quand il parla de nouveau, sa voix était calme.

— D'accord, c'est quoi le problème maintenant ?

Greg entra en trombe dans l'appartement, sortit son ordinateur de sa sacoche et l'ouvrit sur le comptoir de la cuisine.

— Ça n'arrête pas de dire que ça peut pas se connecter.

— Qu'est-ce qui ne peut pas se connecter ?

— La base de données.

— Tu as vérifié les routeurs avec Tracert ?

— Avec quoi ?

Visiblement exaspéré par l'inaptitude de son associé, Alex passa les mains dans ses cheveux en un geste accablé. Après un silence tendu, il reprit :

— Laisse-moi jeter un coup d'œil.

Tapant furieusement sur le clavier, il jura sous cape. Au bout de quelques secondes, puis minutes, ils furent tellement absorbés dans leur tâche que j'eus l'impression d'avoir cessé d'exister. J'en profitai pour aller me réfugier dans la salle de bains et, me protégeant toujours de mon coussin d'une main, je ramassai mes vêtements épars de l'autre.

Une fois en sécurité derrière la porte fermée, j'enfonçai mon visage dans le coussin et étouffai un cri. Pourquoi fallait-il que ce mec se pointe toujours au moment le plus inopportun ? S'il n'était pas aussi stupide, j'aurais pu penser qu'il faisait exprès d'essayer de saboter la relation entre Alex et moi, quelle qu'elle soit. Mais, visiblement, il était parfaitement incompétent. Il ne pouvait même pas réparer un problème de réseau sans qu'Alex le tienne par la main.

Pauvre Alex. Coincé dans l'incubateur de start-up avec l'associé le plus nul du monde.

Je m'habillai, me recoiffai et laissai mon cœur reprendre un rythme normal. Alors que les battements de mon pouls commençaient à se calmer, je tendis l'oreille pour écouter leurs voix dans la cuisine, facilement discernables à travers le mur bon marché en Placoplâtre de l'appartement hors de prix de Manhattan.

— T'es le chef, mec. Putain de tombeur !

Alex le rabroua.

— Parle moins fort.

— Mec, t'es trop fort. Je ne t'ai pas cru quand tu m'as dit qu'elle venait chez toi. Mais tu l'as fait. T'as gagné, mec !

« T'as gagné » ?

Je ramassai le coussin et, le pressant contre ma poitrine, attendis la réponse d'Alex. Il allait sûrement voler à mon secours et dire à son associé d'aller se faire foutre. Parce que j'étais bien plus qu'une conquête sexuelle à inscrire sur un tableau de chasse. Je n'étais pas juste un trophée à gagner.

Mais il se contenta de répondre :

— Ouais.

« Ouais » ?

Qu'est-ce que ça voulait dire, bordel ?

Visiblement, l'atmosphère club d'étudiants de *Hatch* ne lui posait pas de problème, en fin de compte. Bien sûr, devant moi, il la critiquait. Mais, entre mecs, il était plus que content de jouer le jeu.

J'ouvris la porte de la salle de bains et replaçai le coussin sur le canapé. Je sentais qu'Alex m'observait du coin de l'œil mais ne pouvais me résoudre à croiser son regard.

— Tout va bien ? me demanda-t-il.

— Ouais.

Au moment où j'ouvris la bouche, l'interphone sonna, étouffant mon mensonge.

Cette fois, c'était la pizza. Dès qu'Alex posa la boîte sur le bar, Greg l'ouvrit. Il prit une part, l'enfourna, puis se mit à mâcher en grognant, comme un animal de zoo. Je sentis mon estomac se soulever.

— Je vais chercher des assiettes, déclara alors Alex d'une voix sourde, comme résigné à la présence de ce crétin qui mangeait notre pizza, interrompant notre rendez-vous.

Pour toute réponse, j'enfilai mes chaussures.

— Je pense que je vais y aller.

— Quoi ? Pourquoi ? s'exclama-t-il en me suivant jusqu'à la porte. La pizza vient d'arriver.

— Je n'ai pas si faim.

Je posai les yeux sur Greg dont les lèvres couvertes de sauce esquissaient un sourire narquois exaspérant.

— Tu files en douce, Melanie ?

— Ta gueule, Greg ! lâcha Alex.

Maintenant que j'étais revenue dans le séjour, il semblait déterminé à jouer son rôle de prince charmant.

Je passai mon sac en bandoulière et ouvris la porte, prête à fuir. Mais il m'agrippa par le bras et m'attira contre lui.

— Hé ? chuchota-t-il, son souffle tiède me chatouillant l'oreille. Je suis vraiment désolé pour tout ça. Cette mise à niveau est complètement foutue maintenant et, si ça foire, Vijay va péter un câble.

— C'est bon, je comprends.

— Je me rachèterai, je le jure.

Je hochai la tête, sachant parfaitement que c'était encore son baratin ridicule d'hypocrite. Mais quand il m'embrassa pour me dire au revoir, je me sentis fondre, tout mon corps parcouru de picotements. Et ça n'avait rien de bidon.

Chapitre 17

En route vers le métro, j'achetai une part de pizza dans un boui-boui de Fulton Street. En dépit de ce que j'avais dit à Alex, j'avais faim. C'était juste que je ne pouvais pas rester là, à prétendre que je n'avais pas surpris cette conversation dans laquelle j'étais évoquée comme un trophée sexuel.

En arrivant à la maison, je trouvai Vanessa affalée sur le canapé, agrippant d'une main son téléphone, de l'autre une bouteille de rosé. J'avais à peine refermé la porte derrière moi qu'elle me demanda :

— Tu as déjà entendu parler de ce site Internet qui s'appelle *BastardAlert* ?

Je me figeai.

— Hum… oui. Comment l'as-tu découvert ?

— On en parle partout. Tu ne lis pas *BuzzFeed* ?

— Si. Bien sûr.

— En tout cas, il y a de sacrés tarés en liberté.

De son pouce, elle tapota l'écran, *swipa* et ajouta :

— Y compris le mec que j'étais censée voir ce soir.

Elle brandit son téléphone sous mes yeux.

Nom : Justin

Âge : 29 ans

Adresse : Williamsburg

Évaluation : Notre premier rendez-vous se passait très bien quand il m'a demandé de me « doigter » dans les toilettes du bar. Quand j'ai refusé, il m'a traitée de salope et m'a plantée avec l'addition.

— Oh mon Dieu !

— J'ai annulé dès que j'ai lu l'évaluation.

Vanessa but une gorgée de sa bouteille de vin et reprit :

— Pourquoi Vilma n'était-elle pas au courant ? Elle est virée !

Je me félicitai de constater que *BastardAlert* était plus utile aux célibataires new-yorkaises que cette entremetteuse surestimée, aux tarifs exorbitants. Et tant pis pour Whitney qui partait du principe que le site ne servait que de défouloir.

— Tu devrais exiger de te faire rembourser, suggérai-je.

— Peut-être.

Elle continua à bidouiller son téléphone.

— J'ai aussi cherché Ray.

Pas Ray ! Il avait l'air d'un mec si sympa, si sincèrement gentil et serviable. Sans parler du fait qu'il avait la clé de notre appartement. Et si elle avait découvert qu'il entrait en douce dans nos chambres pour fouiller dans nos tiroirs de lingerie quand nous n'étions pas là ?

Argh !

— Qu'est-ce que tu as trouvé sur lui ?

— Rien, répondit-elle avec un sourire timide. Il n'y est pas.

— Waouh !

J'étais choquée. Non que la réputation de Ray soit intacte mais devant l'expression de Vanessa à cet instant précis : elle était amoureuse.

— C'est un mec vraiment super ! approuvai-je.

— Ouais. Tu ne t'étais pas trompée sur lui.

Elle but une nouvelle gorgée de vin sans prendre la peine d'essuyer la goutte qui roula sur son menton.

— Je suis contente de te l'entendre dire.

— S'il quittait Bensonhurst, je serais carrément partante pour sortir avec lui.

Vanessa était peut-être amoureuse mais elle restait Vanessa.

— C'est sans doute pas vraiment idéal qu'il habite encore avec sa mère, acquiesçai-je.

— C'est n'importe quoi !

— D'accord mais…

— Attends, il aura bientôt trente ans. Et j'ai découvert qu'un gardien d'immeuble gagne étonnamment bien sa vie. Alors ce n'est pas comme s'il ne pouvait pas se payer un loyer. Ou une coloc. Ou vivre n'importe où ailleurs que chez sa mère.

— Tu lui as déjà demandé pourquoi il habitait chez elle ?

— Pour « faire des économies ».

Elle leva les yeux au ciel, et, sarcastique, mima des guillemets. Comme si, pour elle, l'argent était une notion ridicule.

— Il attend de se marier pour déménager. Il espère alors avoir assez pour payer une maison comptant. Vu le marché de l'immobilier, je lui souhaite bonne chance. Non ?

— Eh bien c'est plutôt… mignon, je suppose. Un peu vieux jeu.

— Je dirais plutôt crétin ! maugréa-t-elle, en contemplant sa bouteille de vin d'un air contrarié.

— Il agit de façon responsable. Même si je pense qu'il est important de vivre avec quelqu'un avant le mariage.

Son visage se colora de rose, une ride se creusant entre ses sourcils.

— Ce que je veux dire, ajoutai-je, c'est que si c'est la seule chose qui te retient de poursuivre une relation avec Ray, passe outre.

— Mais encore ?

— Lance-toi et commence à sortir avec lui. Il ne peut pas habiter avec sa mère pour toujours. Et puis, tu sais, il pourrait changer d'avis.

— Les hommes ne changent pas d'avis.

Ses mains se crispèrent si fort sur le goulot de la bouteille que ses phalanges blanchirent.

— Les hommes ne changent pas, point !

— Quelquefois, si.

— Attends, je ne vais pas me lancer dans une histoire avec lui pour m'attacher et découvrir qu'il fait partie de ceux qui ne changent pas. Je suis déjà passée par là une fois. Et c'était horrible.

— Sale rupture ?

Elle approcha le goulot de la bouteille de ses lèvres, fit une pause et répondit :

— Sale divorce.

Tout en la regardant boire son vin, je dus prendre sur moi pour cacher ma surprise.

— Je n'avais pas compris que tu avais été mariée.

— Je ne m'en vante pas vraiment, tu sais. Je préfère prétendre que cette phase de ma vie n'est jamais arrivée. J'étais vraiment jeune et carrément idiote.

Avec un soupir, elle leva les yeux vers le plafond.

— Le mariage n'a duré que trois mois, de toute façon. Au début, j'étais super heureuse. Mais il s'est révélé être un gros connard. Et même si j'ai touché une coquette somme en compensation de tous mes problèmes, franchement, ça n'en valait pas la peine.

— Je suis désolée, dis-je, incapable de trouver d'autres mots.

— Ça va. Maintenant, je vais bien. Mais j'ai appris ma leçon. Ne pas attendre qu'un homme change pour toi.

C'est pourquoi j'ai pris l'habitude d'enquêter si soigneusement avant de m'impliquer. Ray était… une exception.

Elle fit une moue et son regard empreint de tristesse se perdit dans le vague. Tout s'expliquait. Je comprenais maintenant pourquoi elle plaçait la barre à une hauteur impossible. Elle était réticente à l'idée de s'impliquer de nouveau avec un homme, de voir le conte de fées tourner encore une fois au fiasco. Et pour cause.

Ray valait sûrement mille fois mieux que ce connard qu'elle avait épousé. Mais le moment était mal choisi pour essayer de l'en convaincre. Ne venait-elle pas de boire les deux tiers d'une bouteille de Barefoot Pink Moscato ? Aussi, sans parler, je lui tapotai l'épaule. Juste pour lui faire comprendre que j'étais présente, que je l'écoutais.

Elle poussa un long soupir, puis me regarda en clignant des yeux.

— Et toi, qu'en est-il de ton homme ?

— Alex ? Que veux-tu savoir ?

— Tu l'as cherché sur *BastardAlert* ?

Oh non !

— Oui.

— Et ?

La dernière chose dont j'avais envie, c'était d'en rediscuter avec Vanessa. Mais, comme Alex me l'avait signalé, mon silence en disait long. En un éclair, elle chargea l'écran de recherche.

— Il a quel âge ?

— Vingt-six ans.

— Et il habite dans le Financial District, c'est ça ?

— C'est ça.

J'enfouis ma tête entre mes mains, refusant de regarder le profil que j'avais déjà consulté plus d'une centaine de fois depuis dimanche.

— Oh !

Son intonation n'augurait rien de réjouissant. Je glissai un œil à travers mes doigts et la vis en train de lire l'écran avec une grimace désapprobatrice.

— Eh bien, ce n'est pas bon.

— Je sais. Au début je n'étais pas sûre de devoir le croire. Les gens passent leur temps à mentir sur Internet.

— Mais pourquoi deux filles mentiraient-elles sur le même profil ?

— Quoi ?

Je lui arrachai son portable des mains et fis défiler la page. Horrifiée, je vis qu'une seconde évaluation avait été postée.

Évaluation : Enfoiré de menteur.

— Ce n'était pas là avant, dis-je, la panique me nouant la gorge. Je veux dire, il n'y avait qu'une seule évaluation. Maintenant, il y en a deux.

Vanessa fit claquer sa langue.

— Il a une réputation peu flatteuse.

— Et c'est un tantinet vague.

Je fixai les mots sur l'écran, comme si j'espérais les voir révéler quelque signification cachée.

— Je regrette qu'il n'y ait pas plus d'informations. « Enfoiré » et un terme tellement violent… Qu'est-ce qu'il a fait de si grave ?

— Tu ne peux pas envoyer de message privé aux femmes via *BastardAlert* ? Leur demander ce qui s'est passé ?

— Non. J'ai fait exprès de ne pas créer cette fonction.

Tais-toi, tais-toi, tais-toi.

— Je veux dire, tu ne peux pas te servir du site pour ça. Le but, c'est qu'il reste anonyme. Sans système de messagerie.

Sinon, les hommes se mettraient à envoyer des messages de harcèlement aux femmes qui ont posté des commentaires sur eux.

— Oh ! C'est dommage. Ce serait vraiment utile d'obtenir plus d'informations.

Elle se mordilla la joue, songeuse.

— Tu as des infos sur ses ex-copines ?

— Non.

— Tu as cherché son nom sur Google pour en savoir plus ?

— Non.

Je ne savais pas pourquoi je feignais d'être scandalisée par ses questions. Après tout, toutes les femmes ne googlisaient-elles pas leurs rencontres en ligne ? Ou leurs copains ? Ou les ex de leurs copains ?

— Pas encore en tout cas.

— Si j'étais toi, je le ferais de ce pas.

Elle but au goulot et réprima un rot.

— Mais, pour le moment, j'ai besoin d'aller me coucher.

Franchement, moi aussi. Il était presque minuit et je devais me lever tôt pour aller bosser le lendemain matin.

Mais je peinai à trouver le sommeil. Mon esprit, encombré de pensées alarmistes, essayait de recoller toutes ces bribes d'informations sur Alex : son profil *BastardAlert*, la première évaluation et, maintenant, la nouvelle. Sans oublier son étrange relation avec Greg et les *Hatchlings*, la manière dont il se plaignait de l'ambiance club d'étudiants en privé, sans jamais exprimer ouvertement ses griefs.

Et puis il y avait ses excuses bien commodes. Il avait toujours recours au travail pour se défiler. Et qui utilisait toujours le travail comme excuse ? Mon père. Et son mariage s'était soldé par un échec.

« Enfoiré de menteur. »

J'avais les dents serrées à m'en faire mal à la mâchoire. C'était douloureux d'être ainsi dans le flou total. De ne pas savoir si j'étais victime de mensonges. Qui disait la vérité ? J'avais l'impression de perdre le contrôle.

Il ne me restait qu'une chose à faire, bordel ! Une recherche Google !

Je sortis mon téléphone et commençai à taper toutes les combinaisons de mots-clés auxquelles je pouvais penser et qui pourraient me fournir des informations utiles.

Alex Hernandez copine
Alex Hernandez copine New York
Alex Hernandez enfoiré de menteur

Mais sans aucun résultat. Il y avait trop d'Alex Hernandez à New York, il était littéralement impossible de trouver quoi que ce soit sur lui.

Si seulement j'avais créé une fonction messagerie. Comme Vanessa l'avait suggéré. Je pourrais alors contacter ces filles et leur demander des explications claires sur leurs commentaires. Mais je savais que ça ne marcherait jamais. Tout l'attrait de *BastardAlert* tenait dans le fait que c'était un site sûr pour les femmes. Si j'ajoutais la fonction « message privé », il deviendrait sans nul doute un vaste réseau haineux sur lequel agresseurs et harceleurs s'en donneraient à cœur joie.

Soudain, l'évidence me frappa. Je pouvais tout à fait leur envoyer un message. Les utilisatrices qui s'inscrivaient sur *BastardAlert* étaient censées fournir leur adresse mail. C'était ma manière d'empêcher les spammers d'inonder le site de tout et n'importe quoi. Les adresses mail n'étaient pas visibles des autres utilisateurs mais, en tant que propriétaire de la base de données, j'y avais libre accès.

Bien sûr, cela pourrait passer pour une violation de confiance entre une webmaster et ses visiteurs. Mais, honnêtement, n'était-ce pas toute la philosophie de *BastardAlert* ? Des femmes aidant d'autres femmes à se protéger des enfoirés. Si elles s'étaient fait flouer par Alex Hernandez, elles voudraient certainement m'aider à éviter de subir le même sort.

Après m'être convaincue qu'utiliser ces adresses mail ne serait pas juste légitime mais indispensable, j'ouvris mon ordinateur et tapai des requêtes dans la base de données de *BastardAlert*, réunissant les informations sur les utilisatrices qui avaient enregistré des évaluations sur le profil d'Alex.

Ma recherche ne me donna qu'une seule entrée. Ce qui voulait dire que c'était la même femme qui avait rédigé les deux évaluations, à deux moments différents. Et son adresse mail était : Jboogie2592@gmail.com.

Maintenant, je pouvais découvrir toute l'histoire.

Les doigts tremblants, j'ouvris mon navigateur et copiai l'adresse dans un nouveau mail. Mais quand le moment fut venu de composer le corps du message, je me figeai. Qu'étais-je censée dire à cette inconnue ?

Chère JBoogie,

Tu ne me connais pas et je ne te connais pas mais je suis tombée sur ton adresse mail… par hasard. Bref, mon petit doigt m'a dit que tu étais sortie avec Alex Hernandez et qu'il t'avait traitée comme de la merde. Pourrais-tu préciser pourquoi tu penses qu'il ne faudrait jamais croire ce qu'il raconte ?

Merci !

Non. C'était une très mauvaise idée.

Il devait y avoir un meilleur moyen de découvrir la vérité. Comme, peut-être, de se lancer et de poser la question à Alex.

Ou encore mieux, de faire une recherche Google sur l'adresse mail de cette femme.

J'effaçai mon brouillon et tapai « Jboogie2592 » dans la barre de recherche. Le premier résultat était un compte *Twitter* : J*boogie @jboogie2592 nyc.

> 25 | sagittaire | sérieuse candidate MBA NY university | je tweete sur la bière, les livres et les rencontres foireuses.

La photo de profil était un avatar Bitmoji en costume de dragon.

Si cela ne m'éclairait pas spécialement, cela semblait être un bon début. Je fis défiler le fil d'actualité, ignorant les évaluations Goodreads et les retweets Brew York et cherchai les dernières nouvelles sur les plans foireux de JBoogie. Enfin, j'en trouvai un de dimanche soir.

> Quoi de mieux pour se défouler que de signaler un connard sur #*BastardAlert* ?

Rien, pensai-je, *mais j'aimerais savoir pourquoi tu l'as fait.*

Je continuai à scroller, en quête d'indices. JBoogie se révélait avoir beaucoup d'esprit, et ses impressions sur les sites de rencontres de New York étaient plus que pertinentes. Elle faisait des captures d'écran de ses échanges frustrants sur *Fluttr* et relatait ses déceptions amoureuses avec un humour et une sincérité auxquels on pouvait parfaitement s'identifier.

Après une dizaine de minutes passées à lire ses tweets, je me sentis des affinités avec elle. Je voulais l'inviter à boire un verre et déplorer le fait que les hommes soient vraiment des salauds, et affirmer qu'on était bien plus tranquilles sans eux. Nous nous serions comprises. Dans un autre univers, je nous voyais même amies.

Quand je tombai sur un tweet remontant à une quinzaine de jours, j'eus presque l'impression qu'elle me parlait directement.

Tellement marre des hommes et de leurs excuses bidons.

Sans même réfléchir, je cliquai sur la bulle de conversation et tapai :

Tellement d'accord avec ce tweet.

Après avoir envoyé la réponse dans le cyberespace, j'éprouvai soudain une pointe de regret. Avais-je eu raison d'établir une connexion avec la femme que je venais de *stalker* sur Google ? Pour elle, j'étais une inconnue des hasards d'Internet qui était tombée sur son profil *Twitter* en suivant le hashtag *#craftbeer*. Elle était loin de se douter je l'avais traquée, mue par l'impulsion malsaine de la jalousie et de la paranoïa. Ce que je faisais n'était pas bien. C'était malhonnête et, franchement, chelou.

Je me sentis encore plus mal quand elle lika ma réponse.

Le plus judicieux aurait été de quitter le moteur de recherche, de fermer mon ordinateur et de dormir. D'oublier tout sur JBoogie et son compte *Twitter*.

Et je jure que c'était ce que je m'apprêtais à faire.

Quand mon téléphone vibra. C'était un message d'Alex.

Je suis tellement désolé pour ce soir.

Bien sûr, il l'était. Il était tout le temps désolé.

J'en avais tellement marre des hommes et de leurs excuses bidons.

Ignorant son message, je lançai mon téléphone sur le côté. Et retournai sur le profil *Twitter* de Jboogie2592 en cliquant sur « suivre ». Quelques secondes plus tard, une notification apparut : « J*boogie vous suit aussi. »

J'étais officiellement amie sur *Twitter* avec l'ex d'Alex.

Chapitre 18

Cette nuit-là, je mis un moment à trouver le sommeil. Finalement, je ne dus dormir que deux heures. Quand mon alarme se déclencha à 7 heures, je l'éteignis trois fois avant de me forcer à affronter l'inévitable : un autre mercredi de merde au bureau.

Mais, avant de me lever, je passai mon téléphone en revue, en quête de toutes les informations importantes des réseaux sociaux que j'avais ratées la veille. Il y avait des photos de l'atelier écriture du soir de Dani sur Instagram, des vidéos Snapchat d'un vernissage d'un client de Whitney, et quelques tweets pleins d'esprit de JBoogie incluant :

> Je viens de recevoir l'un des messages *Fluttr* les plus injurieux de l'histoire des messages *Fluttr* injurieux.

Je répondis :

> Plus injurieux qu'une *dick pic* ?

Trente secondes plus tard, elle m'envoya en MP la capture d'écran de son échange avec Nick, vingt-neuf ans, de Crown Heights, qui avait composé une description détaillée de tout ce qu'il voulait faire à son cul. Et qui incluait des sushis, de la peinture corporelle et un nœud papillon.

NYCTechGirl
Waouh. J'ai eu des tas de propositions de trucs de cul mais jamais rien d'aussi… spécifique.

Jboogie2592
C'est quoi le pire message que tu as reçu dans ta vie ?

NYCTechGirl
Hum… laisse-moi réfléchir. Y en a trop pour que je puisse n'en choisir qu'un.

Je lançai l'appli photos et fis défiler ma galerie pour trouver des captures d'écran d'anciennes conversations *Fluttr*. Évidemment, je n'avais pas sauvegardé chaque message reçu. Juste ceux qui étaient vraiment vulgaires, choquants ou hostiles.

Donc environ une bonne moitié.

Je finis par sélectionner une pépite du mois précédent dans laquelle Ryan, trente-quatre ans, de Jersey City, m'avait dit que j'étais : « Un bon 7 qui après quelques bières pourrait être considéré comme un 9. » Puis je l'envoyai à JBoogie avec le message :

Ce mec sait parler aux femmes.

Elle répondit :

J'espère que tu l'as enregistré sur *BastardAlert*.

Mes pouces voletèrent sur l'écran tandis que je réfléchissais à une réponse. C'était l'introduction idéale. Une chance pour moi de lui demander de tout me dire sur le type qu'elle avait signalé sur le site. Et pourquoi. À deux reprises.

Mais je ne pouvais pas m'y résoudre. *Stalker* Alex sur Google était une chose. Toutes ces informations étaient disponibles, elles appartenaient au domaine public. Mais en demandant ouvertement à JBoogie de me parler de son expérience avec lui, je franchissais une limite. Ce n'était plus de la recherche. Mais de la trahison. Non ?

À peine m'étais-je assise à mon poste que Josh Brewster surgit sur le seuil de mon box.

— C'est sympa de ta part d'arriver enfin.

C'était la dernière personne avec qui j'avais envie de traiter à cet instant précis. Ou jamais. Mais j'avais besoin de mon salaire. Aussi, même sachant quel serait le problème, je pris une profonde inspiration et demandai :

— En quoi puis-je t'aider, Josh ?

— Cette merde ne marche pas, dit-il en brandissant son ordinateur. Étant donné que tu es manifestement incapable de le réparer, peux-tu m'en fournir un neuf ?

— Un ordinateur neuf ne réglera pas ton problème.

— Quoi ? Bien sûr que si.

— Non, répondis-je d'une voix ferme en pinçant les lèvres avec détermination.

— Tu n'as vraiment pas idée de ce que tu fais, c'est ça ? Tu dois bien sucer, j'imagine, ajouta-t-il avec un sourire sarcastique.

— Pardon ?

— Oui, tu dois obligatoirement sucer quelqu'un. Parce qu'il n'y a pas d'autre explication à ce qu'une fille aussi incompétente réussisse à garder ce poste.

Je sentis mes joues s'enflammer. Même si je savais que Josh était un enfoiré, qu'il ne racontait que des conneries, sous son regard furibond, je me sentais presque inférieure. Comme si peut-être, en effet, je ne méritais pas ce travail.

En un éclair, je repris mes esprits. Parce qu'il ne soupçonnait pas une seconde que j'étais au courant de ses activités. Que j'avais deux longueurs d'avance sur lui. Après tout, j'étais juste une fille qui avait dû sucer la bite de quelqu'un pour obtenir ce job de merde au support IT. Une fille qui n'arriverait jamais à la hauteur d'un *Hatchling*. Eh bien, qu'il aille se faire foutre !

— Je sais ce que tu as fait, déclarai-je d'une voix sourde et menaçante.

Il eut un claquement de langue irrité.

— De quoi tu parles, bordel ?

— Je pense que tu sais de quoi je parle.

Nous nous regardâmes en silence. Devant son air perplexe, je compris qu'il n'avait vraiment pas la moindre idée de ce à quoi je faisais référence. Aussi précisai-je :

— Tu dois arrêter de surfer sur tous ces sites illicites.

— Je ne surfe pas sur des sites illicites.

— Arrête de mentir, Josh.

Sa voix enflant, il se défendit :

— Je ne mens pas.

Il était clair qu'il ne m'écouterait pas si je ne lui fournissais pas des preuves irréfutables de ses délits. J'avais donc très bien fait de ne jamais désinstaller ce logiciel espion.

Je lui arrachai son ordinateur des mains. Après avoir tapé deux fois sur la souris, l'interface du logiciel espion remplit l'écran. La trace manifeste de toutes ses activités sur son portable au cours des dix derniers jours. Des activités qu'il avait pensé garder totalement secrètes.

Pour une fois, Josh Brewster était sans voix. Mais j'étais loin d'en avoir fini avec lui.

— Tu ne sais pas qu'on peut tracer toutes tes activités sur cet ordinateur ?

Il plissa les yeux, essayant de comprendre ce qui se passait. Pour un peu, j'aurais entendu les rouages de son cerveau alors que les pensées tournoyaient dans sa tête. Josh n'avait pas l'habitude de réfléchir autant, c'était dur pour lui.

Ayant pitié de lui et de ses piètres pouvoirs de déduction, je décidai de lui expliquer les fonctions du logiciel espion.

— Voilà la trace de toutes tes activités d'hier soir. Tu vois, c'est là que tu as désactivé le scanner de virus. Et là tu t'es connecté au site *ÉnormesCuls.xxx*. Ça indique que tu y as passé une quinzaine de minutes avant de passer à *PokerParty.com*. Deux heures plus tard, tu as effacé ton historique et tu as réactivé le scanner de virus.

Enfin, il parut comprendre.

— Tu m'espionnes.

— Très perspicace.

— C'est illégal.

— Oh mais pas du tout !

Je me levai et sortis une énorme pile de papiers du placard au-dessus de mon bureau. L'autre jour, après avoir reçu l'ordre de Bob de retirer le logiciel espion de cet ordinateur, j'avais imprimé une copie du Code de conduite de *Hatch* depuis notre intranet d'entreprise et j'avais relu la section ayant pour titre : « Ressources de l'entreprise. » Dans le deuxième paragraphe, j'avais trouvé l'article suivant :

Tous les membres de la communauté Hatch, *y compris les salariés à temps plein, les salariés à temps partiel et les entrepreneurs, se doivent d'utiliser les ressources de l'entreprise uniquement à des fins professionnelles légitimes. Cela inclut de manière non exhaustive les téléphones portables et les appareils électroniques tels que les ordinateurs portables ou de bureau fournis par* Hatch. Hatch *se réserve le droit de surveiller l'utilisation de ces appareils pour garantir le respect constant de la politique d'entreprise.*

En d'autres mots, Bob se trompait. Ce à quoi Josh occupait son temps libre sur un ordinateur portable fourni par *Hatch* ne regardait pas que lui. L'installation d'un logiciel espion n'allait pas à l'encontre de la politique d'entreprise. J'avais toujours eu raison.

J'avais imprimé les quatre-vingts pages du document dans leur intégralité. Puis j'avais surligné la section sur l'utilisation des ressources de la société, ainsi que certains passages pertinents sur la politique de *Hatch* contre la pornographie, le jeu, et les stickers outrageux. Je lui montrai donc les phrases au marqueur jaune fluo.

— Tu vois ? dis-je. C'est là. Et là. Et là.

Il se mit à bredouiller comme un moteur défectueux. Incapable de dissimuler ma satisfaction d'avoir remis ce con à sa place, je le regardai se débattre pour trouver un argument contraire.

— Tu ne vas pas t'en tirer comme ça ! lança-t-il.

S'il pensait m'impressionner, sa tentative d'intimidation était pitoyable ! Comme s'il était capable d'imaginer quelque géniale vengeance. Il n'arrivait même pas à cacher sa consommation de porno.

— Il va me falloir environ deux heures pour réparer ça, dis-je en ignorant sa menace avec désinvolture. Laisse-le là et je vais…

— Je ne laisse pas ça ici, espèce de salope !

De sa grosse main, il referma le couvercle de son ordinateur, me l'arracha et disparut.

Je regrettais de ne pas connaître son âge ou son adresse. Sinon, je l'aurais enregistré sur *BastardAlert* par mesure de précaution.

Refusez tout *date* avec lui, les filles. C'est un enfoiré de misogyne. D'une bêtise consternante.

Je décidai néanmoins de me connecter pour vérifier comment se portait ma création. Selon le tableau de bord, j'avais eu plus de cent nouvelles visites pendant la nuit, la moitié des utilisatrices ayant enregistré de nouveaux profils dans la base de données. Ils s'élevaient désormais à des milliers. C'était bon signe.

À l'exception d'un petit problème. Le moniteur de performance sur le serveur montrait de plus en plus de signes de lenteur : des requêtes non traitées, un délai de réponse élevé, des pages qui mettaient un temps fou à se charger. La seule solution était d'upgrader mon hébergement. Ce que je ne pourrais pas faire avant d'avoir un peu plus d'argent.

De désespoir, j'affichai mon code existant, en quête d'une défaillance qui aurait pu m'échapper. Peut-être qu'un ajustement mineur quelque part pourrait aider les pages à se charger un peu plus vite.

J'étais tellement absorbée par mon travail que je n'entendis pas Alex entrer dans mon box.

— Melanie.

Avec un cri de surprise, je sursautai et pivotai. Debout devant moi, il était toujours aussi élégant.

— Ça va ? demanda-t-il.

— Oui. Oui, très bien.

Son regard se posa sur mon écran d'ordinateur.

— Qu'est-ce que tu fais ?

— Rien.

Je cherchai la souris à tâtons et cliquai frénétiquement pour fermer la fenêtre.

— Tu es en train de coder un truc ?

— Non. Enfin, rien d'intéressant. Juste quelques scripts pour m'avancer sur les mises à jour de mardi prochain.

Je ne pouvais pas lui dire que je travaillais sur *BastardAlert*. À la distance où il était, les mots sur mon écran étaient minuscules et illisibles. Il pouvait s'agir de n'importe quel langage de programmation pour n'importe quel logiciel.

— Ça va ?

— Ouais. Je passais juste voir si toi, ça allait.

Je suis crevée, je n'ai pas assez dormi, je viens de me faire une poussée d'adrénaline à cause d'une dispute avec un de tes collègues, j'ai flippé sur la stabilité de mon site Internet, et je ne suis absolument pas sûre de pouvoir croire une seule de tes paroles.

— Hum ! Ça roule.

Il fronça les sourcils.

— Tu es sûre ?

Au lieu de mentir, je baissai les yeux sur mes pieds.

— Je suis vraiment désolé pour hier soir, Melanie.

Encore des excuses. C'était comme s'il vivait dans un état de remords permanent. Savait-il même encore pourquoi il était désolé ? Ou pourquoi il devrait l'être ?

— Ça ira, tombeur !

Je soutins son regard et il tressaillit.

— Quoi ?

— Ce n'est pas comme ça que t'a appelé Greg ? « Tombeur » ?

Son cou s'empourpra.

— Melanie, je peux…

— Alors tu as gagné combien ?

— De quoi tu parles ?

— Hier soir, Greg a dit que tu avais gagné. Y avait un pari ? Comme lequel des *Hatchlings* serait le premier à me sauter ?

— Non ! s'exclama-t-il, l'air sincèrement horrifié. Bien sûr que non. Rien de tout ça. Greg est un connard, c'est tout.

Avec une grimace, il jeta un coup d'œil derrière lui, se rendant soudain compte qu'il avait parlé très fort. Baissant d'un ton, il reprit :

— Jamais je ne te ferais ça, tu le sais, non ?

Bizarrement, non, je ne le savais pas. Je ne savais pas quoi croire. Et maintenant, il était devant moi, me regardant de ses magnifiques yeux d'un brun velouté, attendant une réponse que je ne pouvais pas lui donner.

Où était l'exercice d'alerte incendie obligatoire quand on en avait besoin ? Ou peut-être même un véritable incendie. J'aurais voulu que quelqu'un laisse brûler quelque chose dans le grille-pain de la cuisine du bureau pour me sauver de cette conversation que je n'étais pas d'humeur à supporter.

Comme si le ciel m'avait entendue, l'interruption se produisit… mais sous une forme totalement différente. Au lieu d'un feu de cuisine, elle se matérialisa sous la forme de Bob, qui passa sa tête chauve par ma porte. Après avoir adressé un signe du menton à Alex, il me foudroya du regard.

— Dans mon bureau. Immédiatement !

Merde.

Il disparut.

— Qu'est-ce qui lui arrive ? s'étonna Alex d'un air perplexe.

Je secouai la tête. Je n'avais pas le temps d'expliquer. Et même si je l'avais eu, je n'étais pas sûre qu'il soit celui auprès de qui rechercher une oreille compatissante. J'avais comploté pour démasquer Josh et ses mensonges et ça avait marché. D'une certaine manière, ne faisais-je pas la même chose avec lui ? Si ce n'était qu'en guise de logiciel espion, j'avais recours à *BastardAlert* et je suivais son ex-copine sur *Twitter*.

—Je dois y aller.

Je ramassai le Code de conduite, passai devant lui et m'avançai à grands pas en direction du bureau de Bob. Déjà installé derrière sa table, ce dernier m'attendait.

—Ferme la porte derrière toi, m'enjoignit-il.

—Je suppose que ça a un rapport avec Josh Brewster.

Il n'y avait aucun endroit pour s'asseoir dans cette pièce exiguë, en désordre. Aussi restai-je debout, me dandinant d'un pied sur l'autre en serrant l'épaisse liasse de papiers contre moi.

—Pourquoi es-tu allée lui dire que tu avais installé un logiciel espion dans son ordinateur ?

—Parce que j'en avais marre qu'il mente sur le fait qu'il était toujours cassé.

—Je t'avais dit de le désactiver.

—Mais je n'y étais pas obligée.

J'ouvris le Code de conduite et lui montrai les passages que j'avais surlignés.

—Tu vois ? Nous avons tout à fait le droit de surveiller leurs appareils, surtout quand ils font des trucs qui coûtent du temps et de l'argent à la société. Pense à toutes les heures que j'ai passées à nettoyer ce portable de ses virus. Nous n'en aurions jamais eu le cœur net sans le logiciel espion.

Bob devint rouge comme une tomate, plaqua ses paumes sur le bureau et prit une profonde inspiration. Quand son visage eut retrouvé sa pâleur normale, il déclara :

—Melanie, je te demande ça parce que je m'inquiète de ton bien-être. Quand as-tu pris des vacances pour la dernière fois ?

— Quoi ? Je ne sais pas.

En vérité, je n'avais pas pris de vraies vacances depuis que j'avais démarré chez *Hatch*. Je n'avais pas vraiment les moyens de m'envoler pour Cabo chaque fois que j'en avais envie. La seule fois où je m'étais vraiment accordé du temps avait été quand Benny des ressources humaines m'avait téléphoné pour me dire que mes congés payés étaient sur le point d'expirer. J'avais alors passé une semaine au lit à regarder Netflix en boucle. Pas vraiment ce que j'appellerais des vacances.

— Ça te ferait du bien de faire un break, reprit Bob. Prends quelques jours pour te détendre et pour décompresser. Réserve un voyage loin de New York.

— Et qu'est-ce qui me vaut ce conseil ?

— Écoute, ça va. Tout le monde a besoin de faire une pause un jour ou l'autre. Le burn-out est une réalité.

— Je ne fais pas de burn-out.

— Tu es sûre ? Parce que je constate que, depuis quelques jours, tu te laisses aller. Ça ne te ressemble pas.

Merde ! Bob avait remarqué que je n'étais pas à fond et, à voir son expression, ça ne lui faisait pas plaisir. Il ne fallait pas se tromper, je n'étais, certes, pas heureuse chez *Hatch*, mais je ne cherchais pas non plus à me faire virer.

— Je suis désolée, dis-je. À partir de maintenant, je vais concentrer mes efforts.

Il poussa un soupir et tapota son bureau de son crayon.

— Tu sais, c'est peut-être ma faute. Je t'ai peut-être donné trop de responsabilités à gérer.

— Je peux tout à fait gérer ma charge de travail. Ce que je ne peux pas gérer, c'est ce manque de respect constant.

Il eut un mouvement de recul, comme si ma déclaration l'avait pris par surprise. Comme si je n'y avais pas déjà fait allusion un million de fois.

— Qui te manque de respect ?

— Les *Hatchlings.*

— Ça ne va pas recommencer ! s'irrita-t-il en se frottant le visage d'une main. Melanie, nous en avons déjà parlé. Ils subissent tous une énorme pression.

— Ça ne leur donne pas le droit de m'agresser verbalement.

— Personne ne t'agresse verbalement. Ne dramatisons pas.

Je ne dramatisais pas. Je disais simplement la vérité. Mais voyant que Bob levait les yeux au ciel, je décidai de ne pas le contredire. Quand un homme vous balançait le mot « dramatiser », vous étiez sur un terrain glissant. Même avec un argument solide, vous deviez faire preuve de circonspection, sinon il rejetterait d'emblée tout ce que vous auriez à ajouter.

— Ce que je veux dire, repris-je, c'est qu'ils viennent dans mon box et n'arrêtent pas de jurer, couvrent leurs ordinateurs portables de stickers salaces, et ils te disent du mal de moi dans mon dos. Et tout ça, en toute impunité.

— Ce que tu ne comprends pas, c'est que *Hatch*, ce n'est pas toi et moi. Nous sommes ici pour soutenir les fondateurs de start-up. Ce sont eux, les stars du show. Vijay a été on ne peut plus clair sur ce point.

— N'empêche, il y a un Code de conduite. À la réunion du personnel de l'autre jour, il a insisté sur l'importance de l'intégrité et de la décence.

— Tu sais aussi bien que moi que ce ne sont que de beaux discours. Et je ne peux pas te laisser bousculer les *Hatchlings*, si ? Parce qu'ils iront se plaindre à Vijay, ce qui nous compliquera vraiment la vie à tous les deux.

J'eus un reniflement de dédain.

— Je suis sûre que ça ne compliquera pas trop *ta* vie.

— Ça veut dire quoi ? demanda-t-il en se penchant en avant, soudain renfrogné. Tu penses que ces *Hatchlings* sont plus cool avec moi qu'avec toi ?

— Oui, en fait. Du moins, quand ils réussissent à te trouver, vu que tu as le luxe de pouvoir te cacher dans la salle des serveurs pendant que je suis à l'étage à gérer leurs plaintes et leurs insultes.

Ses yeux se plissèrent, ses narines se mirent à palpiter, et je compris que j'étais allée trop loin. Après un silence glacial qui ne dura que quelques secondes mais qui me parut une éternité, il leva les mains en l'air.

— Tout ce que j'ai suggéré c'est que tu prennes un peu de vacances. J'essaie juste de veiller sur toi. Mais fais ce que tu veux. Et maintenant, va réparer cet ordinateur. Et, cette fois, désinstalle le logiciel espion.

— Très bien.

Le portable de Josh sous le bras, j'ouvris sa porte à la volée et remontai le couloir au pas de charge, ivre de rage. Comment Bob osait-il suggérer que des vacances étaient la solution à mes problèmes ? Alors qu'ils n'étaient dus qu'à l'attitude pourrie de cette bande d'insupportables geeks frimeurs qu'étaient les *Hatchlings*. Quelques nuits dans un hôtel n'allaient pas m'aider à les « surmonter ». Cela ne servirait qu'à m'endetter encore un peu plus pour, finalement, retrouver le même horrible environnement professionnel.

De retour dans mon box, je reléguai l'ordinateur de Josh dans un coin et m'effondrai, la tête entre les mains. Je menais une bataille difficile sans la moindre chance de gagner un jour. Je voulais partir mais je ne pouvais pas me permettre de démissionner sans plan B.

Whitney avait ébauché ce plan marketing de génie pour *BastardAlert* mais, franchement, je commençais à m'impatienter. Les chiffres sur mon écran prouvaient la popularité de mon site. Ce qui comptait pour les investisseurs, c'étaient les faits et les chiffres, pas les tactiques de vente habiles. Combien de temps encore allais-je devoir attendre pour gagner de l'argent ?

Une première vibration de mon téléphone, puis une deuxième, me tirèrent de ma rêverie. Je le sortis de mon sac et trouvai une chaîne de messages des filles.

LIA
Je ne peux même pas croire ce qui arrive.

DANI
Quoi ? Ça va ?

LIA
J'ai découvert hier soir que Jay me ment depuis le début.
Il est marié, les filles.

DANI
WTF ???

WHITNEY
L'enfoiré !

LIA
Il a deux enfants et une maison dans le New Jersey.

DANI
Putain !

WHITNEY
Bien sûr, il est du New Jersey. Cet État grouille de connards.

LIA
Je ne sais même pas quoi faire. Je flippe.

DANI
OK. Reste calme.

WHITNEY
Ne reste pas calme. Va foutre le feu à la maison de ce connard.

DANI
NE L'ÉCOUTE PAS.
Tu sors du bureau à quelle heure ?

LIA
Je n'ai pas pu aller travailler aujourd'hui. Je suis chez moi, en pyjama, à me demander comment j'ai pu être aussi stupide.

WHITNEY
Tu n'es pas stupide. Les hommes sont des salauds.

DANI
Laisse-nous venir ce soir. Je vais apporter du vin Et de la pâte à cookies.

WHITNEY
Ooooh ! De cet endroit près de l'université ?

DANI
Oui.

LIA
Ne te fatigue pas. Je ne peux pas manger. Je ne peux rien faire en ce moment, juste pleurer en regardant le mur.

DANI
Tiens bon encore quelques heures. On arrive dès qu'on peut et on va te remonter le moral.

WHITNEY
Mel, tu es là ?

Tout en lisant la chaîne, je me sentais tour à tour triste pour Lia et furieuse contre les hommes en général.

MEL
Je finis à 17 heures et je viendrai directement chez toi.

MEL
Je suis tellement désolée pour tout ça, Lia.

Je sentis ma poitrine se contracter, ma mâchoire se crisper. Pourquoi, de toutes les filles du monde, fallait-il que ça tombe sur Lia ? Elle était d'un optimisme sans faille, ne voyait le mal chez personne. Elle croyait aux contes de fées et elle pensait que tout le monde méritait de rencontrer son prince charmant. Et, maintenant, son prince charmant l'avait trahie.

Parce que, quelquefois, le mec le plus génial au monde pouvait se révéler n'être qu'un horrible menteur.

Chapitre 19

En sortant du bureau, je fonçai jusque chez Lia, à Chinatown, et m'arrêtai en chemin dans une épicerie bon marché pour acheter une bouteille de cabernet. Quand j'arrivai, Dani m'ouvrit la porte et me chuchota :

— Elle est dans un état lamentable.

— Et pour cause !

— Non. Tu ne comprends pas. C'est la première fois que je la vois comme ça.

Je brandis la bouteille de vin.

— Ça va peut-être aider ?

Dani secoua la tête.

— Je ne sais pas. Je n'arrive pas à lui faire avaler ou boire quoi que ce soit. Pas même la pâte à cookies.

— Ooooh ! Quels parfums as-tu choisis ?

— « Rêve de chocolat » et « Beurre de cacahuètes ». J'ai fait la queue pendant trois quarts d'heure pour ça et elle n'y a même pas goûté.

— Je vais m'en charger. On y va ! ajoutai-je en faisant un geste en direction de l'appartement.

Nous entrâmes dans le séjour où nous trouvâmes Lia sur le canapé, blottie en position fœtale, sur une pile de couvertures et de mouchoirs roulés en boule. Le regard vide, l'air morne, elle était en contemplation devant le mur et ne se retourna même pas quand je lançai :

— Salut !

Dani avait raison. Je ne l'avais jamais vue aussi désespérée. Si je tombais un jour sur Jay, je l'étranglerais à mains nues.

— Comment ça va ? demandai-je, même si la réponse était évidente.

Elle poussa un lourd soupir.

— Je pensais que c'était le bon.

Sa voix se brisa et elle se mit à sangloter. Je posai le vin sur la table basse et, prenant place à côté d'elle sur le canapé, lui caressai le dos en lui murmurant des paroles apaisantes.

— Qu'est-ce que c'est, mon problème ? gémit-elle. Pourquoi n'ai-je pas vu ce qu'il était vraiment ?

Dani s'agenouilla sur le sol devant elle.

— Ce n'est pas ta faute.

— Si, ça l'est.

Elle renifla et tira un livre de l'enchevêtrement de ses couvertures. Il portait le titre : *Pourquoi les hommes épousent des garces ?*

— D'après ce livre, je suis trop gentille. Trop confiante.

Dani le lui arracha et le balança à travers la pièce. Il tomba près du radiateur, ouvert.

— Que ce bouquin aille se faire foutre ! s'écria-t-elle. C'est de la prétendue psychologie écrite par un gratte-papier ignorant. Rien de ce que tu as fait ou dit n'a transformé Jay en un menteur malhonnête. Il est cent pour cent responsable.

— Absolument, acquiesçai-je, ne voyant pas quelle autre attitude adopter.

Même si, secrètement, je me demandais si Lia n'était pas, en effet, trop candide. Elle avait cru toutes les excuses que Jay lui avait données.

L'interphone vibra et, trente secondes plus tard, Whitney franchit la porte d'entrée en trombe, une bouteille de tequila à la main. En voyant l'expression anéantie de Lia, elle se précipita vers la cuisine.

— Où ranges-tu tes verres à shot ?

Lia ne répondit pas, ce qui ne l'empêcha pas de les trouver quand même. Elle les aligna sur le comptoir et les remplit jusqu'au bord de Don Julio Blanco.

— Je n'ai pas eu le temps de m'arrêter prendre des citrons verts. Alors on va faire sans.

Portant précautionneusement les quatre petits verres entre ses doigts, elle s'avança dans le salon et nous les tendit un à un. Quand Lia repoussa le sien d'une main, elle gronda :

— T'apitoyer sur ton sort ne t'aidera pas à te sentir mieux. La tequila si.

Visiblement pas d'humeur à protester, Lia céda. Whitney leva son verre.

— Cul sec, les filles !

Nous vidâmes nos verres avec une facilité déconcertante.

— Où est cette pâte à cookie ? demanda-t-elle alors.

Dani sortit deux récipients de couleur du réfrigérateur et quatre cuillères que nous plongeâmes dans la pâte.

— Oh mon Dieu !

— C'est génial.

— Ça valait vraiment le coup de faire trois quarts d'heure de queue.

D'un signe de menton, Whitney montra la pile d'objets hétéroclites au milieu du plancher.

— C'est quoi, tout ça ?

Lia émit un grognement.

— Tous les cadeaux de Jay.

— Vraiment ?

Whitney s'accroupit à côté du tas et commença à inspecter le mélange de vêtements, de cartes, de bonbons.

Un écrin à bijou tomba du sommet, elle le ramassa, le retourna dans ses mains.

— David Yurman. Pas mal.

Quand elle l'ouvrit, les yeux exorbités, elle s'écria :

— Putain ! C'est des diamants.

— Laisse tomber ! Je veux tout brûler. Ou tout donner. Je pense que l'Armée du Salut sur la Huitième Rue accepte les dons spontanés.

Whitney passa le bracelet à son poignet mince et le secoua.

— Hors de question. Ce truc vaut une fortune. Tu devrais le vendre.

— Je ne peux même plus le regarder. Je veux qu'il disparaisse.

— Laisse-moi m'en occuper pour toi, proposa Whitney. J'ai une copine qui vend des trucs sur eBay pour arrondir ses fins de mois. Elle prend une commission mais tu y gagnerais quand même.

Dani s'éclaircit la voix et la foudroya du regard. Whitney se rembrunit et, non sans réticence, retira le bracelet. Puis, se tournant vers Lia, elle demanda :

— Alors, que s'est-il passé ? Comment as-tu découvert la vérité ?

Tout en s'essuyant le nez avec un mouchoir, elle répondit :

— Tu sais que je voulais lui offrir cette journée au spa à Cabo ? Eh bien, hier soir, j'ai téléphoné à l'hôtel. Mais ils n'ont pas trouvé ma réservation sous le nom de Jay. Le seul Roswell qu'ils ont trouvé était un certain Jeremy Roswell. C'était la première fois que je l'entendais se faire appeler Jeremy. Mais c'était bien lui. Les dates de notre séjour coïncidaient et tout. Au début, je ne me suis pas posé de questions. Je me suis dit que peut-être Jay était un surnom qu'il préférait. Mais plus j'y pensais, plus j'étais contrariée.

Je veux dire, à ce stade, dans une relation, on devrait connaître le vrai prénom de son copain, non ?

— Carrément ! assurai-je,

Une question me traversa l'esprit. Et si Alex était un diminutif d'un prénom comme Alexander ou Alejandro ou Alexandrios ? Je pourrais le *stalker* plus efficacement sur Google si je connaissais son prénom complet.

— Puis je me suis dit, s'il ne m'a pas donné son vrai prénom, qu'est-ce qu'il me cache d'autre ? reprit Lia, Je ne sais pas où il travaille, je ne comprends même pas comment il gagne sa vie. Je n'ai jamais rencontré aucun de ses amis ni membre de sa famille. Peut-être que je ne le connais pas du tout. Alors je l'ai cherché sur *BastardAlert*, sous le prénom Jeremy. Et voilà ce que j'ai trouvé.

Elle brandit son téléphone pour nous montrer le fruit de ses investigations. Une photo de Jay s'étalait sur l'écran, le même visage que sur les photos Instagram de Lia. Les mêmes cheveux poivre et sel, les mêmes rides autour des yeux.

Approchant nos têtes, on lut la preuve accablante.

Nom : Jeremy

Âge : 41 ans (mais franchement, il ment peut-être aussi là-dessus)

Adresse : Possède un appartement en ville mais sa résidence principale est à Summit, New Jersey.

Évaluation : Ce connard est marié. C'est la vérité : il a une famille secrète dans le New Jersey. Nous sommes sortis ensemble pendant un mois puis il a commencé à avoir un comportement louche. Alors, un soir, pendant qu'il était aux toilettes, j'ai fouillé dans son téléphone. J'y ai trouvé des photos de sa femme, de ses enfants, de son minivan. Il a essayé de s'expliquer mais il a fini par admettre la vérité.

What the Fuck?

— Ça explique beaucoup de choses, poursuivit Lia. Pourquoi il ne me laissait jamais le taguer sur Instagram, pourquoi il annulait toujours à la dernière minute avec une excuse liée au travail.

— Qu'est-ce qu'il a dit quand tu l'as confronté au résultat de tes recherches ? demandai-je.

— Il n'a même pas essayé de nier. Il était juste genre : « Ouais, c'est bien moi. » Comme si ce n'était pas si grave. Tu peux le croire, un tel cynisme ?

Whitney répondit ce que nous pensions toutes :

— Oui.

— Alors voilà, dit-elle d'une voix tremblante, au bord des larmes. Je suppose que je peux tirer un trait sur Cabo.

— Que Cabo aille se faire foutre ! lança Dani. Et Jay aussi. Ou Jeremy. Quel que soit son nom.

Sa lèvre inférieure se mit à trembloter et, prise d'un nouvel accès de sanglots, Lia se plia en deux. Je me remis à lui tapoter le dos, à lui prodiguer des paroles apaisantes, puis Whitney nous resservit une tournée de tequila.

— Mettons au point notre vengeance de ce salaud, dit-elle en nous tendant les verres. Et si nous appelions sa femme et que nous lui disions à quel point son mari est un enfoiré ?

— Je suis sûre qu'elle le sait déjà, dit Dani.

— Imagine ! Coincée en banlieue avec deux gamins et un mari infidèle. Quelle vie sinistre.

Whitney vida son verre.

— C'est ma faute, hoqueta Lia. J'aurais dû poser plus de questions. Exiger plus de réponses.

Elle se tourna vers moi, le regard voilé par la mélancolie.

— Tu as de la chance d'avoir trouvé Alex sur *BastardAlert* maintenant. Avant d'être trop impliquée.

— Comment ça se passe avec lui ? demanda Dani.

Je vidai mon shot et m'essuyai les lèvres d'un revers de main.

— Il y a une nouvelle évaluation sur son profil.

— Elle dit quoi ?

— « Enfoiré de menteur. »

Les cris d'horreur fusèrent.

— Mais, en fait, quand j'ai regardé la base de données, c'était la fille qui avait écrit la première évaluation. Donc je ne suis pas sûre de devoir la croire.

— Pourquoi ne la croirais-tu pas ? glapit Lia.

Sa question ressemblait étrangement à une accusation. Elle insista :

— Tu ne trouves pas étrange que la même personne ait posté deux évaluations ?

— Non. Pas si elle a été blessée et qu'elle voulait mettre en garde les autres femmes sur son comportement abject. C'est juste que je ne suis pas sûre, ajoutai-je en secouant la tête, plus perplexe que jamais.

Lia leva les yeux au ciel.

— De grâce !

Putain, elle était vraiment remontée. La tequila sur un cœur brisé produisait un mélange dangereux. Je regardai Whitney et Dani dans l'espoir de trouver du soutien. Mais elles avaient soudain les yeux rivés sur le plafond, comme si elles y admiraient une fresque de Michel-Ange.

— Si tu n'es vraiment pas sûre, persista alors Lia, pourquoi ne lui poses-tu pas la question tout simplement ?

— Je ne peux pas.

— Pourquoi ? insista-t-elle, ses yeux lançant des éclairs.

— Je te l'ai dit. Ce serait trop bizarre.

— Donc tu as toutes ces informations dont il ne se doute même pas, tous ces soupçons et doutes, et tu vas juste garder le secret ?

C'était exactement ce que j'avais l'intention de faire. Mais entendre Lia le formuler aussi clairement me poussa à me demander si c'était une si bonne idée.

— Oublie, dit-elle, en se versant un nouveau shot de tequila et en l'avalant d'un trait. Quoi que tu fasses, ça n'a pas vraiment d'importance. Ta relation est vouée à l'échec, de toute façon.

Dani me pressa la cuisse en un message muet : « Ne fais pas attention. » Mais j'en étais incapable.

— Que veux-tu dire ?

— Tu lui as dit que tu gérais *BastardAlert* ?

Honteuse, je murmurai :

— Non.

— Alors comment peux-tu t'attendre à ce qu'il soit honnête avec toi si tu ne l'es pas avec lui ?

— C'est complètement différent.

À l'instant où je prononçai ces paroles, je sus que c'était un piètre argument.

— Personne ne doit savoir que je suis derrière *BastardAlert*. C'est tout le plan marketing secret. Tu te rappelles ?

— D'accord. Très bien. Mais quelqu'un finira par vendre la mèche. Et si ces évaluations s'avèrent être bidons, tu crois vraiment qu'il voudra poursuivre une relation avec quelqu'un qui l'a laissé sciemment se faire dénigrer sur Internet ?

Je sentis un étau me contracter la poitrine. Mes yeux me piquaient, ma gorge était sèche, mon cœur lourd. Parce que je savais que Lia avait raison sur toute la ligne.

Je me levai d'un bond.

—Il faut que j'y aille.

—Tu viens d'arriver, fit remarquer Dani.

—C'est le jour de la lessive. Je n'ai plus de culottes propres.

Ce n'était pas du tout le jour de la lessive et j'avais au moins encore trois culottes propres dans mon tiroir. Mais je ne me sentais pas capable d'affronter l'hostilité de Lia. Si ce qu'elle venait de vivre avec Jay me peinait, je n'avais pas pour autant l'intention de la laisser se défouler sur moi. Lui tapotant le dos, je lui dis :

—Si tu as besoin de quoi que ce soit, appelle.

Elle hocha la tête, évitant de croiser mes yeux.

—Merci.

Whitney me raccompagna à la porte. Dans le couloir, elle me chuchota :

—Ne l'écoute pas. C'est une épave en ce moment, à cause de ce salaud. Qu'à propos, j'ai détesté d'emblée. Et je dois faire un effort surhumain pour ne pas lui hurler : « Je te l'avais bien dit. » Mais je ne le ferai pas, bien sûr, parce que je suis une super copine.

—Et si c'est vrai ?

—Si quoi est vrai ?

—Tous ces trucs sur Alex sur *BastardAlert*.

—Honnêtement ? Je ne le crois pas. Il a vraiment l'air d'un mec bien.

Je hochai la tête, soulagée. Whitney avait le meilleur des instincts. Si elle pensait que je pouvais faire confiance à Alex, elle avait sans doute raison.

—Cela dit, reprit-elle, tu ne peux jamais tout savoir sur quelqu'un. Et même si c'était le cas, tu cours toujours le risque de te retrouver le cœur brisé. Qu'importe ce que tu connais d'un profil à l'avance, les rencontres restent une loterie. Quelquefois, tu dois juste croiser les doigts et espérer que ton histoire marchera.

— Waouh ! C'était profond, Whitney. Pour quelqu'un qui fuit les relations, tu en sais beaucoup sur leur fonctionnement.

— Je fuis les relations justement parce que je ne sais que trop bien comment elles marchent. Je n'ai pas la patience pour toutes ces conneries, lâcha-t-elle.

Elle me pressa l'épaule.

— En tout cas, ne laisse pas Lia te décourager. Et surtout pas en ce qui concerne *BastardAlert*. Tu fais un excellent travail sur ce site. Et il provoque tellement de réactions. Je travaille sur certains de mes contacts pour essayer de décrocher cette aubaine incroyable dont j'ai entendu parler.

— Vraiment ? C'est quoi ?

— Je ne veux pas lui porter la poisse. Mais, si je réussis, tu ne passeras pas une journée de plus à ton bureau de merde.

C'était la meilleure nouvelle de la journée. Sans doute de la semaine.

Whitney et moi nous fîmes la bise et je repris la direction du métro, perdue dans ma rêverie, spéculant sur cette « aubaine incroyable ». Peut-être y avait-il un investisseur très riche qui voulait injecter des fonds dans *BastardAlert*. Ou peut-être que mes compétences en codage avaient impressionné un ingénieur d'une société IT qui voulait me proposer un travail à haut salaire.

Durant tout le trajet du retour, j'étais si absorbée par mes fantasmes que je ne pris pas la peine de regarder mon téléphone. Ce ne fut qu'une fois chez moi que je le sortis de mon sac. J'avais un message d'Alex.

J'ai été retenu par des réunions toute la journée mais je voulais avoir de tes nouvelles. Ça s'est bien passé avec Bob ?

J'avais oublié qu'il avait été témoin de ma convocation dans le bureau de mon boss. C'était assez embarrassant comme ça pour que je ne lui raconte pas en plus notre entretien derrière les portes closes.

MEL
Aucun souci. C'était juste un malentendu.

ALEX
Cool.

ALEX
Tu peux parler ?

Argh ! J'avais eu ma dose de conversations pour la journée. Et puis, je savais de quoi il voulait parler. Il voulait reprendre là où nous nous étions arrêtés plus tôt, quand je lui avais rappelé son numéro de tombeur avec Greg. Je n'étais pas d'humeur à cet instant précis.

Je tapai « Non » mais hésitai avant de presser « envoyer ». Il ne serait pas possible d'éviter cette conversation. Nous allions devoir l'avoir tôt ou tard. Et je préférais l'avoir en privé, au téléphone, plutôt que dans mon box, entourée par une bande de *Hatchlings* aux oreilles indiscrètes. Aussi j'effaçai ma réponse et pressai la touche « appel ».

Il décrocha à la première sonnerie.

— Salut.

— Salut.

Le silence se fit. Il s'éclaircit la voix à deux reprises puis dit :

— Je ne sais pas si je devrais encore dire que je suis désolé. Je sais que je le dis si souvent que ça ne signifie sans doute plus rien maintenant. Mais je suis vraiment désolé.

— Tu es désolé de ce qui s'est passé ou juste que j'aie surpris votre conversation ?

— Les deux, répondit-il. Mais j'espère que tu sais qu'il n'y a jamais eu de pari. Rien de tel, jamais. J'ai juste dit à Greg que nous nous voyions pour qu'il comprenne pourquoi je voulais prendre ma soirée. Bien sûr, il est tellement nul que je ne peux même pas avoir une soirée libre, mais ce n'est pas la question.

— C'est quoi la question alors ?

— La question c'est que tu me plais et que je le lui ai dit. Mais c'était une erreur parce que c'est un… en fait, c'est un porc. Alors il a commencé à me casser les pieds avec ses conneries de bourreau des cœurs. Je l'ai juste ignoré parce que c'est un con et que toute cette histoire est compliquée, tu comprends ? Je dois au moins essayer de m'entendre avec lui, pour *Fizz*. Même si, la plupart du temps, j'ai envie de lui foutre mon poing dans la gueule.

— Je ne t'encourage pas à cogner, mais, à ce moment précis, ç'aurait été sympa de t'entendre protester. Me défendre, au lieu de te contenter de jouer son jeu et de dire « ouais ». Parce que, maintenant, qui sait ce qu'il raconte sur moi au bureau ? Les gens vont commencer à parler, si ce n'est pas déjà fait.

— Et alors, laisse-les dire. Qui se préoccupe de ce qu'ils pensent ?

— Moi, dis-je, surprise par la conviction dans ma voix. C'est déjà assez difficile pour moi d'être prise au sérieux par ces *Hatchlings*. Je pensais que tu le comprenais.

Il poussa un profond soupir.

— Tu as raison. Tu as parfaitement raison. J'aurais dû dire quelque chose. Je le ferai, à l'avenir.

— Bien.

— Écoute, Melanie, je crois en notre histoire. À cent pour cent. Je sais que nous avons eu un début compliqué mais j'ai besoin que tu saches que tu n'es pas juste une aventure insignifiante pour moi. Tu me plais vraiment.

— À moi aussi, tu me plais vraiment.

Les mots m'échappèrent presque mais cela prouvait leur sincérité. J'étais en train de tomber vraiment amoureuse d'Alex.

Ce qui expliquait pourquoi j'avais si peur.

J'avais vu la douleur sur le visage de Lia, son corps secoué des convulsions d'incontrôlables sanglots. Il y avait un vide en elle, maintenant, le néant avait remplacé l'espoir. Le même néant qui avait frappé ma mère quand mon père était parti. Je ne voulais jamais finir ainsi.

Avant de m'engager plus loin avec Alex, je devais découvrir ce qui se passait vraiment. Était-il le mec au grand cœur, sur lequel on pouvait s'appuyer, qu'il donnait l'impression d'être ? Ou était-il un enfoiré de baratineur à qui on ne pouvait faire confiance ?

Il n'y avait qu'un moyen de le savoir…

Chapitre 20

À peine avais-je raccroché que j'envoyai un MP à JBoogie via *Twitter*. Je ne dis pas que c'était la meilleure des décisions. Sans le moindre doute, c'était chelou. Et, avec le recul, un peu fêlé.

Sur le moment, néanmoins, j'eus l'impression de ne pas avoir d'autre choix. Comme si c'était le seul moyen d'éviter une catastrophe potentielle.

D'accord, j'avais bu deux shots de tequila et je manquais gravement de sommeil.

Mais je ne faisais de mal à personne, si ? Non. Je demandais simplement des informations importantes pour m'aider à comprendre ce à quoi je faisais face. En l'occurrence, j'avais besoin de savoir exactement ce qu'Alex avait fait à cette femme pour la pousser à le traiter d'enfoiré de menteur sur Internet.

Je me contentai de poser une question très simple :

Combien de mecs as-tu enregistrés dans *BastardAlert* ?

Puis je regardai fixement mon téléphone, souhaitant ardemment une réponse immédiate. Je me mis à faire les cent pas dans ma chambre, me mordillant l'ongle du pouce, attendant de voir sa bulle de dialogue surgir. Si seulement elle avait pu savoir à quel point c'était urgent.

Après quelques minutes passées à rafraîchir mon fil d'actualité *Twitter*, je me rendis compte d'à quel point j'étais ridicule. Il était tard. Elle devait dormir. Ou peut-être avait-elle un *date Fluttr*. Quoi qu'elle soit en train de faire, répondre à un MP d'une inconnue sur Internet n'était assurément pas au sommet de sa liste de priorités. Le mieux était de fermer l'application et d'aller me coucher.

Quand mon réveil sonna le lendemain, je n'avais toujours pas de réponse de JBoogie. Mais j'essayai de ne pas désespérer. J'enfilai mon peignoir et pris le chemin de la salle de bains, prête à démarrer ma routine du matin.

Mes espoirs de douche chaude furent immédiatement déçus. La pomme de douche à la main, Vanessa était debout dans la baignoire.

— Elle vient de se casser, annonça-t-elle de son air le plus innocent.

— Que veux-tu dire, par « elle vient de se casser » ? Elle marchait parfaitement hier.

— Tu sais bien comment c'est dans ces vieux immeubles de Brooklyn, répliqua-t-elle en brandissant l'embout pour illustrer sa réponse. Tout se déglingue tout le temps.

— OK, tu as essayé de la réparer ?

— Je ne sais pas le faire. Et toi ?

Je la rejoignis dans la baignoire et inspectai le tuyau qui émergeait du carrelage. Aucun mécanisme ne permettait d'y revisser le pommeau.

— Comment c'est arrivé ?

Elle poussa un soupir à fendre l'âme.

— Aucune idée, répondit-elle avec un haussement d'épaules exagéré. Je suppose que je vais devoir appeler Ray.

Me retenant de hurler, je demandai lentement, avec prudence :

— Vanessa, ne me dis pas que tu as arraché ce pommeau du mur juste pour avoir une excuse pour appeler Ray ?

Elle étouffa un cri d'horreur.

— Je suis vexée que tu puisses même le suggérer.

— Si Ray te plaît, dis-le-lui, c'est tout. Ne saccage pas notre salle de bains.

— Attends, je ne suis pas obligée d'écouter ça.

Me défiant du menton, elle sortit de la baignoire et ajouta :

— Je t'ai dit que l'autre soir était une erreur. Et que ça n'arriverait plus.

— Très bien. Comme tu voudras.

Je poursuivis alors qu'elle s'enfuyait dans le couloir :

— Mais si tu baises avec lui dans notre douche, je compte sur toi pour nettoyer après.

La porte de sa chambre claqua. N'ayant plus d'autre choix, je me fis couler un bain.

Avant de partir, je pris mon sac de gym. On était jeudi, j'avais donc un cours de Krav Maga après le bureau. Après la débâcle de la veille au soir, je n'étais pas sûre que Lia se joigne à moi. Et, si elle venait, je ne savais pas trop à quelle réaction m'attendre de sa part quand elle me verrait. Mais les offres Groupon n'étaient pas remboursables. Leurs conditions d'annulation étaient strictes et je n'avais nulle intention de dilapider mon argent si durement gagné uniquement pour éviter une situation gênante.

Ma matinée au bureau fut, sans surprise, démoralisante. Je réparai deux bourrages papier, remplaçai un clavier cassé et envoyai une bonne dizaine de mails à des gens qui ne me dirent ni « s'il te plaît » ni « merci ».

Puis, à 11 h 53, mon téléphone vibra, m'annonçant une notification *Twitter*. C'était un message de Jboogie2592 :

Honnêtement, j'ai perdu le compte, lol.

Je répondis immédiatement :

Un particulièrement odieux, néanmoins ?

Jboogie2592
Le plus récent serait Alex, 26, Financial District

Merde !

Et voilà. C'était le moment que j'avais attendu. J'allais enfin comprendre ce qu'elle voulait dire en appelant Alex : « L'enfoiré *Fluttr* typique. »

Mon cœur battait à coups redoublés. Tout à coup, je n'étais plus trop sûre que ce soit une bonne idée. Quoi que je découvre, je ne pourrais jamais faire marche arrière, ce qui pouvait avoir pour conséquence de changer irrémédiablement ma relation avec Alex. Voulais-je vraiment connaître tous les détails de son expérience avec lui ?

Oui, oui, je le voulais.

NYCTechGirl
Qu'est-ce qu'il a fait ?

Après une minute sans réponse, je me rendis compte que j'avais peut-être poussé le bouchon un peu loin. Si ce que JBoogie avait vécu avec Alex était plus qu'une aventure *Fluttr* sans importance, s'il lui avait vraiment fait du mal, elle ne serait pas disposée à s'épancher auprès d'une inconnue sur *Twitter*. Pas sans une vraie raison convaincante.

Je décidai donc d'inventer un petit mensonge.

NYCTechGirl
Laisse-moi t'expliquer. Je suis une doctorante en sociologie. Le titre de ma thèse est : « *La Grande*

Arnaque du swiping : *un examen critique de l'impact social des sites de rencontres* ». Dans le cadre de mes recherches, j'ai interviewé des femmes de tout le pays sur leurs expériences variées des rencontres en ligne et sur la façon dont cela a affecté leur vie d'un point de vue positif et négatif. Toutes tes informations resteront totalement anonymes et tes contributions pourront aider à améliorer les rencontres en ligne pour les générations futures.

Comme je disais, c'était malsain.

Mais ça avait marché. Presque immédiatement, la bulle de réponse avec « en train de répondre… » surgit et, trente secondes plus tard, son message apparut.

Jboogie2592
On est sortis ensemble pendant une quinzaine de jours et, dès qu'on a couché ensemble, il a disparu. Il ne répondait plus à mes messages ni à mes mails. Et quand j'appelais, il était toujours sur messagerie. C'était humiliant.

NYCTechGirl
C'est nul. Je suis désolée.

Jboogie2592
Tout le monde se fait *ghoster* un jour ou l'autre, non ? Mais c'est la façon dont il l'a fait qui craint. Je n'avais rien vu venir. Il arrêtait pas de dire « tu me plais vraiment » et « tu es tellement géniale » puis soudain, on couche et il disparaît.

Je fus prise d'une nausée qui me laissa un goût amer dans la bouche. Les pouces tremblants, je tapai :

NYCTechGirl
Nul !

Jboogie2592
Le pire c'est qu'il y avait tellement de signes qu'il me mentait, mais je les ignorais.

NYCTechGirl
Comme quoi ???

Jboogie2592
Il avait des excuses pour tout. Annulait toujours à la dernière minute ou avait une urgence au travail. Je comprends qu'il avait un travail stressant mais il est impossible qu'il lui ait pris tout son temps. Avec le recul, je parie qu'il avait une autre copine, ou que c'était moi l'autre copine. Quoi qu'ait été son problème, c'était un connard. Et je suis presque sûre qu'il ne m'a raconté que des bobards.

C'était douloureusement familier.

Si ce n'était qu'il ne s'était pas volatilisé la première fois qu'on avait couché ensemble. Au contraire, il était revenu.

Mais c'était peut-être parce qu'on travaillait ensemble. Il n'avait pas d'autre choix que de me voir tous les jours. Me *ghoster* n'était pas une option. Peut-être que, dès qu'il aurait fini sa période chez *Hatch*, il s'évanouirait dans la nature.

— Salut Mel.

Quand on parle du loup.

Alex se tenait à l'entrée de mon box. Faisant mon possible pour rester calme, je posai mon téléphone en tournant l'écran vers le bureau et me lissai les cheveux.

— Salut.

— Ça va ?

— Bien. Je suis occupée.

— Je sais ce que c'est.

Bien sûr, tu sais.

Il tapotait la cloison de ses doigts.

— Tu fais quoi pour le déjeuner ?

— Rien de spécial.

— Je peux t'inviter ?

Je m'éclaircis la voix.

— Non merci. J'ai apporté mon déjeuner aujourd'hui.

Haussant les sourcils d'un air surpris, il dit :

— Tu préfères vraiment ton sandwich au beurre de cacahuètes à un *Bánh Mì* frais ?

En fait, non, et mon visage devait trahir ma réponse. Parce qu'il ajouta :

— Allez ! Il fait un temps splendide. Déjeunons ensemble.

L'offre était tentante mais j'hésitais encore.

— Devons-nous nous attendre à être de nouveau interrompus par ton associé ?

Il secoua la tête.

— T'inquiète. Nous irons quelque part où il ne va jamais.

On descendit Water Street, éclaboussée par le soleil de l'après-midi, en direction du stand de *Bánh Mì* de Hanover Square. J'essayai de garder mes distances, de crainte de m'approcher trop. Mais Alex me prit délicatement par la main, entrelaçant ses doigts aux miens. Un geste plein de tendresse qui aurait dû m'inonder de chaleur, mais mon esprit se mit à vagabonder et je repensai à JBoogie et à toutes ses accusations. Le baratin, les mensonges, le fait qu'il se soit volatilisé. Allait-il me faire la même chose ?

Je regrettai de ne pas ressembler à Whitney : jubilant de mon célibat, insensible aux hommes et à leurs conneries. Je pourrais alors quitter Alex sans la moindre arrière-pensée. Il n'y aurait ni tragédie, ni déception. Pas de cœur brisé.

Qu'importait à quel point j'essayais de le nier, néanmoins, je voulais vivre une relation, même si cela impliquait beaucoup d'efforts. Et si cela faisait de moi une femme pitoyable, c'était après tout le plus naturel des sentiments : vouloir partager sa vie avec quelqu'un. Des industries entières étaient fondées sur ce principe même. C'était la raison de la création de *Fluttr*. C'était pourquoi Vilma l'entremetteuse continuait à gagner de l'argent en dépit de son incapacité à former des couples. Parce qu'il n'était pas facile de trouver quelqu'un et que nous avions besoin de toute l'aide possible.

Mais j'avais déjà trouvé quelqu'un. En dépit de mes craintes, Alex était gentil, charmant, drôle et sexy, et je ne voulais pas renoncer à lui. J'avais juste besoin de savoir la vérité.

Une fois arrivés au stand de nourriture, on commanda les deux sandwichs avec deux cafés glacés. Puis, après avoir traversé la rue, on alla s'installer dans un square de la taille d'un mouchoir de poche, ombragé par des gratte-ciel et des arbres. Tandis qu'Alex mordait à belles dents dans son sandwich, je décidai de le questionner innocemment pour ne pas éveiller ses soupçons.

— Alors, à quand remonte ta dernière relation ?

Il faillit s'étrangler sur sa tranche de rôti de porc.

— Nous avons déjà cette conversation ?

— Nous ne sommes pas obligés. Je ne sais pas pourquoi je t'ai demandé ça. Histoire de parler, sans doute.

— Non, c'est bon. Je blaguais.

Il s'essuya la bouche avec une serviette en papier.

— Je ne suis sorti avec personne sérieusement depuis la fac. Ça fait donc environ quatre ans. Et toi ?

— Pareil. Rien de sérieux depuis la fac.

Je bus une gorgée de café glacé et repris :

— Même s'il y a eu un type avec qui je suis sortie l'année dernière et qui semblait vraiment accro. Ça a duré deux semaines environ et je pensais que ça allait devenir sérieux mais...

— Mais quoi ?

Je le fixai droit dans les yeux.

— Il a disparu.

Alex s'empressa de détourner le regard et mordit dans un énorme morceau de baguette. Tout en tirant nonchalamment sur un lambeau de viande qui dépassait de mon sandwich, je repris :

— Je n'ai jamais vraiment compris comment on pouvait *ghoster* quelqu'un.

— Qu'y a-t-il à comprendre ? dit-il, sans cesser de mastiquer. Quelquefois, ça ne marche pas entre deux personnes. Si l'un des deux veut partir avant que ça ne devienne trop sérieux, pourquoi pas ?

— C'est normal de vouloir rompre avec quelqu'un. Mais se volatiliser littéralement et couper toute communication, sans une explication, c'est vraiment dégueulasse.

— Ouais, mais dans ce cas, tu n'es pas obligé de devoir te taper une longue conversation embarrassante. C'est plus facile pour tout le monde, voilà.

— Oui, c'est facile. Mais c'est lâche aussi.

Il tiqua.

—Je pense que c'est un peu dur.

—Non. Ce qui est dur, c'est de complètement laisser tomber quelqu'un après l'avoir mené en bateau et lui avoir fait croire qu'il pourrait vraiment compter pour toi. La moindre des politesses, c'est au moins de dire au revoir. De lui permettre de tourner la page. Sinon, l'autre personne reste à se demander : « C'est quoi mon problème ? »

Ma lèvre inférieure se mit à trembler et je l'immobilisai de mes doigts. En matière de *dating*, j'avais toujours aimé prétendre que je pouvais la jouer cool. Si un mec me *ghostait*, me posait un lapin ou me faisait du mal d'une façon ou d'une autre, je me disais qu'il ne savait pas ce qu'il perdait. Que c'était un salaud, un *loser*, et que je méritais mieux. Qu'il était inutile de gaspiller mes larmes.

En réalité, j'avais du mal à ne pas penser que j'avais quelque chose de fondamentalement déplaisant. Que les mecs persistaient à partir parce que je les faisais fuir. Et que jamais je ne trouverais quelqu'un qui m'aimerait comme je voulais être aimée. Alex inclus.

—Mel.

Il se pencha vers moi, un bras tendu. De son pouce, il me caressa la joue et je noyai mon regard dans ses grands yeux bruns.

—Jamais je ne te ferais ça. Je te l'ai dit, je suis confiant pour nous. Toi et moi… c'est sérieux.

Et même si je voulais croire chaque parole qui sortait de ses lèvres sublimes, je ne pouvais m'empêcher de me poser la question. Combien de femmes avaient entendu exactement les mêmes ?

Bien sûr, je ne dis rien. Je me contentai de hocher la tête, puis déballai mon sandwich de son papier et l'entamai à mon tour.

Notre déjeuner fini, nous regagnâmes le bureau. J'essayai de ne pas trop m'apitoyer sur mon sort. Je pris Alex par la main, la pressai fort, lui rappelant ma présence. Il m'attira contre lui, m'enlaça les épaules d'un bras et m'effleura le cou de ses lèvres. Quand nous nous arrêtâmes au coin de Wall Street pour attendre que le feu change, il se pencha pour m'embrasser. Un baiser si lent, si sensuel, si sexy, que je faillis oublier que nous étions au beau milieu de la circulation.

Peut-être étais-je juste paranoïaque. Peut-être que tout irait bien.

— Aïe !

Il recula brusquement et s'agrippa le bras, le visage déformé par la douleur.

— Ça va ? m'inquiétai-je.

Je compris alors pourquoi il avait mal. Greg traversait la rue à reculons en nous narguant du regard, un sourire narquois aux lèvres. Au passage, il lui avait donné un coup de poing dans le bras. Sans doute parce que c'était un truc marrant à se faire entre collègues de bureau.

— Ça va, répondit-il en se frottant le bras. Je ne m'y attendais pas, c'est tout.

Alors que son associé se fondait dans la foule, de l'autre côté de la rue, je l'entendis hurler :

— Tombeur !

— C'est quoi son problème ?

— C'est un con, maugréa Alex en me reprenant la main.

On traversa à notre tour.

On se sépara devant l'ascenseur en nous promettant de nous envoyer un message plus tard. Puis mon après-midi se déroula plus ou moins comme ma matinée. Des tâches fastidieuses que j'assumai avec un sourire forcé. Comme j'avais changé d'attitude et arrêté de me la couler douce, Bob me fichait la paix. Tant que je faisais mon travail et que personne ne se plaignait, il n'avait aucune raison de me casser les pieds.

Ce qui me laissait tout le temps de consulter *BastardAlert*. Depuis que j'avais vu ces mauvaises statistiques de performance la veille, je m'étais connectée régulièrement pour m'assurer que tout allait bien. Je faisais encore des optimisations mineures à certains endroits du code pour améliorer la stabilité et, jusque-là, j'arrivais à tout garder sous contrôle.

À 17 h 15, je me changeai pour passer ma tenue de gym et pris la direction du Krav Maga Institute. Tout le temps que dura le trajet en métro, les nerfs en pelote, je ruminai mon appréhension à la perspective de voir Lia. C'était la première fois que nous nous disputions ainsi. Serait-elle toujours furieuse après moi ? Allait-elle même venir ?

Mais mon inquiétude s'évanouit dès que j'entrai dans la salle de gym. En avance, comme d'habitude, elle était assise en tailleur sur le tapis rouge vif. En me voyant, elle agita la main avec un petit sourire triste. Et je compris immédiatement qu'elle était aussi chagrinée que moi par l'épisode de la veille.

— Je suis désolée, déclara-t-elle alors que j'arrivais.

— Non, c'est moi.

— Tu n'as rien fait. Je t'ai sauté dessus et je t'ai agressée sans raison.

— Ça va. Tu traversais un moment atroce.

— Ce n'est pas une excuse.

— Mais ça va, vraiment. C'est oublié. Ça va ?

Elle acquiesça d'un signe de tête.

— Ça va.

— Tu te sens comment ?

— Mal.

— En tout cas, je suis contente que tu sois venue aujourd'hui. Je n'étais pas sûre de te voir.

— La vie continue. Et quoi de mieux que de botter le cul d'un homme ?

À cet instant précis, un homme trapu entra dans la salle de gym, pieds nus, se frottant lentement les mains. Il arborait un sourire satisfait, comme s'il était le propriétaire des lieux. Ce qui était sans doute le cas mais ce n'était pas une raison pour se montrer aussi suffisant.

— Mesdames, mesdames, mesdames.

Il avait une voix sexy, je devais lui accorder ça.

— Je m'appelle Tal. Je serai votre instructeur aujourd'hui. Bienvenue au cours de self-defense de Krav Maga.

Une dizaine de femmes étaient assises en demi-cercle sur le tapis. Il nous dévisagea, nous regardant tour à tour dans les yeux.

— Il n'est pas facile d'être une femme. Les hommes sont des porcs. Ils vous harcèlent jour et nuit. Vous pouvez être leur victime à n'importe quel moment, même au milieu d'un métro bondé. Vous vous rappelez ce truc sur Internet la semaine dernière ? Le hashtag *#DickInTheDark* ?

Oh non !

— Si cette femme sur la vidéo avait connu le Krav Maga, elle aurait pu neutraliser le pervers, sans problème.

Je n'étais pas d'accord. Il m'aurait été impossible d'effectuer des mouvements de self-defense à la chorégraphie élaborée dans ce métro. Nous étions serrés comme des sardines. Je pouvais à peine tourner la tête. Si Tal était certainement compétent pour le combat au corps à corps, il n'avait visiblement jamais été otage d'une bite indésirable, sur la ligne A, à l'heure de pointe.

— Quand vous sortirez d'ici aujourd'hui, reprit-il, vous aurez acquis la capacité de vous protéger. Et maintenant, en position. Tout le monde se lève.

Pendant une demi-heure, il nous montra différentes techniques de base de Krav Maga. Les coups de poing, de pied, les blocages, ce genre de truc. Quand il eut fini, il demanda à une volontaire de faire une démonstration.

Impatiente d'en découdre, Lia leva une main.

— Toi, dit-il. Viens ici.

Elle bondit sur ses pieds, hilare. Tal attrapa un coussinet dans un coin de la salle et le brandit devant lui.

— D'accord, pour commencer, essayons d'abord des coups de poing. Go !

Lia martela le coussinet de ses deux mains.

— Sur la pointe des pieds, lui enjoignit Tal.

Elle frappa de plus belle.

— Vas-y à fond ! Tu n'y vas pas à fond.

Sa voix était hostile. Je comprenais pourquoi. Il essayait de la provoquer. De la pousser à se défendre de toutes ses forces. Mais je ne pense pas qu'il prenait toute la mesure de la personnalité à qui il avait affaire.

— C'est tout ce que tu as ?

Il la provoquait tandis qu'elle continuait à frapper à un rythme de plus en plus effréné. Ses joues maintenant rose vif, elle haletait.

— Encore, plus fort. Imagine que je suis le type du métro.

Elle lui donna un nouveau coup de poing.

— C'est comme ça que tu frappes un prédateur ? C'est de la gnognote. OK, alors imaginons que je suis ton copain et que tu m'as surpris au lit avec une autre.

Le regard de Lia flamboya de fureur. Elle se jeta sur le coussinet avec une telle violence que Tal dut sauter en arrière.

—Enfin un bon coup. Je n'aimerais pas être ton copain, à cet instant précis.

Tu n'aurais pas dû dire ça, Tal.

En un éclair, elle lui arracha le coussinet des mains et le lança de l'autre côté de la pièce. Puis elle se jeta sur lui en gesticulant. Les yeux de l'instructeur s'écarquillèrent de surprise. Pour quelqu'un qui était censé avoir des réflexes de chat, il avait été surpris plutôt facilement.

Mais il ne lui fallut pas longtemps pour la maîtriser. Il la coinça dans une étreinte. Plaquant ses bras sur les côtés, il lui immobilisa les jambes de ses chevilles.

—Lâche-moi, sale merde! fulmina-t-elle.

Un homme costaud surgit alors du bureau du fond.

—Tal, qu'est-ce qui se passe?

—J'ai une harpie sur les bras, Robbie!

—Ne me traite pas de harpie! hurla-t-elle en se cambrant en arrière avec une telle violence qu'ils s'écroulèrent tous les deux sur le sol.

Un cri d'horreur s'éleva dans la salle et Tal se mit à gémir. Je me précipitai vers Lia.

—Ça va?

Le souffle court, elle avait l'air sonnée.

—Je ne comprends pas ce qui s'est passé.

—Faut-il appeler une ambulance? demanda une femme.

—Non, répondit une autre. Mettez-lui juste un tampon dans la narine. Ça ira.

Je me retournai vers Tal. Pas frais, il saignait du nez. Robbie, son associé, debout devant lui, lui prodiguait des paroles de réconfort.

— Ça va aller, mec. Mais toi ? ajouta-t-il un doigt pointé vers Lia. Tu sors !

Vingt minutes plus tard, nous étions accoudées au bar d'*El Canterino*, descendant des margaritas et avalant des tacos à une vitesse impressionnante.

— Je suis vraiment désolée, dit Lia.

— Pas la peine. Tal n'a eu que ce qu'il méritait. « Harpie » ? Franchement ?

Elle se mit à rire et lécha le bord de son verre couvert de sel.

— Les hommes sont ridicules.

— Oui, dis-je en tripotant un tacos. Même si, moi aussi, je peux être vraiment ridicule.

— C'est à propos de ce que j'ai dit hier soir ? Parce que je n'en pensais pas un mot, vraiment. Je suis désolée de t'avoir balancé toutes ces horreurs.

— Non. Il y a autre chose.

Je lui racontai alors que j'avais dialogué sur *Twitter* avec JBoogie.

— Putain !

Était-ce un « Putain ! » admiratif ou effaré ? J'aurais été incapable de le dire.

— C'est chelou, je sais.

— Ouais, carrément. Mais franchement, qui suis-je pour juger ? Regarde le pétrin dans lequel je suis. J'aurais dû t'imiter. Peut-être que si j'avais *stalké* Jay sur Google plus tôt dans notre relation, j'aurais pu m'épargner toute cette tragédie.

— Alors tu crois que ça veut dire que je devrais me méfier d'Alex ?

Elle haussa les épaules.

— Honnêtement, Mel, je n'en ai pas la moindre idée.

Elle finit sa margarita et sauta de son tabouret pour aller aux toilettes. Je profitai de son absence pour sortir mon téléphone. Machinalement, je chargeai mon moteur de recherche et allai directement sur le profil d'Alex sur *BastardAlert*. Vérifier si de nouvelles évaluations avaient été postées pendant que j'étais occupée dans la vraie vie était devenu presque un réflexe.

Et il n'y en avait pas.

Et si les choses étaient différentes cette fois ? Et si Alex disait la vérité ? Et s'il était sincère en affirmant qu'il était confiant pour nous ?

Peut-être pouvais-je juste croiser les doigts et espérer que ça marcherait entre nous.

Chapitre 21

Le lendemain matin, je me réveillai reposée, revigorée, et prête à aborder la situation avec une nouvelle attitude.

Pour commencer, j'allais arrêter d'être si flippante. J'allais cesser de suivre JBoogie sur *Twitter* et me jurai que je n'irais plus jamais sur le profil d'Alex.

Ensuite, j'allais arrêter d'être si parano. Oui, Alex regardait beaucoup son téléphone, mais ça ne voulait pas dire qu'il couchait avec d'autres femmes. Il démarrait une start-up, bordel ! Bien sûr, il était préoccupé.

Enfin, j'allais commencer à être directe. Fini les spéculations stériles. Fini les recherches d'infos sur ses ex sur Google. Chaque fois que quelque chose me dérangerait, chaque fois que j'aurais une question ou une inquiétude, je lui en parlerais ouvertement.

Et puis, j'allais tout lui avouer sur *BastardAlert*.

Tôt ou tard.

Impatiente de mettre ma nouvelle stratégie en place sur-le-champ, je fis un détour par son box pour l'inviter à déjeuner. Ne l'y trouvant pas, je finis par manger mon sandwich au beurre de cacahuètes seule à mon bureau. Un peu plus tard, je fis une nouvelle tentative, mais il était toujours aux abonnés absents. Il ne s'était pas non plus connecté à Slack. Et s'il était malade ? Je lui envoyai un bref message :

Salut, tout va bien ?

Sans réponse.

S'apprêtait-il à disparaître ?

Un peu après 17 heures, je fermai mon ordinateur. Il était l'heure de rentrer chez moi et d'affronter le week-end. Seule. Sans projets. Une dernière poussée d'un espoir naïf m'incita néanmoins à refaire un crochet par son box. Et je m'en félicitai. Car je le trouvai enfin, penché sur son ordinateur, l'air complètement abattu.

— Salut.

Le son de ma voix le fit sursauter et il me regarda bouche bée, comme si j'étais la dernière personne qu'il s'attendait à voir.

— Ça va ?

— Ouais, ouais, dit-il en ramenant son attention sur son écran. Non, pas vraiment.

Manifestement, *Fizz* traversait une crise.

— J'ai passé la journée en réunion avec Greg et Vijay, expliqua-t-il. Nous avons un tel retard que je ne pense pas qu'il soit possible de le combler. Et Greg est tellement nul, putain ! Je…

Il s'interrompit brusquement et se frotta le menton.

— Je devrais juste abandonner maintenant. C'est une perte de temps.

— Non, ne dis pas ça.

Je m'agenouillai à côté de sa chaise et lui pressai le bras en un geste rassurant.

— Rien n'est impossible. Comment puis-je t'aider ?

Il se tourna vers moi avec un sourire sombre.

— Tu es géniale, tu le sais ?

Mon cœur se gonfla de joie.

— Sérieux. Qu'est-ce que je peux faire ?

— Rien, répondit-il en montrant son ordinateur d'un geste agacé. Ça fait des jours que j'ai cet énorme bug. Je persiste à essayer de le réparer mais, à ce stade, je ne fais qu'aggraver la situation. Il y a bien un moyen de le contourner mais ça gâche toute l'expérience utilisateur. J'ai l'impression que ça fait des heures que je le regarde sans avoir fait le moindre pas vers une solution.

— Eh bien, quelquefois, quand j'ai du mal à résoudre un problème, je le laisse quelque temps de côté. Je me repose le cerveau. Puis, quand j'y reviens avec un regard neuf, c'est comme si je trouvais la réponse comme par magie.

Je caressai sa peau douce sous la manchette de sa chemise.

— Et si tu allais faire un tour ?

Avec un soupir à fendre l'âme, il acquiesça :

— Tu as raison. J'ai besoin de prendre l'air.

Il referma son ordinateur d'un coup sec et le fourra dans sa sacoche.

— En fait, je vais l'emporter chez moi. Un changement de décor m'aidera peut-être.

— Super. Je peux t'accompagner ?

Il se rembrunit.

— Hum…

Ce n'était pas la réaction que j'attendais. Je pensais qu'il approuverait d'un « carrément ! » enthousiaste. Ou, tout au moins, d'un « bien sûr » tiède. Au lieu de cela, il hésitait en se mordillant la lèvre inférieure, réfléchissant comme s'il était face à une question épineuse à régler. Comme si, moi aussi, j'étais un bug dans son programme.

Je me rabrouai : *Arrête de faire ta parano.* Manifestement, il était occupé. Il aspirait sans doute simplement à la paix et au silence pour pouvoir travailler.

Je me levai et époussetai mon pantalon.

— Excuse-moi. Laisse tomber.

— Non, Mel, je…

— Franchement, tout va très bien. Tu as besoin de tranquillité pour bosser. Je comprends.

— Je dois régler ce truc mais ça ne m'empêche pas d'avoir envie de passer du temps avec toi. Ça ne te dérange pas de me regarder coder ?

— Bien sûr que non ! m'exclamai-je, rayonnante. On pourra échanger des idées, au besoin.

— Super.

Il se leva et m'embrassa. Un baiser bref, presque chaste, mais le contact de ses lèvres suffit à faire frémir mes lèvres d'un frisson qui se propagea dans tout mon corps.

On quitta le bureau, main dans la main. À peine arrivé à son appartement, il sortit son ordinateur de sa sacoche. Puis, debout devant le bar, il attendit que son système se charge.

— Tu avais raison de me conseiller de changer de cadre. En chemin pour venir ici, j'ai eu quelques idées sur comment le refaire fonctionner.

— Génial ! Tu veux boire quelque chose pendant que tu travailles ?

Je posai mon sac et me dirigeai vers le réfrigérateur.

— Euh, oui.

Ses doigts voletant sur le clavier, il se concentrait sur son écran. Je nous servis deux verres de vin. Au bout d'une minute de silence, il laissa échapper un grognement de frustration.

— Ça marche pas ?

— Non.

— Ça t'aiderait si tu m'expliquais pourquoi ?

— Ça peut pas faire de mal.

Après s'être approché afin que je puisse voir son écran, il me présenta le nœud du problème, tout en me décrivant son programme ligne par ligne. Nous lançâmes alors quelques tests, en vérifiant les valeurs dans la console de débogage.

— Je ne comprends pas pourquoi ça persiste.

— C'est à cause de ça, dis-je en lui montrant un appel de fonction. Sur la ligne deux cent quinze, tu as passé cette valeur par référence, du coup elle est modifiée dans la boucle.

Ses yeux s'écarquillèrent.

— Putain ! Comment j'ai pu rater ça ?

— Je te l'avais dit, rien ne vaut des yeux neufs.

— Non, ce sont tes yeux qui sont uniques. J'aime ton intelligence brillante, reprit-il en m'embrassant sur le front.

« *J'aime.* » Il l'avait dit d'un ton espiègle, certes, mais les hommes jouaient rarement avec ce mot. Pas sans un fond de vérité.

Il tapota sur quelques touches et, avec un cri de triomphe, repoussa son ordinateur sur le côté.

— Et maintenant que tu m'as résolu ce problème, on peut vraiment profiter de notre soirée.

— Tu veux dire que tu as fini ton travail ?

— En théorie, j'ai jamais fini. Si je voulais, je pourrais travailler toute la nuit, tout le week-end, et j'en aurais encore.

Une lueur d'anxiété s'alluma dans son regard et sa bouche prit un pli amer. Et, soudain, l'évidence me frappa. L'évidence de ce qui aurait dû être limpide pour moi dès le départ.

— Quand tu me dis que tu travailles, c'est toujours vrai.

— Que veux-tu dire ?

— Quand tu es accaparé par ton téléphone, ou que tu te lèves tôt le matin, ou que tu oublies de m'envoyer des messages, ou autre, tu ne mens pas quand tu invoques le travail. Tu travailles vraiment beaucoup.

— Bien sûr. Ne t'ai-je pas raconté le cauchemar que c'est depuis le début ?

— Si. Mais j'avais du mal à le croire. Beaucoup de mecs racontent qu'ils travaillent alors que c'est pas vrai. C'est une excuse commode, si tu vois ce que je veux dire.

Il haussa les sourcils d'un air étonné.

— Pas vraiment. T'es un peu parano.

— C'est vrai. Je suis parano. Mais je suis déjà passée par là.

— Ton ex t'a menti en te disant qu'il travaillait alors que c'était pas vrai ?

— Non. Pas mon ex. Mon père.

Il se pencha vers moi et me caressa la main. L'air fasciné par mon histoire, il semblait m'inviter à me confier.

— Qu'est-ce qu'il a fait ?

Je lui racontai ce que je savais sur mes parents et sur l'échec de leur mariage. Et même si j'étais loin d'en connaître tous les détails, leur expérience me poussait à me méfier des hommes et de leurs intentions pour le reste de ma vie. Il m'écouta avec attention, sans m'interrompre une seule fois. Quand j'eus fini, il m'attira dans ses bras et me caressa les cheveux en un geste qui ne pouvait être qu'amoureux.

— Je suis désolé pour toi. Et je veux que tu saches que jamais je ne te ferai ce qu'a fait ton père. Je te le promets. Jamais je ne te donnerai la moindre raison de douter de moi.

Ses lèvres effleurèrent les miennes et, à cet instant, je sus qu'il serait facile de capituler. De me débarrasser du poids du soupçon qui ne me quittait jamais. De le croire et, ce faisant, de le laisser alléger mon fardeau.

J'approfondis mon baiser et il y répondit. Ses mains voguèrent lentement sur mes épaules, mes seins, mon ventre, avant de s'aventurer sous ma ceinture. Quand je sentis ses doigts entre mes jambes, je fus incapable de me contrôler. On fit l'amour sur le bar.

Comme deux bêtes sauvages, pantelant et grognant, nos deux corps soudés. Pour un peu, la cuisine aurait pu s'embraser. Quand nous eûmes fini, il s'effondra, me serrant dans ses bras, sa respiration haletante dans mon cou. Il semblait repu, comblé.

— Je n'ai jamais rien vécu de plus intense, murmura-t-il.

Une fois que nous eûmes retrouvé notre souffle, je me dégageai de son étreinte et gagnai la salle de bains. Jamais je ne m'étais sentie aussi sûre de moi. Alex et moi vivions un truc sérieux. Il n'allait pas disparaître à la première occasion. Comme il l'avait dit, il y croyait. J'étais la seule qui comptait et nous étions partis pour du long terme. J'en étais sûre.

Jusqu'à ce que j'aie inspecté sa salle de bains.

Je ne fouinais pas, juré. Mais, tout en me lavant les mains, je promenai mon regard dans la pièce et remarquai un rasoir rose vif dans un coin de la cabine de douche. Un rasoir de femme. Avec, à côté, une bombe de mousse à raser parfum framboise format voyage.

Bizarre, je ne les avais pas vus la dernière fois. À moins que ?

Bien entendu, ma curiosité piquée, je tirai le rideau de douche, curieuse de ce que j'allais trouver d'autre : une savonnette, du shampooing, un gant de toilette humide pendant de la pomme de douche. Rien de particulièrement féminin.

Mais que recélerait l'armoire de toilette ?

Une petite voix me chuchota : « *Arrête d'être si parano.* » Mais, l'ignorant, j'ouvris la porte miroir pour trouver un flacon à moitié vide de Prada Candy. Le parfum. Pour femmes. Alors, bien entendu, je ne pus m'empêcher de regarder sous le lavabo où, enfoui derrière une bouteille de déboucheur de canalisations et un paquet de six rouleaux de papier toilette, je trouvai une boîte de Tampax.

Était-ce la raison pour laquelle Alex avait hésité quand je lui avais demandé si je pouvais venir ce soir ? Parce qu'il n'avait pas encore eu une chance de ranger le désordre que sa dernière copine avait laissé ?

D'accord, d'accord.

Je n'allais pas flipper. Ça ne m'avancerait à rien. Mais j'allais lui demander calmement, rationnellement, ce qui se passait, bordel de merde !

Après avoir pris deux profondes respirations pour me calmer, je revins dans la chambre. Installé sur son lit, il était absorbé dans son téléphone. Il ne me regarda même pas quand je pris place à côté de lui. Les yeux écarquillés, il tapotait furieusement l'écran de ses pouces.

— Oh merde ! marmonna-t-il sous cape.

— Qu'est-ce qui se passe ? demandai-je.

Parfaitement calme, parfaitement rationnelle.

— Rien, dit-il en éteignant son portable et en le posant sur la table de nuit. Je commence à avoir faim. Tu veux commander à dîner ?

— Oui. Comme tu veux.

Il me caressa le bras.

— Ça va pas ?

Sois directe, me dis-je. C'était l'occasion rêvée d'aller droit au but et de l'interroger sur ce que j'avais vu dans la salle de bains.

— Si, ça va.

Bien joué, Mel !

— OK.

Je sentis au timbre de sa voix qu'il n'était pas complètement convaincu mais il n'insista pas.

— Et si tu nous commandais quelque chose sur *Uber Eats* ? suggérai-je alors.

— Je laisse la décision entre tes mains expertes.

Dans un geste théâtral, il s'inclina devant moi et partit vers la salle de bains.

J'allais bien.

Tout allait très bien.

Je dramatisais, tout simplement. Tous ces trucs de fille dans la salle de bains étaient sans doute là avant. Je ne les avais pas remarqués, voilà tout.

Peut-être étaient-ce des restes de JBoogie. La fille qu'il avait *ghostée* après avoir couché avec elle.

Mais si elle n'avait jamais compté pour lui, pourquoi l'avait-il laissée ranger des tampons sous le lavabo ? Une autre dont il ne m'avait pas parlé avait-elle compté ? Ou étais-je juste la fille de rechange ?

Trêve de spéculations stériles. J'allai sur *Uber Eats* et fis défiler les livraisons disponibles dans le quartier. Alors que j'hésitais entre des *poke bowls* et des *pad thaï*, le téléphone d'Alex vibra. Je levai les yeux pour voir une notification de texto s'afficher à l'écran.

Et je ne fouinais pas, juré. Son téléphone était posé sur la table de nuit, l'écran me faisant face, ostensiblement. Étais-je censée détourner le regard ? Forcer mes yeux à ne pas voir et mon cerveau à ne pas interpréter les mots étalés si ouvertement à l'écran ?

Bien sûr, c'était ce que j'aurais dû faire. Au lieu de cela, je m'approchai et lus la preuve accablante.

Jenny
Je n'ai plus jamais eu de nouvelles. Tu n'as pas aimé ma petite surprise ?

Quelque part, au loin, j'entendais comme un tam-tam. Régulier, sans relâche, se rapprochant de seconde en seconde. Je me rendis soudain compte qu'il ne s'agissait pas du tout d'un tam-tam mais des battements de plus en plus forts de mon cœur, résonnant dans ma poitrine, à mes oreilles, la fureur faisant rouler l'adrénaline dans mes veines. J'avais déjà entendu le nom « Jenny ». C'était la fille que j'avais rencontrée le premier soir au bar. Celle qu'il avait décrite comme son premier rendez-vous *Fluttr* qui n'avait pas marché. Pourquoi s'envoyaient-ils encore des messages, putain ?

Quand il sortit de la salle de bains, je ne pus même pas le regarder. Mes yeux fixant le sol, j'annonçai d'une voix calme et égale :

— Je crois que tu as un message.

Il prit son téléphone et le déverrouilla. Dans un silence de plomb, je le regardai le lire, verrouiller l'écran et reposer son portable sur sa table de nuit. Son visage était impassible. Il ne tressaillit même pas.

— Qui était-ce ? demandai-je en lui offrant une chance de dire la vérité. Le bureau ?

— Non. Juste un spam.

Menteur !

Alex m'avait accusée d'être parano comme si c'était un défaut. Or, visiblement, c'était une force, parce que mes soupçons étaient justifiés. Il me mentait depuis le début.

— Tu en es bien sûr ?

— Que veux-tu dire ? demanda-t-il en fronçant les sourcils, feignant la confusion.

Décidément, il essayait de me faire passer pour la méga parano.

— C'était quoi la surprise ?

Il s'éclaircit la voix.

— Je ne vois pas de quoi tu parles.

— Arrête de jouer au con, rétorquai-je, sentant ma voix enfler mais incapable de contrôler ma colère. J'ai vu le message, OK?

— Quoi ? Pourquoi tu fouillais dans mon téléphone ?

— Je ne fouillais pas dans ton téléphone. Il était là, sur la table de nuit. Le texto est apparu et je l'ai regardé et…

— Alors tu admets que tu lis mes messages ?

Je croisai fermement les bras.

— C'est la même Jenny que celle du soir où nous nous sommes rencontrés au *Barley House* ?

Alex prit une profonde inspiration, gonflant ainsi son large torse, ses yeux fixant le plafond.

— Oui. Mais je ne l'ai pas vue depuis. Elle m'a juste envoyé ce message aujourd'hui.

— C'est ça, oui. Alors, c'était quoi « la surprise » ?

— Tu veux vraiment savoir ?

— Je te le demande, non ?

Il reprit son téléphone d'un geste brusque et fit glisser son pouce sur l'écran, la mâchoire crispée.

— Je n'y crois pas, marmonna-t-il, avant de me montrer l'écran.

C'était un *close-up* d'un torse de femme nue. Deux énormes seins gonflés, aux mamelons roses proéminents. La courbe sensuelle des clavicules. Surmontés de ses lèvres, esquissant un sourire et maquillées en rouge framboise.

— Pourquoi c'est dans ton téléphone ?

— Elle me l'a envoyé !

Il jeta brusquement l'appareil sur son lit. Il rebondit pour tomber par terre.

— Je n'ai aucun contrôle sur ce qu'elle m'envoie ou pas. Il est évident que je n'ai rien demandé. Ce n'est pas toi qui parles tout le temps des hommes qui te bombardent de *dick pics* indésirables ?

Ignorant la logique de sa question, j'insistai :

— Et les tampons sous ton lavabo, ils sont aussi à elle ?

— Quoi ? s'exclama-t-il en ébouriffant ses boucles brunes de ses mains. Pourquoi tu fouinais dans ma salle de bains ?

— Je n'avais pas besoin de fouiner pour voir les preuves. Son rasoir et sa mousse à raser étaient bien en évidence sur le bord de la cabine de douche.

Il plissa les yeux, comme pour essayer de visionner sa salle de bains.

— Tu avais oublié, c'est ça ?

— Je ne comprends pas. Pourquoi fais-tu ça ?

— Tu as dit que je pouvais te faire confiance, rétorquai-je d'une voix maintenant stridente, mais incapable de m'arrêter. Tu m'as dit que tu ne me donnerais jamais la moindre raison de douter de tes paroles, mais tu as menti.

— Je n'ai pas menti. Sur quoi ai-je menti ?

Ce mec avait l'audace de nier. Il essayait de me faire croire que j'avais tout imaginé, de me faire abandonner le sujet. Eh bien, je ne comptais rien lâcher !

— Alors Jenny t'envoie une photo de ses seins sans prévenir ? Après deux semaines sans contact, elle a décidé, comme par hasard, de t'envoyer un message aujourd'hui.

Les joues soudain rouges, il se gratta la nuque.

— En fait, c'est moi qui lui ai envoyé un texto le premier. Mais uniquement à cause de notre conversation d'hier.

— Pardon ?

— Sur le fait de disparaître. Je voulais m'excuser. Tu vois, nous sommes sortis ensemble quinze jours. Rien de sérieux. Mais je me dis qu'elle ne voyait peut-être pas notre histoire de la même manière. Et la façon dont j'ai disparu… C'était pas très cool, donc j'ai voulu m'excuser. Alors après, je ne sais pas, elle a peut-être cru que j'essayais de me remettre avec elle, alors elle m'envoie cette photo sans préavis et…

— Attends ! Tu m'avais pas dit que c'était ton premier *date* avec elle ?

L'air abasourdi, il comprit que je l'avais pris en flagrant délit de mensonge. Et soudain, je compris : Jenny était le J de JBoogie.

— Quand je t'ai demandé si Jenny était ta copine, tu m'as répondu « non ».

— Elle n'était pas ma copine. Elle ne l'a jamais été. Comme je t'ai dit, on a juste bu quelques verres, sans se prendre la tête.

— C'est ça. Rien de sérieux entre vous. C'est pour ça que, comme par hasard, elle a une réserve de tampons dans ta salle de bains.

— Ils ne sont pas à elle, ils sont à …

— Oh ! Alors comme ça il y en a une autre dont je devrais m'inquiéter ?

— Quoi ? Non ! Je te dis la vérité, Melanie. Je te le jure.

— Je ne vois pas pourquoi je devrais te croire.

— Parce que dès que je suis entré dans ce bar et que je t'ai vue assise au comptoir, j'ai compris que tu étais celle avec qui je voulais être. J'ai arrêté de parler à Jenny dès le lendemain, avant même que nous commencions quoi que ce soit, toi et moi.

— Alors pourquoi ne m'as-tu pas dit la vérité d'emblée ? Pourquoi m'as-tu raconté que c'était un premier rendez-vous alors que pas du tout ?

— J'avais peur de te faire fuir.

— C'est sans doute ce que j'aurais fait. Et ça aurait sans doute été mieux pour moi.

Je ramassai mon chemisier qui gisait à terre d'un geste brusque et le passai.

— Jenny a dit que tu étais un menteur et elle avait raison.

L'air interloqué, il pencha la tête sur le côté.

— Attends un peu. Tu lui as parlé ?

Je remontai la fermeture Éclair de mon pantalon et enfilai mes chaussures, prête à partir sans explications. Mais au moment de prendre mon sac, je décidai qu'il devait savoir. Il avait besoin de comprendre qu'il ne pouvait plus vivre dans un monde où il pouvait mentir sans vergogne. Dorénavant, les femmes lui demanderaient des comptes.

Il était temps de cracher le morceau.

Je pris mon téléphone et ouvris son profil *BastardAlert* dans le navigateur. Puis je le lui tendis et le laissai le faire défiler, pour qu'il voie la vérité imprimée en pixels.

— Je ne comprends pas. C'est quoi ? demanda-t-il, l'air perdu.

— C'est *BastardAlert*. C'est ce nouveau site Internet très populaire auquel les femmes peuvent se connecter pour partager toutes les saloperies, tous les trucs chelou, que les hommes leur infligent. Comme ça, elles peuvent mettre les autres femmes en garde pour qu'elles évitent les connards.

Il leva les yeux vers moi, son visage exprimant une douleur cuisante, comme si je venais de lui donner un coup de poing dans le ventre.

— Tout ce temps, tu étais au courant de ce qui est écrit sur moi et tu ne m'en as rien dit ? Tu as gardé le secret ?

Sans un mot, je récupérai mon portable et le rangeai dans mon sac.

— C'est carrément malhonnête, non ? fit-il remarquer.

— T'es gonflé !

Je passai devant lui et me précipitai vers la porte, impatiente de quitter son appartement. Alors que je l'ouvrais à la volée, il cria :

— Quel genre de monstre faut-il être pour créer un site comme *BastardAlert* de toute façon ?

Je pilai net et, me retournant, le foudroyai du regard.

— Le monstre, c'est moi. Et si je l'ai fait, c'est à cause d'hommes comme toi !

Sur ces mots, je fis claquer la porte avec une telle violence que tous les murs de l'immeuble en tremblèrent.

Chapitre 22

Le pire dans une rupture, ce n'est ni le choc initial de la trahison, ni la solitude qui s'ensuit, ni l'humiliation de devoir admettre que l'on a fouiné sous le lavabo de la salle de bains de son ex.

C'est la mort de l'espoir. L'idée que vous aviez placé votre confiance en quelqu'un, que vous vous étiez habitué à sa présence constante, que vous aviez rêvé d'un possible futur ensemble, et que, soudain, tout vous était cruellement arraché.

Avec Alex, je m'étais projetée dans un avenir heureux. Maintenant, tout était fini.

Même si je devais voir le bon côté des choses : au moins, je ne m'étais pas engagée trop loin. Étant donné que nous étions sortis ensemble à peine deux semaines, je n'avais même pas encore eu une chance de poster une photo de lui sur mon compte Instagram. Pas comme Lia qui avait passé des jours à effacer toute trace de Jay des réseaux sociaux et qui s'était retrouvée avec des copains de lycée lui demandant : « Hé, qu'est-ce qui est arrivé à ton amoureux ? »

Internet est horrible.

Tout comme mon appartement, d'ailleurs. La salle de bains était assez stylée. Ray avait installé l'une de ces luxueuses pommes de douche à effet pluie pour remplacer celle qui était cassée et, dans la foulée, il avait ajouté un chauffe-serviettes pour le confort après le bain.

Mais ces améliorations avaient un prix. À savoir, écouter ses ébats sexuels athlétiques avec Vanessa à toute heure du jour et de la nuit. C'était dur d'entendre la bande-son de leur histoire d'amour balbutiante alors que je pansais les blessures causées par la mienne, brisée. Voilà pourquoi je passai presque tout le week-end dans ma chambre. Je traînai dans mes draps sales en mangeant de la *junk food* devant *Gossip Girl* et en refusant obstinément de fondre en larmes chaque fois que Dan Humphrey me faisait penser à Alex.

Ce fut presque avec soulagement que je repris le chemin du bureau, le lundi matin. Bien sûr, je n'étais pas trop emballée à l'idée de tomber sur lui mais, étant donné que nous n'avions quasiment pas de raisons de nous parler chez *Hatch* avant de sortir ensemble, j'étais sûre que je n'aurais aucun mal à l'éviter.

À dire vrai, ce qui m'inquiétait plus que de le croiser, c'était qu'il parle trop. À l'exception des filles, il était le seul à savoir que j'étais à l'origine de *BastardAlert*. Je ne m'inquiétais pas qu'il dévoile mes secrets par méchanceté mais, plutôt, qu'ils lui échappent, par inadvertance. Après tout, ce mec ne savait même pas que le rasoir de son ex traînait toujours sur le bord de sa cabine de douche. La prudence n'était pas son point fort.

Ma journée commença sans anicroches. Juste un lundi typique au support IT : répondre aux mails, débloquer des comptes utilisateur bloqués, me débattre avec mes états d'âme. À midi, je pris ma pause déjeuner et mangeai à mon bureau pour éviter une rencontre fortuite avec Alex. Ou avec n'importe qui d'autre, d'ailleurs.

En ouvrant mon sac pour en sortir mon sandwich au beurre de cacahuètes, je remarquai que mon écran de téléphone indiquait un appel manqué. C'était un numéro avec le préfixe 415. Une rapide recherche sur

Google m'indiqua qu'il s'agissait d'un préfixe régional de Californie du Nord. Mais je ne connaissais personne à San Francisco. C'était sans doute du démarchage. D'autant que le même numéro rappela trente secondes plus tard. Je laissai passer l'appel directement sur messagerie et déballai mon sandwich.

Tout en déjeunant, je surfais sur Internet, faisant défiler les nouvelles pour me mettre au courant des derniers potins des célébrités. Au beau milieu d'une juteuse révélation anonyme, mon téléphone vibra, m'annonçant un nouveau mail.

De : L'équipe dirigeante *Fluttr*
À : Melanie Strickland
Objet : CONFIDENTIEL

Chère madame Strickland,
Nous nous sommes procuré vos coordonnées en tant que propriétaire principale du site Internet *BastardAlert.biz*. Nous avons essayé en vain de vous contacter par téléphone et souhaiterions nous entretenir en urgence d'une affaire confidentielle avec vous.
Merci de nous rappeler au (415) 555-2493 dès que vous le pourrez.
Cordialement,
L'équipe dirigeante *Fluttr*

Oh merde !

Mon premier réflexe fut le déni. Après tout, ce message ne venait peut-être pas du tout de *Fluttr.* Mais si *Fluttr* n'en était pas à l'origine, qui, vraisemblablement, aurait pu l'envoyer ? Ce genre de blague ne ressemblait pas aux filles et je doutais qu'Alex ait le temps de déconner. À moins qu'il ait trop parlé avec quelqu'un qui, lui, l'avait.

D'un autre côté, si envoyer un faux mail était un jeu d'enfant, faire un canular téléphonique avec un préfixe 415 demandait un peu plus d'efforts. Alors l'appel venait peut-être vraiment de *Fluttr*. Mais, si c'était le cas, comment avaient-il obtenu mes coordonnées ?

Pour tout arranger, le contenu du mail n'était pas particulièrement prometteur. « … *en urgence d'une affaire confidentielle* » *?* Essayaient-ils de me faire fermer mon site ? Était-ce le message précurseur d'une quelconque mise en demeure ? Parce que je ne pouvais pas me permettre d'engager un avocat qui serait assez coriace pour affronter le puissant cabinet juridique employé par *Fluttr*.

J'étais en pleine crise de panique, quand un message de Whitney surgit sur mon écran :

Quelqu'un t'a contactée aujourd'hui ?

Ainsi, c'était elle qui était derrière tout ça ?

À ce stade, je n'étais pas prête à raconter quoi que ce soit de potentiellement dangereux dans un texto. Ils étaient recevables devant les tribunaux et j'étais déjà suffisamment désavantagée sans m'enfoncer encore plus.

Je pris mon téléphone et m'élançai dans le couloir d'un pas décidé. Évitant délibérément les abords de *Fizz*, je me dirigeai vers les salles de conférences en longeant le mur nord. La plupart d'entre elles étaient occupées. Mais je repérai une porte ouverte tout au bout du couloir. Je m'y précipitai en courant, m'y enfermai à clé et composai le numéro de Whitney.

— N'est-ce pas ouf ? lança-t-elle d'une voix pétulante.

— Je ne sais pas. Tu crois ? Leur mail me fait l'effet d'une menace voilée.

— Attends, ils ne vont rien divulguer par mail. Mais fais-moi confiance, c'est énorme.

— « Énorme » en quoi ? Je ne sais même pas ce qu'ils attendent de moi.

— Mel, c'est l'aubaine exceptionnelle dont je parlais. *Fluttr* est impressionné par ton site et ils sont prêts à mettre le paquet pour te l'acheter.

Oh mon Dieu !

Finalement, mon dur travail était enfin récompensé !

— Comment tu as fait ?

— Une copine d'une copine d'une copine est chargée de la stratégie de contenu chez *Fluttr*. Elle l'a passé à quelqu'un de l'équipe conception qui l'a fait remonter à quelqu'un de la direction qui, apparemment, a flippé sa race en le recevant. Pas de quoi.

— Merci, merci, Whitney. J'hallucine.

— Tu le mérites, ma poule. Tout ce que je te demande en échange, c'est de m'inviter à l'une de ces soirées à Silicon Valley quand je viendrai te voir. Il paraît qu'elles sont folles.

— Du calme. Je ne vais pas m'installer à Silicon Valley.

Pas encore.

— Tu parles ! Allez ! Rappelle-les et vois ce qu'ils ont à dire. Je veux que tu me racontes tout en détail, sur-le-champ.

Je raccrochai et retrouvai le numéro en 415 dans mon journal d'appels. Tout en écoutant le clic numérique de la sonnerie, je regardai par la fenêtre, l'East River, la ligne des toits de Brooklyn, les deux ponts reliant les quartiers. La seule chose qui me manquerait de *Hatch* serait la vue à couper le souffle.

— Siège social de *Fluttr*. Bonjour, je suis Sheila. À qui souhaitez-vous parler ?

— Hum… bonjour.

Je m'éclaircis la voix, prenant ce que je pensais être une intonation professionnelle.

— Je m'appelle Melanie Strickland, je rappelle parce que…

— Un instant, s'il vous plaît.

Mon nom était visiblement suffisamment reconnaissable pour que je n'aie même pas besoin de finir ma phrase. C'était bon signe. Très bon signe.

La mélodie d'attente s'interrompit, remplacée par une voix masculine.

— Melanie ?

— Oui. Bonjour.

— Bonjour, ravi de vous entendre. Je suis Johnny Holder.

Un écho résonnait sur la ligne. Comme s'il était sur haut-parleur.

— Je suis le P.-D.G. de *Fluttr*. Je suis en compagnie de mon directeur de la stratégie, Will Hertz, et de mon vice-président produit, Mitch Lansford.

Un chœur de voix d'hommes sans visage lança :

— Bonjour !

— Euh, bonjour. Enchantée de… vous rencontrer.

— Vous vous demandez sans doute pourquoi nous vous avons contactée. Alors allons droit au but. *BastardAlert* fait le buzz. Nous le voulons, nous vous voulons, fonçons !

Je n'avais pas prévu que ça irait si vite.

— Qu'en dites-vous ?

Le type était pressant. Comment s'appelait-il déjà ?

J'ouvris la bouche, espérant pouvoir formuler l'une des cinq mille questions qui se bousculaient dans mon cerveau. Tout ce que je parvins à dire fut :

— D'accord.

— D'accord, super ! Écoutez, nous allons vous faire venir dans nos bureaux pour discuter logistique.

Il s'interrompit et, baissant la voix, demanda à ses collègues :

— Quelles sont vos disponibilités ?

Après quelques marmonnements inintelligibles, il revint vers moi sur un ton décidé :

— Demain à midi ?

— Hum… ça me convient. Mais vous savez sans doute que je suis à New York ?

— Oui, pas de problème. Sheila va vous réserver un vol ce soir.

Waouh ! Ainsi, voilà à quoi ressemblait la routine d'une grosse entreprise IT de la Silicon Valley ! Un vol réservé quelques heures à l'avance. Pas de problème !

— Ça vous va ? demanda-t-il.

J'étais un peu hésitante. Je n'avais pas eu trop le temps d'y réfléchir. Ce type me demandait de prendre une décision capitale en l'espace de quelques secondes. Presque comme sur le site *Fluttr* lui-même.

Mais je ne pouvais pas le faire attendre. Et s'il revenait sur sa décision et s'apercevait que *BastardAlert* n'était pas si génial après tout ? Je devais saisir la chance au vol, avant qu'elle me passe sous le nez.

— Ça me va.

— Fantastique. Je vais vous repasser à Sheila maintenant. Elle va vous aider à régler tous les détails du voyage, le vol, l'hôtel et le reste. Nous vous attendons avec impatience demain.

— J'ai hâte moi aussi.

Pendant que la mélodie d'attente m'emplissait de nouveau l'oreille, quelqu'un se mit à tambouriner à la porte de la salle de conférences.

— C'est occupé, lançai-je.

Des cris étouffés résonnèrent dans le couloir, suivis par de nouveaux coups sur le battant. Je fis de mon mieux pour les ignorer et me concentrai sur Sheila qui, revenue en ligne, m'annonçait qu'elle m'avait réservé un vol direct pour San Francisco à 19 h 55 avec une réservation au *Westin* de Union Square pour la nuit.

— Ne vous gênez pas pour mettre tous les repas ou autres services que vous souhaiterez sur la note de la chambre. Une voiture viendra vous chercher à 11 h 30 demain matin.

— Merci beaucoup. À demain.

Je raccrochai et me précipitai vers la porte, l'ouvris à la volée pour me trouver nez à nez avec Greg, un gros poing levé, prêt à frapper.

— Qu'est-ce que tu fais ? Je t'ai dit que la salle était occupée.

— Il est 12 h 30. Nous avons réservé cette salle pour les deux prochaines heures. Vérifie sur le planning du bureau.

En entendant « nous », je jetai un coup d'œil derrière lui et vis Alex qui faisait son possible pour éviter mon regard. Et je fus immédiatement submergée par le regret d'avoir brisé une règle d'or : ne jamais sortir avec un collègue de bureau. Même si cela n'avait pas beaucoup d'importance étant donné que je n'allais plus faire long feu chez *Hatch*.

— Désolée. Elle est toute à vous.

— Sans rancune, dit Greg avec un clin d'œil aguicheur.

Ses lèvres formèrent une moue répugnante. Essayait-il de me draguer ? Parce qu'il donnait plutôt l'impression d'être constipé.

Je m'éloignai sans un regard en arrière en serrant les poings pour empêcher le tremblement incontrôlable de mes mains. C'était trop. L'appel de *Fluttr*, le voyage en Californie, la rencontre fortuite dans le couloir avec la seule personne que j'avais essayé d'éviter. Franchement, je m'impressionnais de ne pas craquer.

Au lieu de regagner directement mon box, je tournai à gauche en direction de la salle des serveurs où j'utilisai ma carte d'accès avant de me mettre en quête de Bob. Je le trouvai à sa place habituelle, par terre, l'air aussi maussade, revêche, misérable, qu'à son habitude.

— Qu'est-ce que tu fais ici ? me lança-t-il en guise de salut.

— Tu te rappelles quand tu m'as dit que j'avais besoin de vacances ? Eh bien, je prends ma journée de demain.

— Tu ne peux pas. C'est le mardi de la mise à jour.

Merde.

— J'ai besoin de ma journée. Et peut-être de celle de mercredi aussi.

Il prit un air paternaliste, lèvres pincées, sourcils froncés.

— Tes problèmes de cœur t'ont déprimée ?

Soudain pétrifiée, je sentis mon estomac se nouer. Comment était-il au courant de ma rupture avec Alex ? Et, d'abord, comment savait-il que j'étais sortie avec Alex ?

— Ça n'a rien à voir. J'ai juste besoin de prendre une ou deux journées.

— Désolé, je ne peux pas te l'accorder.

Il avait déjà ramené son attention sur son ordinateur. J'étais congédiée.

Eh bien, qu'il aille se faire foutre !

Personne ne m'empêcherait d'avancer. Et, que ça plaise ou pas à Bob, ce soir, j'avais bien l'intention d'être dans cet avion.

Chapitre 23

Je ne pris pas la peine de terminer ma journée. Mon vol était dans moins de sept heures et, avant, j'avais du pain sur la planche : boucler ma valise, prendre la ligne A pour Howard Beach et changer afin de prendre la navette pour l'aéroport. En outre, la queue des contrôles de sécurité à JFK serait assurément un cauchemar. Je devais me dépêcher si je voulais monter à bord avant la fermeture des portes de l'avion.

En sortant de la salle des serveurs, je regagnai directement mon box pour activer mon message d'absence du bureau, puis me précipitai en courant vers l'ascenseur. Moins de vingt minutes plus tard, j'étais chez moi, ce qui était un record. Je trouvai Ray dans notre cuisine, en train d'inspecter nos plans de travail.

— Salut Melanie, ça va ?

— Ça va.

Je fis un pas vers lui et me figeai. La pièce avait complètement changé d'aspect. Elle était beaucoup plus belle. Vraiment *beaucoup*.

— Tu as installé de nouveaux plans de travail ? demandai-je en caressant la surface lisse. C'est du granit ?

— Non, c'est du faux.

Il leva un rouleau de ce qui ressemblait à un épais papier d'emballage brillant.

— Ça s'appelle « Instant Granite ». Cool, non ? Je l'ai trouvé sur Pinterest. C'est une rénovation super simple. Ça permet d'avoir une plus belle cuisine sans dépenser une fortune ni contrarier le propriétaire.

— C'est top. Merci beaucoup.

Vanessa surgit de sa chambre. Elle était toujours absorbée par son support virtuel à temps plein, et son oreillette Bluetooth clignotait à son oreille.

— Qu'est-ce que tu fais ici ? s'étonna-t-elle.

— Je dois prendre un avion ce soir, répondis-je, me rappelant soudain tout ce que j'avais à faire et le peu de temps que j'avais devant moi.

— Où vas-tu ?

— À San Francisco. J'ai un… entretien demain.

Avec une moue tragique, elle demanda :

— Tu déménages ?

— Non. Je sais pas. Je ne suis pas trop sûre de ce qui va se passer. Mais je n'ai rien à me mettre.

Elle m'interrompit d'une main levée.

— N'ajoute rien. Je peux t'aider.

Se tournant vers Ray, elle demanda :

— Tout va bien, ici ?

Il la gratifia d'un sourire adorateur.

— Tout va bien, chérie.

Une fois dans ma chambre, elle ferma la porte derrière nous et, les mains jointes, inspecta le souk qu'était mon minuscule dressing.

— C'est…

Elle s'interrompit avec un soupir.

— Il va falloir faire avec. Où est ton entretien ?

— Une société Tech dans la Silicon Valley.

— Laquelle ?

— *Fluttr.*

À l'expression d'horreur qui s'afficha sur son visage, on aurait pu croire que j'avais répondu. « En enfer. »

— Comme je te disais, repris-je, je ne sais pas ce qui va se passer. Mais si j'arrivais à décrocher un poste avec eux, ce serait énorme pour ma carrière.

Et pour mes dettes.

— Je n'ai pas d'avis à donner, dit-elle en se tournant vers mon placard pour examiner mes vêtements avec délicatesse. Tu as besoin d'un truc qui fasse *girlboss.*

— Je n'ai pas grand-chose.

En tant qu'analyste de support IT, ma garde-robe consistait principalement en tenues dans lesquelles je me sentais à l'aise pour ramper sur le sol derrière une imprimante défectueuse. Et en une veste achetée en soldes.

— Nous allons te trouver quelque chose, annonça-t-elle en sortant son téléphone de sa poche arrière. J'ai un tableau Pinterest pour ça.

— Pour quoi ?

— Pour comment faire du shopping dans son placard. En gros, comment concevoir une nouvelle tenue en mariant des fringues que tu as déjà. Je sais que j'ai épinglé un truc sur comment créer des ensembles stylés à partir de basiques confortables.

Les yeux plissés, elle fit défiler son écran.

— Ah, voilà !

Nous passâmes la demi-heure suivante à inspecter mes pantalons stretch, mes chemises amples et mes robes sacs. Miraculeusement, Vanessa arriva à me dénicher deux tenues qui, pour un entretien, n'étaient pas simplement présentables mais carrément chic.

— Le secret, ce sont les accessoires, déclara-t-elle.

Elle sortit et revint avec des ceintures, des boucles d'oreilles et un collier fantaisie de son propre stock pour compléter l'ensemble.

— Tu es douée pour ça, la complimentai-je.

— Ça m'amuse, expliqua-t-elle.

Elle noua une large ceinture tressée autour de ma taille et lissa le tissu surmontant la boucle.

— Et voilà, nickel !

J'examinai mon reflet dans le grand miroir fixé au dos de ma porte.

— Merci. Tu me sauves la vie.

— Pas de problème. Tu descends où à San Francisco ?

— Au *Westin*, à Union Square.

— C'est un chouette hôtel. *Fluttr* doit vraiment chercher à te séduire. Profites-en pour aller boire un verre dans le lobby, au *Clock Bar*. C'est super mignon et ils servent des cocktails sublimes.

— Tu connais San Francisco ?

— J'y ai habité.

Elle ramassa mes vêtements éparpillés et les raccrocha dans ma penderie.

— Mon ex travaillait dans une start-up IT. Il a commencé tout en bas puis la boîte est devenue super importante.

Je comprenais maintenant pourquoi elle avait touché le pactole quand elle avait divorcé.

— Il y est toujours ?

— Aux dernières nouvelles, il s'était fait virer. Je ne suis pas surprise. C'est un vrai camé.

Elle prit une profonde inspiration et referma mon dressing.

— En fait, je l'ai cherché sur *BastardAlert*, l'autre jour. C'est un de ces pauvres types qui envoient des *dick pics*.

— Non !

— Si. C'est clair que je suis bien plus tranquille maintenant que je suis débarrassée de lui.

— C'est clair.

Je retirai mes chaussures et les rangeai dans ma valise ouverte.

— Alors, toi et Ray, vous êtes officiellement ensemble ?

Elle haussa les épaules.

— Nous y allons doucement. Je ne suis pas emballée de savoir qu'il habite avec sa mère. Mais, comme tu disais, il ne peut pas rester chez elle pour toujours. Et qui sait ? Il changera peut-être d'avis. En attendant, notre appartement profite de sacrées rénovations.

— Je sais. Ces plans de travail sont super !

— Il a aussi des idées pour une crédence simple. Ce qui me fait penser que je voulais lui montrer cette épingle Pinterest.

Vanessa quitta la pièce, le nez dans son téléphone. Et je continuai à faire mes bagages. En plus des tenues que nous avions composées, je pris mon ordinateur et toute les notes écrites que j'avais prises depuis que j'avais commencé à développer *BastardAlert*. J'allais pouvoir profiter des six heures de vol pour mettre au point une présentation PowerPoint sur ce qui m'avait motivée à créer ce site, un guide bref mais élaboré du code, et quelques statistiques sur sa fréquentation et ses performances.

Certes, étant donné que c'était manifestement la principale faiblesse de *BastardAlert*, je ne tenais pas à m'étendre sur les performances. Même si mes interventions les avaient un peu améliorées, l'hébergement avait ses limites et ne pouvait faire des miracles. Heureusement, ce problème pourrait être rapidement résolu grâce à un apport financier de *Fluttr*. Transférer *BastardAlert* sur une ferme de serveurs coûteuse mais spacieuse allait considérablement en améliorer la vitesse. J'allais faire en sorte de le leur faire comprendre.

Une fois ma valise bouclée, prête à partir, je la fis rouler jusqu'à la porte et saluai de la main Ray et Vanessa, affairés à prendre les mesures de la cuisine.

— Bonne chance ! me lancèrent-ils en chœur.

— Merci, répondis-je en laissant la porte se refermer derrière moi.

Entre les problèmes de signalisation, les encombrements sur la ligne, et le bordel général des transports new-yorkais, il me fallut une bonne heure et demie pour arriver de State Street au Terminal 4 de l'aéroport JFK. Comme je l'avais soupçonné, la file d'attente des contrôles de sécurité était une catastrophe. Une masse désorganisée de voyageurs en colère, difficilement contenue par une poignée d'agents de sûreté aéroportuaire apathiques. Je me dirigeai vers ce qui semblait être l'extrémité de la file. Mais quand je présentai ma carte d'embarquement à l'hôtesse, elle secoua la tête.

— Vous êtes à l'embarquement prioritaire, dit-elle en me montrant une queue de passagers beaucoup plus courte.

Des gens calmes, heureux, qui franchissaient les détecteurs de métal sans retirer leurs chaussures ni sortir leurs ordinateurs de leurs sacoches.

— Je ne fais pas partie des passagers prioritaires, fis-je remarquer.

Elle me foudroya du regard.

— Vous êtes en première classe. Voilà pourquoi vous devez aller dans cette file. À moins que vous ne préfériez attendre dans celle-là.

« Première classe » ?

Je n'avais jamais volé en première classe de ma vie. Pour être honnête, je n'avais pas si souvent pris l'avion.

Et, quand je l'avais pris, je m'étais toujours retrouvée coincée dans l'un de ces minuscules sièges du fond. Les concepts comme la nourriture gratuite, l'espace pour les jambes et les courtes files d'attente à la sécurité m'étaient parfaitement étrangers.

Mais je supposais qu'ils allaient me devenir familiers maintenant que j'entrais dans cette nouvelle phase de ma vie. La phase high-tech, vols en business class et start-up de Silicon Valley.

Je gagnai la file d'attente « Embarquement prioritaire », me délectant de mon nouveau statut et de penser à quel point tout allait changer. Je ne déjeunerais plus d'un pitoyable sandwich au beurre de cacahuètes. Mais d'une salade bio trop chère à base de super-aliments sans OGM. Et je pourrais tirer un trait sur les coupons fitness Groupon car, désormais, je pourrais me payer mon propre abonnement de gym, dans un club élégant.

Le plus important, c'était que je ne croulerais plus sous les dettes. Parce que dès que je toucherais mon gros salaire, mon premier chèque serait pour mon recouvreur de crédit étudiant. J'avais tellement hâte de recevoir l'attestation confirmant que j'avais soldé mon compte. Je l'encadrerais et la mettrais sur mon bureau, juste à côté de mon diplôme universitaire. Enfin, ce diplôme d'ingénieur informatique allait prouver son utilité !

Après avoir rapidement passé la sécurité, je me dirigeai vers le *Sky Club*, également connu sous le nom de *Salon First Class*. C'était encore plus beau que je l'imaginais. Une femme souriante m'accueillit à la réception, me confirmant que, oui, j'étais ici à ma place, avant de m'offrir un verre de vin blanc. Elle me dirigea vers une pièce remplie de canapés moelleux, dont les murs en verre surplombaient la piste. Je remplis une assiette d'en-cas au snack bar gratuit et, bercée par la musique d'ambiance, m'installai dans un fauteuil confortable.

C'était ça la vie.

Alors que je me régalais de crackers tomate basilic, saupoudrés de parmesan, je connectai mon téléphone au Wifi local. Avec toute l'agitation de la journée, j'avais à peine eu le temps de consulter les réseaux sociaux. Je commençai par charger mon fil d'actualité *Twitter* où, aussi ravie que surprise, je constatai que *BastardAlert* était de nouveau dans les sujets tendance.

Il me fallut une minute pour faire défiler un nombre interminable de retweets et de réponses avant que je trouve enfin l'origine de ce déferlement de réactions : un article sur *SolidaritéMecs.com* qui doucha immédiatement mon enthousiasme.

BastardAlert : Quand les salopes racontent des saloperies.

Par : Anony-mec
Posté : lundi 23 avril, 1 h 28 du matin.

Les mecs, on est tous passés par là. Vous rencontrez une meuf sur Fluttr, *ça colle entre vous et vous finissez par baiser. Le lendemain, alors que vous êtes peinard chez vous à essayer de terminer une mission sur* Mass Effect, *elle bombarde votre téléphone de messages pour vous revoir. C'est quoi son problème ?*

Tout le monde sait que Fluttr *est un site pour les plans cul. Par définition, il encourage les décisions superficielles et instantanées. Pas la manière la plus intelligente de rencontrer l'amour de votre vie.*

Pourtant, des tas de gens – comprenez, de femmes – insistent pour l'utiliser comme une agence matrimoniale.

Maintenant, ces cervelles d'oiseau ont créé un réseau de soutien qui s'appelle BastardAlert *(.biz pas .com, quelqu'un du marketing n'a pas fait ses devoirs en positionnement de marque avant de trouver ce nom), un annuaire collaboratif recensant les hommes dont les meufs rencontrées sur* Fluttr *attendaient beaucoup plus qu'un simple plan cul. Et dont, déçues, elles se sont vengées.*

On comprend. Ces filles sont blessées. Mais, dans certains cas, elles postent des trucs carrément cruels. Alors s'il vous est arrivé de swiper *à droite et que ça a mal tourné, vous devriez peut-être aller voir si vous n'êtes pas listé sur* BastardAlert. *Et changer illico de nom et de quartier.*

Le cœur serré, j'envoyai le lien aux filles par texto.

MEL
Whitney, t'as vu ça ?

WHITNEY
Eh oui.

DANI
C'est quoi *SolidaritéMecs.com*, putain ?

WHITNEY
Ça a l'air d'une connerie genre défense des droits des hommes.

LIA
J'en ai déjà entendu parler. Jay était inscrit à leur newsletter.

WHITNEY
Ça aurait dû être ton premier indice que c'était un connard.

LIA
☹

MEL
OK, mais cet article ? Je suis à l'aéroport, j'attends un vol pour SF. Et si *Fluttr* tombe dessus. Dois-je m'inquiéter ?

WHITNEY
Non, c'est de la pub. Tu sais tout le trafic que ça va générer sur ton site ?

LIA
Cet article, c'est de la merde.

DANI
Ouais, c'est de la merde… mais il y a un fond de vérité aussi.

WHITNEY
Ce qui veut dire, bordel ?

DANI
Tu as vu le fil *Reddit* que l'auteur mentionne ?

WHITNEY
Pas le temps. Je suis en route pour SoulCycle. Résume en deux mots.

DANI
En gros, c'est surtout un groupe de geignards sexistes. Mais certains posts m'ont donné à réfléchir. *BastardAlert* a été conçu pour dénoncer les enfoirés les plus outrageants de *Fluttr*, non ? Les menteurs, les harceleurs, etc. Mais c'est en train de devenir, sans trouver de meilleur terme, un défouloir.

WHITNEY
Et alors ?

Dani envoya des liens vers quelques commentaires qui illustraient son point de vue. Comme DJZellyZell qui disait :

Une fille avec qui j'ai couché un soir il y a six mois raconte à tout le monde sur *BastardAlert* que j'ai une « toute petite quéquette ». Mais c'est faux. Elle est de taille tout à fait correcte.

Ou SlimTheSlug qui disait :

Oui, j'ai fait des erreurs avec mon ex. Je l'admets. J'ai pas assuré en tant que copain. Mais j'étais aussi beaucoup moins mûr qu'aujourd'hui. Pourtant, avec ce site, j'ai l'impression que je ne pourrai jamais prouver que j'ai changé. Je serai toujours jugé sur ma relation avec elle, pour le reste de ma vie. Je ne pourrai jamais me racheter une conduite.

Je ne comprenais pas très bien pourquoi ce dernier commentaire poussait Dani à douter des mérites de *BastardAlert*. Nous faisions tous des choix que nous devions assumer pour le reste de nos vies. Qui pouvait savoir comment SlimTheSlug avait fait souffrir sa copine ? Il lui avait peut-être laissé des blessures qui ne se refermeraient jamais.

MEL

Je ne suis pas sûre d'être d'accord avec toi.

DANI

Très bien. Alors lis celui-ci.

Elle envoya un autre commentaire, posté par Piquete92 :

Je me suis fait larguer à cause de mon profil *BastardAlert*. Ce qui y était écrit n'était même pas vrai mais elle ne voulait pas me croire. *BastardAlert* est horrible, *Fluttr* est horrible, Internet dans son ensemble est horrible. Il entretient nos pires peurs, pousse à la paranoïa, change le passé en présent et gâche la magie d'un futur inconnu. Quelquefois, je voudrais que tout le monde se déconnecte complètement.

Ces paroles exprimaient une meurtrissure. De la douleur, de la déception. La pensée d'Alex me traversa soudain l'esprit. L'expression de son visage quand je lui avais montré son profil *BastardAlert*. La tristesse dans son regard. Comme s'il ne pouvait pas croire que j'avais pu le trahir ainsi.

Mais je ne l'avais pas trahi. Je me protégeais, voilà tout, et j'avais raison. Peut-être que s'il m'avait dit la vérité d'emblée, rien de tout cela ne serait arrivé. Peut-être serions-nous toujours ensemble.

Ou peut-être pas.

En tout cas, ce n'était pas le moment de jouer à « Et si ? » Mais de me mettre au travail. Je rangeai donc mon téléphone, sortis mon ordinateur portable et me lançai dans l'ébauche d'une présentation de ouf.

Chapitre 24

Si Vanessa avait raison et que *Fluttr* essayait de me séduire, je dirais qu'ils avaient réussi.

Rien ne vous faisait vous sentir plus « unique » qu'un vol en première classe. On n'avait pas besoin de se battre pour les compartiments bagages. Sans jamais se départir de leur sourire, les hôtesses vous proposaient des serviettes tièdes et du prosecco gratuit. Vous aviez droit à un repas chaud et, ce qui ne gâchait rien, délicieux. Vous pouviez pratiquement vous allonger.

Mais l'opération séduction ne s'arrêta pas à l'atterrissage de l'avion. *Fluttr* avait envoyé une voiture pour venir me chercher à l'aéroport. Dans l'escalier roulant qui me menait au hall inférieur, j'aperçus un homme qui, en bas, brandissait une pancarte sur laquelle s'étalait en toutes lettres « M. STRICKLAND ». Il porta mon sac jusqu'à sa Tesla Model S et me déposa sans encombre au *Westin* où, dans le cadre de l'opération charme, la haute classe continua.

La suite de l'hôtel faisait facilement deux fois la taille de mon appartement. Le salon, avec sa cheminée en marbre, était meublé de fauteuils en cuir et la salle de bains équipée d'un jacuzzi. Sur la table de la salle à manger, je trouvai un bouquet de grosses fleurs, très cher, avec une carte :

Hâte de vous rencontrer demain. J'espère que votre séjour vous plaira.
L'équipe Fluttr

Avec ce panorama, comment aurais-je pu ne pas apprécier mon séjour ? De mon point de vue, je voyais Alcatraz, le Golden Gate Bridge et la baie qui scintillait sous la clarté de la pleine lune. Dommage que je ne sois ici que pour vingt-quatre heures. J'aurais aimé avoir un peu de temps pour visiter. Peut-être pourrais-je essayer de faire un peu de tourisme entre mon rendez-vous et mon vol de nuit, le lendemain soir. Quoique, si *Fluttr* m'engageait et que je déménageais à San Francisco, j'aurais tout le temps d'explorer la ville.

Pour le moment, je commandai à dîner à leurs frais – un steak, un verre de merlot, une crème au chocolat – et révisai ma présentation PowerPoint. Je me sentais fin prête. Demain allait être le premier jour de la nouvelle phase de ma vie.

Je me couchai donc rapidement et, contrairement à la recommandation de Vanessa, fis l'impasse sur ce verre au *Clock Bar.* Je ne voulais pas arriver au siège de *Fluttr* avec la gueule de bois. Je voulais me sentir reposée. Et, heureusement, je n'eus aucune difficulté à trouver le sommeil dans ce luxueux lit *king-size* californien. Le lendemain matin, je pris un petit déjeuner léger et passai l'une de mes tenues sélectionnées avec soin, sanglant ma ceinture bas sur mon ventre, exactement comme me l'avait montré Vanessa, que je complétai de babies à talon compensé et d'un collier de perles argentées fantaisie.

J'étais canon, je me sentais canon et j'allais conquérir le monde.

Comme me l'avait promis Sheila, à 11 h 30, une Tesla s'arrêta devant le *Westin*. Le trajet de Union Square à Mid-Market était court et, en moins de dix minutes, j'arrivai devant un bâtiment Art déco de sept étages, enjolivé de sculptures en relief et de colonnes aux formes géométriques. Sur un côté, un énorme panneau annonçait *Fluttr.* Je poussai les lourdes portes de verre pour me retrouver dans l'immense hall d'entrée où mes pas résonnèrent. Un agent de sécurité souriant me demanda ma pièce d'identité avant de me laisser prendre l'ascenseur pour le bureau de la direction.

Quand les portes coulissèrent, je me trouvai face à Sheila, venue m'accueillir.

— Bonjour, madame Strickland. Comment s'est passé votre vol ?

— Très bien, merci.

— Parfait.

Je lui emboîtai le pas sur le sol en ardoise du couloir lambrissé de panneaux de bois, éclairé d'appliques anciennes.

— Puis-je vous proposer quelque chose à boire ? De l'eau ? Du café ?

— Non merci. Ça va.

Je commençai à me sentir nerveuse. Si je buvais quoi que ce soit maintenant, j'allais devoir interrompre mon rendez-vous pour aller aux toilettes.

Elle ouvrit la porte sur un espace ensoleillé qui ressemblait plus à un salon qu'à une salle de conférences. La pièce était meublée d'un canapé massif, de fauteuils assortis et d'une table basse en verre sur un tapis uni. Sur la télévision haute définition fixée au mur défilait un flot continu de profils *Fluttr*, qui étaient *swipés* en temps réel. En haut de l'écran, le slogan familier proclamait : « Ne laissez pas filer le partenaire de votre vie. »

— Ils seront là d'une minute à l'autre, annonça alors Sheila avant de refermer la porte, me laissant seule.

Sentant mon anxiété croître, je me concentrai sur l'écran de télévision. Pour un peu, regarder les utilisateurs de *Fluttr* défiler à une telle vitesse que je pouvais à peine me concentrer sur leurs visages aurait poussé à la méditation.

Les minutes s'égrenaient, me donnant l'impression d'être des heures. Jusqu'à ce que, enfin, la porte se rouvre. Trois hommes entrèrent, vêtus à l'identique : jeans déchirés, baskets et sweats à capuche *Fluttr*. Je me levai d'un bond, me sentant soudain idiote d'avoir passé tant de temps à me soucier de ma tenue.

—Melanie ! s'exclama le premier les bras tendus, comme s'il voulait m'embrasser.

Ne souhaitant pas rendre la situation embarrassante, je lui donnai satisfaction, sans néanmoins le laisser me serrer de trop près.

Heureusement, les deux autres se contentèrent de me serrer la main.

—Je suis Johnny. Et voici Will et Mitch, ajouta-t-il en montrant ses collègues.

—Bonjour. Enchantée de vous rencontrer. Merci de m'avoir fait venir.

—Oh, tout le plaisir est pour nous.

Il m'inspecta de la tête aux pieds puis fit un geste vers le fauteuil dont je venais de me lever.

—Je vous en prie, mettez-vous à l'aise. Sheila vous a proposé quelque chose à boire ?

—Ça va, merci.

—Bien, bien.

Les trois hommes s'assirent côte à côte sur le canapé, face à moi. Se calant confortablement contre le dossier, Mitch et Will croisèrent les jambes, tandis que Johnny se penchait en avant, les coudes sur les genoux.

— C'est génial de vous rencontrer enfin. Nous avons eu de très bons échos. Franchement, quand j'ai reçu vos informations de contact, j'ai été surpris de voir que vous étiez seule à l'origine du projet. Vous n'avez vraiment ni associé ni rien ?

— Non, c'est juste moi.

Il laissa échapper une exclamation de surprise, puis reprit :

— En tout cas, *BastardAlert* est un concept incroyable. Vraiment. J'adore !

Son voisin de gauche, Mitch ou Will – j'étais incapable de me souvenir, ils se ressemblaient trop –, tapota sur sa tablette et les profils *Fluttr* disparurent de l'écran pour être remplacés par la page d'accueil de *BastardAlert*.

— C'est une technologie hautement disruptive. En fait, c'est tellement disruptif que ça disrupte les Techs disruptives.

Johnny se mit à rire de sa blague absurde.

— Racontez-nous comment vous est venue l'idée.

Je montrai le portable à mes pieds.

— Hum… en fait, j'ai préparé une petite présentation PowerPoint pour vous l'expliquer. Si je peux me connecter à votre écran de télévision, je vous ferai la démonstration.

Mitch ou Will laissa échapper un rire moqueur et Johnny se mordit la lèvre inférieure.

— On n'est pas trop présentations PowerPoint ici.

Je clignai des yeux, perplexe.

— Pourquoi ?

— Elles sont contre-productives. Je suis sûr que vous y avez travaillé dur, mais contentons-nous de bavarder.

— D'accord.

Je m'éclaircis la voix, essayant de me rappeler ce que j'avais tapé dans ces diapos. Me retrouver ainsi prise au dépourvu me mettait toujours mal à l'aise. J'avais espéré utiliser les puces de ma présentation pour me guider sans encombre dans cette discussion. Et, maintenant, avec ces trois types me dévisageant fixement et aucune note pour m'aider à maintenir le cap, j'avais un vrai trou.

Will et Mitch échangèrent des regards suffisants mais Johnny plissa les yeux, attendant patiemment ma réponse. Et soudain je me souvins. *Fluttr* essayait de me séduire. J'avais quelque chose qu'ils voulaient, suffisamment pour me faire venir de New York sur un vol en première classe et pour me loger dans un hôtel super luxueux. Je n'avais aucune raison de m'inquiéter de tout faire foirer : j'avais toutes les cartes en main.

— Eh bien, commençai-je, ça a débuté un soir, après deux très mauvaises expériences sur *Fluttr*.

— Mais encore ?

— Un mec m'a posé un lapin. Un autre me bombardait de *dick pics*.

— Oui, c'est fréquent.

— Très fréquent. Et je ne veux pas avoir l'air de critiquer, mais *Fluttr* ne semble pas avoir une méthode très efficace pour y mettre un terme. Vous pouvez signaler un profil mais il ne sera jamais réellement suspendu.

— Nous ne croyons pas vraiment aux suspensions de comptes.

— Même quand les gens utilisent leurs comptes pour harceler les autres utilisateurs de *Fluttr* ?

Johnny croisa les mains.

— « Harceler » est un mot très fort, répliqua-t-il avec une moue. Je ne pense pas qu'un homme qui envoie une photo de son sexe cherche à déstabiliser sa destinataire. Pour moi, il s'agit juste d'un manque d'expérience.

— « D'un manque d'expérience » ? répétai-je, incrédule.

— Oui. Les femmes intimident les hommes. Ils ne savent ni quoi dire ni quoi faire. Ils voient un joli minois et ils deviennent idiots. Je ne dis pas que c'est bien mais je ne pense pas non plus que ce soit immoral. Honnêtement, je ne crois pas que ce que les femmes expérimentent sur *Fluttr* soit très différent d'une situation qu'une célibataire pourrait rencontrer dans la réalité, dans un bar, par exemple.

— Intéressant.

Je ne savais pas vraiment comment répondre. Personnellement, je n'avais jamais été confrontée à un homme exhibant son sexe dans un bar. Ça arrivait sûrement souvent à des tas d'autres femmes. Mais j'étais tout aussi convaincue que ça arrivait beaucoup plus fréquemment sur *Fluttr*. Il était bien plus facile de s'exhiber quand nous n'aviez pas à regarder votre cible dans les yeux.

L'homme assis en face de moi était toutefois un multimillionnaire qui dirigeait le site de rencontres le plus populaire de l'histoire. Voulais-je vraiment avoir cette discussion maintenant, ici même, dans ce bureau de direction ? Non. D'autant qu'il y avait de grandes chances pour qu'il s'apprête à me proposer de l'argent, ou un travail, ou les deux. Nous aurions tout le temps de remédier aux défaillances de son système une fois que j'aurais purgé mes dettes une bonne fois pour toutes.

Néanmoins, son attitude expliquait assurément beaucoup de choses sur le fonctionnement de *Fluttr*. Et prouvait la nécessité de *BastardAlert*.

Pour la première fois, Will/Mitch ouvrit la bouche.

— C'est à double tranchant, non ? Vous avez vu ce fil de discussion *Reddit* sur *BastardAlert* hier ? Les femmes aussi peuvent se montrer carrément horribles.

— Oui, approuva son collègue. Je compatis avec certains de ces types.

— Comme le mec à la toute petite quéquette.

Tous trois firent claquer leurs langues, l'air accablé.

— Ce fil de discussion m'a déçue, fis-je remarquer.

Johnny se mit à rire comme si j'avais dit une blague.

— Non, le fil était super. Rien que ce matin, il y avait plus de cent quarante-quatre commentaires. On ne pourrait rêver meilleure publicité.

— Oui, mais je n'avais pas envisagé les retombées négatives qu'entraînerait le fait de permettre aux femmes de poster tout ce qu'elles voudraient sur *BastardAlert*. C'est pourquoi j'ai réfléchi à différentes méthodes pour inspecter et vérifier les données afin de m'assurer que seules les évaluations valides et pertinentes soient publiées.

Il repoussa ma suggestion d'un geste de la main.

— Ne nous inquiétons pas de ça. Et maintenant, Mitch, tu peux afficher la page de recherche quelques minutes ? J'ai une question sur la façon dont les profils *BastardAlert* sont reliés à *Fluttr*.

Mitch pianota sur sa tablette et, l'espace de quelques secondes, on attendit en silence que la page se charge. C'était atrocement lent. Bien plus lent que d'habitude, même en prenant en compte les quelques problèmes de performance.

Puis, comme si j'étais prisonnière de quelque épouvantable cauchemar, un message d'erreur s'afficha à l'écran. « *504 Gateway Timeout.* »

BastardAlert ne répondait pas. Mon site avait planté.

Merde, merde, merde, merde.

— Le trafic a dû augmenter à cause du fil *Reddit*, fis-je remarquer. Le serveur est sans doute saturé.

— Ne vous inquiétez pas, dit Johnny. C'est sans doute le code qui a juste besoin d'être remanié.

— Le code est nickel, c'est sûr. C'est un problème d'hébergement. Si le site était transféré dans un environnement gérant bien les pics de trafic, ça n'arriverait pas.

— Bien sûr.

Il échangea un regard entendu avec Mitch et Will et je fus prise d'une nausée. Parce que je savais ce qu'ils pensaient : *« Les filles sont des codeuses de merde. »*

Bien déterminée à leur prouver qu'ils se trompaient, je pris mon ordinateur, l'ouvris et l'allumai en un seul mouvement.

— Laissez-moi vous présenter rapidement mon programme. Vous verrez par vous-même comment il marche.

Johnny m'interrompit d'une main levée.

— Melanie, ce ne sera pas nécessaire. Nous ne sommes pas intéressés par le code.

— Comment ça ? demandai-je, ahurie.

Il secoua la tête. Je n'y comprenais plus rien. En refermant mon ordinateur en un clic, je demandai :

— Dans ce cas, pouvez-vous m'expliquer ce que je fais ici ?

— *Fluttr* souhaite acheter la base de données *BastardAlert*.

— Juste la base de données ?

— Oui. Nous sommes prêts à vous en offrir cinq cent mille dollars.

— Euh…

Je dus faire un effort pour pouvoir parler ou penser de façon cohérente.

Un demi-million de dollars.

Ils voulaient m'offrir un demi-million de dollars pour un site que j'avais créé sur un coup de sang, mue par la colère, moins de trois semaines auparavant.

— Ça me semble…

Je pris une profonde respiration puis expirai lentement. *Ressaisis-toi, Mel.*

— Ça me semble étrange. Vous n'êtes intéressés que par la base de données ? Pas par le programme ?

— Exactement. Nous allons virer toute l'interface et l'intégrer en douceur à l'application *Fluttr.*

— Ces données sont juste le point de départ, ajouta Will/Mitch. Au bout du compte, nous aimerions matcher les utilisatrices de *BastardAlert* avec leurs comptes *Fluttr* et y ajouter toutes leurs évaluations. Comme ça, leurs évaluations de profils se feront directement sur *Fluttr.*

— Si je comprends bien, les évaluations ne seraient plus anonymes ?

— Si, elles resteraient anonymes pour les utilisateurs de *Fluttr.* Mais, l'important, c'est que *nous* saurions qui les écrit. Ainsi, nous pourrions suivre l'activité de l'utilisatrice plus efficacement.

— Évidemment, nous ajouterions aussi la possibilité pour les utilisateurs de *Fluttr* d'évaluer les femmes.

— Vraiment ?

J'imaginais le genre d'évaluations que je pourrais trouver sur mon profil *Fluttr.*

A fouiné sous mon lavabo. A *stalké* mon ex. M'a caché un énorme secret pour ensuite m'accuser d'être le menteur dans notre relation.

J'en avais des frissons dans le dos !

Josh eut un petit rire.

— Bien sûr. Permettre aux femmes de noter les hommes mais pas le contraire, c'est du sexisme à l'envers, non ? Et n'oublions pas que nous avons un nombre énorme d'utilisatrices LGBTQ qui participeraient aussi. Nous ne pouvons pas restreindre le procédé à un simple truc hommes/femmes.

— Exact, acquiesça Mitch/Will. N'importe quel utilisateur de *Fluttr* aurait la possibilité d'évaluer quelqu'un. Sans restriction.

Je déglutis. Je n'appréciais pas le tour que prenait cette discussion.

— Quel rôle serais-je censée jouer dans ce projet ? demandai-je.

— « Rôle » ?

— Est-ce que je rejoindrais l'équipe *Fluttr* pour participer à l'intégration ?

Josh prit l'air outré.

— Pourquoi voudriez-vous rejoindre l'équipe *Fluttr* ? Nous sommes prêts à vous donner un demi-million de dollars. Prenez l'argent et profitez-en. Partez en voyage, par exemple.

— En fait, j'ai l'impression que je pourrais apporter beaucoup à l'équipe.

Même si maintenant que je comprenais ce que « l'équipe » allait faire de ces données, je n'étais plus convaincue de vouloir en faire partie.

Quoique, bien sûr, cela n'ait jamais été une option.

— Écoutez, commença-t-il lentement, comme s'il s'adressait à un enfant, je ne suis pas sûr que vous correspondiez à la culture *Fluttr*. Pour être clair, il ne s'agit pas d'une offre d'emploi. C'est une transaction d'affaires unique.

Les mots « correspondiez à la culture » me hérissèrent. Ça voulait dire quoi, au juste ? Faisait-il référence au fait que je portais une robe et des talons alors qu'ils étaient habillés en sweat à capuche et jean ? Ou parlait-il de valeurs beaucoup plus profondément ancrées, de valeurs totalement inaltérables ?

Il frappa si violemment dans ses mains qu'il me fit sursauter.

— Alors. Vous avez des questions pour nous ?

Oui, j'en avais. Des tas, qui se bousculaient dans mon esprit. Mais l'une d'entre elles me préoccupait tout particulièrement.

— Dans ce fil *Reddit* d'hier, il y avait un débat pour savoir si *Fluttr* était conçu pour trouver des coups d'un soir ou pour aider les gens à trouver l'amour. C'est quoi la réponse ?

Ma question déclencha l'hilarité générale.

— Ça a vraiment de l'importance ? Les gens l'utilisent pour les deux, non ?

— D'accord. Mais quelle était l'intention ? Quand vous avez commencé à développer *Fluttr*, quel problème essayiez-vous de résoudre ? Comment envisagiez-vous l'aide que ce site pourrait apporter aux gens ?

— Qui a parlé d'aider les gens ? rétorqua Johnny.

J'attendis qu'il ajoute : « Je blague. » Mais au lieu de cela, un silence de plomb s'abattit sur la pièce.

— Vous êtes sérieux ?

— Nous ne faisons pas le commerce des relations amoureuses, ici. C'est la donnée, notre business. Vous savez combien de gens utilisent notre site de rencontres tous les mois ? Douze millions. Chaque jour, nous enregistrons une moyenne d'un milliard de *swipes* dans le monde entier. C'est une quantité d'informations incroyable. Nos bases de données débordent de lieux, de centres d'intérêt, de comportements, de messages. Ces données sont puissantes et précieuses. C'est ça qui compte.

— Pour qui ?

— Les publicitaires. Les données personnelles sont le moteur de l'économie. Pas les relations. Mais si ça peut aider certains à baiser, tant mieux, non ?

— Je vois.

Je me forçai à sourire, même si j'avais l'impression que j'allais vomir.

Fluttr n'était pas un site de plans cul, mais ce n'était pas celui qui vous permettrait de trouver l'amour de votre vie non plus. Il n'avait strictement rien à voir avec les rapports humains. Son seul but était de réunir des données et de les vendre pour de l'argent. De compter les *swipes*, de pister les localisations, de collecter des statistiques. De farfouiller dans les moments les plus intimes, dans les désirs les plus profonds d'une personne, uniquement pour du profit.

— Alors qu'en dites-vous ? me demanda Johnny avec un sourire satisfait.

C'était un homme qui avait l'habitude d'obtenir ce qu'il voulait.

— J'ai besoin d'y réfléchir.

Alors même que je prononçais ces mots, une voix intérieure, paniquée, me hurla : « *Idiote. Qu'est-ce que tu fais ? Prends l'argent ! Maintenant, maintenant, tout de suite !* »

Mais j'étais en plein conflit intérieur. Oui, j'avais besoin de l'argent. Mais était-ce vraiment la façon dont je voulais le gagner ? Je n'en étais pas si sûre.

Le sourire de Johnny se crispa. Un homme qui était habitué à toujours obtenir ce qu'il voulait n'était pas spécialement content d'entendre le mot « non ». Ou même le mot « peut-être ».

— Vous rentrez à New York par le vol de nuit, je suppose ?

J'acquiesçai d'un signe de tête.

— Dans ce cas, donnez-moi votre réponse demain matin.

Ils quittèrent tous les trois la pièce sans me saluer.

Chapitre 25

Mon envie de visiter San Francisco s'évanouit rapidement. Au lieu de cela, je repartis directement pour l'aéroport et changeai mon billet pour un vol plus tôt. Je passai les cinq heures et demie qu'il dura à descendre des vodkas soda gratuites et à m'enfoncer dans une spirale d'angoisse.

Je sais que ma réaction pouvait passer pour ingrate. Après tout, on m'avait proposé une somme dont beaucoup de gens rêvaient. J'aurais dû fêter ça, bondir dans mon spacieux siège de première classe et planifier une soirée pour célébrer le remboursement de mon crédit étudiant. Mais j'étais incapable de bouger. C'était comme si un bloc de ciment dans mon estomac me clouait au cuir crème.

Alors que je regardai le ciel qui s'obscurcissait derrière le hublot, j'étais incapable de cesser de penser à quel point je m'étais trompée. Le vol, le chauffeur, l'hôtel… autant de détails qui m'avaient donné la conviction que j'étais en train de vivre le premier jour d'une nouvelle phase de ma vie.

Mais c'était loin d'être le cas. C'était plutôt un faux départ.

Ne vous méprenez pas, un demi-million de dollars aurait bouleversé mon existence. Non seulement il aurait mis un terme à mon endettement mais j'aurais pu, en plus, m'acheter un petit studio dans une partie pas trop branchée de Brooklyn. J'aurais même pu quitter le support IT et me la couler douce pendant quelque temps.

Mais après ? Je ne pouvais pas vraiment passer le reste de ma vie à me tourner tranquillement les pouces. Même si je le voulais, je ne pourrais pas subvenir à tous mes besoins pendant toute ma vie avec un demi-million de dollars. Alors que ferais-je une fois qu'il se serait épuisé ?

J'avais toujours dit que je voulais créer quelque chose de valeur. Pas simplement d'une valeur financière, mais un produit ou un service qui améliorerait la vie des gens. Avec *BastardAlert*, j'y étais parvenue : j'avais créé un espace sécurisé, communautaire, pour les femmes, sur lequel elles pouvaient s'exprimer, raconter les harcèlements qu'elles avaient subis, dénoncer les hommes aux comportements inappropriés, et essayer de trouver un partenaire de confiance. Pour moi, il ne s'agissait pas juste de « données ». C'était un énorme espace de mise en garde. C'était un défouloir.

En acceptant cette offre, néanmoins, je capitulerais devant l'homme qui était à l'origine du problème que j'essayais de résoudre. Un homme qui excusait les *dick pics* qui transformaient *Fluttr* en un libre-service de harcèlement et d'indifférence émotionnelle. Un homme qui réduisait les expériences personnelles de chacun à un jeu de données. Si je lui cédais les miennes, *BastardAlert* serait démantelé, mes données seraient vendues à des publicistes et toute la valeur de mon concept se trouverait anéantie.

D'un autre côté, si j'étais honnête avec moi-même, *BastardAlert* était-il vraiment aussi utile que je voulais le croire ou me faisais-je des illusions ? Au bout du compte, comme l'avait dit Dani, c'était devenu un défouloir. Certes, qui avait aidé Lia à découvrir la vérité sur Jay, mais seulement après l'avoir pris en flagrant délit de mensonge. *BastardAlert* n'avait fait que confirmer ses soupçons.

Et puis, il y avait Alex. Chaque fois que je pensais à nous, je sentais mon estomac se nouer. Parce que maintenant que j'avais pris un peu de recul, je me rendais compte que *BastardAlert* ne m'avait pas aidée. En fait, il n'avait fait qu'aggraver la situation en alimentant ma paranoïa. J'avais un besoin presque obsessionnel de prouver qu'il mentait et je n'avais pas arrêté d'en chercher la preuve avant de découvrir son mensonge. Je suppose que, dans ce cas précis, *BastardAlert* m'avait ouvert les yeux.

Mais si je n'avais jamais découvert la vérité concernant Jenny, si j'avais continué à croire qu'elle était un premier rendez-vous *Fluttr* sans importance et que je n'y avais jamais repensé, est-ce que cela aurait changé les bases fondamentales de ma relation avec Alex ? Sans doute pas.

Certes, c'était un mensonge. Mais c'était un mensonge insignifiant. Qui n'avait pas d'impact sur nos rapports, nos expériences, nos sentiments mutuels. Du moins, qui n'en aurait pas eu si je l'avais tout simplement ignoré.

En vérité, j'avais été bien plus malhonnête avec lui qu'il l'avait été avec moi. À espionner, à fouiner, à lui cacher des secrets. C'était ce qui, finalement, avait provoqué l'échec de notre relation. Et non ses petits mensonges.

Quand mon avion atterrit à JFK, une migraine me vrillait les tempes. J'avais battu un nouveau record : une gueule de bois à 22 heures. J'attrapai mon sac dans le compartiment à bagages, m'avançai péniblement dans la passerelle jusqu'au terminal où personne ne m'attendait avec une pancarte ou une Tesla. Je dus me contenter du métro aérien puis de la ligne A. Entre la station de métro et mon appartement, je vis un poivrot en train de pisser sur une pile de sacs-poubelle, comme pour dire : « Bienvenue à Brooklyn. » C'était mon quotidien déprimant, ma vie sans envergure.

Je m'endormis bien après minuit, d'un sommeil léger. Quand je me réveillai, le soleil brillait déjà haut dans le ciel. À travers les stores fendus, la lumière inondait ma chambre, illuminant le bazar qui jonchait le sol. Des vêtements froissés, des sachets de Doritos en vrac, mon téléphone fêlé dont je ne pouvais payer la réparation.

Et une question s'imposa à moi : mais pourquoi devrais-je refuser cette offre de *Fluttr* ?

Certes, en leur cédant *BastardAlert*, je deviendrais en partie responsable du problème. Mais ce n'était pas en refusant cette offre que ce même problème disparaîtrait comme par magie. *Fluttr* ne changerait pas. Avec des millions d'utilisateurs et des milliards de *swipes*, le site ne ferait que continuer à progresser, à gagner en importance et en popularité, à collecter plus de données et à générer plus de profit. Pourquoi ne profiterais-je pas d'une part du gâteau ?

C'était ce à quoi se résumait l'industrie IT. Johnny l'avait dit lui-même : *« Les données personnelles sont le moteur de l'économie. »* Si on voulait réussir, il fallait prendre des décisions moralement discutables. L'exemple le plus flagrant n'était-il pas *Hatch* et son grotesque Code de conduite ? Vijay n'avait que les mots « décence » et « respect » à la bouche. Mais quand il s'agissait de les mettre en pratique, il encourageait un environnement professionnel qui n'avait rien de décent ni de respectueux.

Alors, au lieu de jouer la martyre, j'allais solder mes crédits. Et faire réparer ce foutu écran de téléphone. Peut-être prendrais-je même de vraies vacances. Mais peut-être, surtout, allais-je quitter ce misérable support IT.

Je pris mon téléphone et envoyai un mail.

De : Melanie Strickland
À : L'équipe dirigeante *Fluttr*
Objet : Re : CONFIDENTIEL

Bonjour,
Après avoir longuement réfléchi, j'ai le plaisir de vous annoncer que j'accepte volontiers votre offre d'acheter la base de données de *BastardAlert*.
Merci de m'informer de la façon dont vous souhaitez procéder à la transaction.
Cordialement,
Melanie Strickland

Alors que je frappais la touche « envoi », je soupirai, libérant cinq kilos de pression de ma poitrine. Ce n'était pas exactement la façon dont j'avais envisagé la chance de ma vie dans le monde des start-up mais c'était celle qui se présentait. Et c'était pas si mal.

Ma décision prise, je devais retourner chez *Hatch* et dire à Bob d'aller se faire voir. Je me douchai, m'habillai et pris la direction du métro. Au passage, j'achetai une boisson chez *Starbucks*, simplement parce que, maintenant, je pouvais me le payer.

Pendant le trajet vers Manhattan, je m'occupai en rêvant à la tête de Bob quand je lui annoncerais la nouvelle. Le mieux étant que, sans personne pour me remplacer au pied levé, il allait devoir assumer seul toute la charge des tâches du support IT. Fini les longues heures à se planquer dans la salle des serveurs. J'espérais qu'il ne mènerait pas la vie trop dure aux *Hatchlings*.

Je pénétrai dans One Seaport Plaza un large sourire aux lèvres, ma tasse de café à moitié vide toujours à la main.

Et, au lieu d'aller à mon box, je gagnai directement le bureau de Bob.

— Toc toc.

— C'est tellement sympa de ta part de nous faire enfin l'honneur de ta présence, railla-t-il avec un sourire narquois.

— Je dois te parler.

— En effet, mais pas ici.

Il se leva de derrière sa table et me montra le couloir.

— Suis-moi.

Il avait sans doute l'intention de m'engueuler pour mon absence de la veille. Peut-être préférait-il le faire dans l'intimité d'une salle de conférences, où, contrairement à son taudis de bureau si encombré, nous pourrions tous les deux nous asseoir.

Il me précéda dans le couloir, se faufilant parmi les cubicules de l'open space abritant les *Hatchlings*. Je longeai les bureaux de *Fizz* les yeux rivés au sol, espérant passer inaperçue. Mais je n'avais pas besoin de les lever pour sentir le regard brûlant d'Alex. Sa chaleur m'embrasa tout le corps.

Une pensée me traversa l'esprit : ce serait peut-être la dernière fois que je le verrais. Soudain, je fus prise d'un besoin impérieux de courir vers lui, de lui raconter ce qui s'était passé, de lui suggérer de faire table rase du passé et de repartir sur de nouvelles bases. Je levai les yeux, avide de croiser les siens. Trop tard. Il s'était déjà détourné.

Je continuai donc à suivre Bob qui se dirigeait vers une partie de l'étage que je ne connaissais pas. Où m'emmenait-il ? Y avait-il quelque salle de conférences cachée réservée pour les réprimandes ? Puis il s'arrêta devant une grande porte bleue. La plaque sur le mur adjacent indiquait : « V. Agrawal ». Bob m'avait conduite au bureau de Vijay. Comme si le fondateur de *Hatch* pouvait s'intéresser à ma journée de congé illicite. Il ne savait même pas qui j'étais.

C'était risible. Mais si c'était ce que voulait Bob, je n'avais qu'à leur donner ma démission à tous les deux. La porte s'ouvrit sur Vijay. Il adressa un salut de la tête à son bras droit, puis me regarda, l'air de vaguement me reconnaître.

— Melanie, Bob, entrez.

Depuis quand connaissait-il mon prénom ?

En m'asseyant dans son bureau, je remarquai la différence entre la platitude de ce décor aux tons bruns et la fantaisie des locaux éclatants de couleurs de la direction de *Fluttr*. J'avais toujours considéré Vijay comme un homme très important. Mais, après avoir vu les poids lourds de la Silicon Valley en action, il devenait évident qu'il n'était qu'un enfant de chœur.

Même si c'était un visionnaire.

Croisant les doigts sur son sous-main, il commença :

— Bien. Tu te demandes peut-être pourquoi tu es ici ?

Tout en suivant des yeux par la fenêtre un hélicoptère qui survolait le fleuve, je répondis :

— C'est un peu bizarre. Je travaille ici depuis quatre ans et c'est la première fois que je suis convoquée dans ton bureau.

— Parce que je n'avais aucune raison d'avoir une discussion avec toi avant. En gros, je suis très intéressé par *BastardAlert*.

La pièce se mit soudain à tanguer. Je m'agrippai aux accoudoirs de mon fauteuil, de crainte de tomber. Le bureau aux mornes tons bruns de Vijay semblait pencher sur le côté.

J'avais peut-être mal compris.

— Pardon ?

— Ton site, *BastardAlert*.

OK, je n'avais pas mal compris.

Dans ce cas, je pouvais peut-être jouer la débile.

— Je ne sais pas de quoi tu parles.

— Ne fais pas l'idiote, Melanie, me rabroua Bob. Nous avons tous tes logs de connexion. Nous savons ce que tu as trafiqué.

— Mes « logs » ?

— Tu ne sais pas qu'on peut tracer tout ce que tu fais sur nos ordinateurs ? renchérit Vijay.

Je ne compris pas tout de suite ce qu'il voulait dire. J'avais créé *BastardAlert* chez moi, sur mon ordinateur portable personnel. Mais, bien sûr, je m'étais souvent connectée sur le tableau de bord depuis mon bureau pour vérifier les stats. Sans parler de tout ce temps que j'avais passé à remanier le programme existant pour régler les problèmes de performance.

Putain, j'étais vraiment conne !

— Quand tu as commencé à te relâcher, dit Bob, j'ai décidé de surveiller ton activité sur Internet. J'ai aussi installé un logiciel espion sur ton système pour savoir exactement ce que tu trafiquais. Vu que tu m'avais fait remarquer que c'était autorisé par le Code de conduite, j'ai supposé que c'était la manière la plus efficace de m'assurer que tu respectais constamment la politique d'entreprise. Quand j'ai découvert ce que tu faisais sur *BastardAlert*, tout est devenu limpide. Tu étais distraite par tes problèmes de cœur.

— Je n'étais pas distraite par des problèmes de cœur, protestai-je. Je construisais un site Internet. Qui, à propos, est devenu très populaire.

— Oui, acquiesça Vijay en souriant. J'ai remarqué la publicité qu'il générait, ce qui veut dire que le trafic augmente. Je pense néanmoins que la performance s'améliorerait s'il était transféré sur un environnement supportant les pics de trafic. Nous pouvons faire de la place dans l'une des fermes de serveurs de *Hatch*.

Je n'y croyais pas ! Depuis des années, Vijay laissait les *Hatchlings* me traiter comme de la merde sans intervenir. Et maintenant que j'avais un projet parallèle qui cartonnait, il s'attendait à me voir sauter à bord et devenir moi-même une *Hatchling*, dans le seul but de gagner rapidement de l'argent. Même pas en rêve !

— Je ne veux pas le transférer sur l'une des fermes de serveurs de *Hatch*.

Une expression chaleureuse se peignant sur son visage, il répondit avec un sourire affable :

— Je crains que tu n'aies pas le choix.

— En fait, si. C'est mon site Internet. Je l'ai créé seule.

— En utilisant les ressources de *Hatch*.

— Non. Je l'ai peut-être remanié par-ci par-là pendant mes heures de bureau, mais j'en ai construit l'essentiel chez moi. Sur mon ordinateur portable personnel.

Il sortit une épaisse liasse de feuilles d'un tiroir et la posa d'un geste brusque devant moi sur son bureau.

— Je te suggère de lire l'Accord de propriété intellectuelle que tu as signé lors de ton premier jour chez *Hatch*.

Je me rappelai vaguement mon premier jour. J'avais été prise dans un tourbillon de présentations et, en effet, accaparée par des montagnes de paperasse. On m'avait entraînée dans le bureau de Benny où j'avais été priée de signer contrat après contrat. Je les avais à peine lus et, au bout d'un moment, j'avais même cessé de demander ce que je signais. J'étais juste si contente d'avoir enfin un salaire que j'aurais été prête à vendre mon premier-né.

Ce que, dans un sens j'avais sûrement fait.

— D'après ça, poursuivit-il, nous sommes propriétaires de tous les programmes développés sur un appareil fourni par *Hatch*, à n'importe quelle phase de son développement. Y compris les améliorations mineures.

— Eh bien, c'est un peu tard. Parce que j'ai déjà accepté une offre de *Fluttr*. Ils achètent ma base de données. C'est une affaire conclue.

— J'ai bien peur que ce ne soit pas une affaire conclue.

Vijay parlait d'une voix si calme, si bienveillante, qu'il était difficile de croire qu'il me menaçait. Je me levai d'un bond.

— *BastardAlert* est à moi ! lançai-je. Vous ne pouvez pas me le voler.

— Ce n'est pas du vol, Melanie. Tu as signé cet accord de ton plein gré. Il t'engage devant la loi. Si tu ne me crois pas, demande à tes avocats. Tu vas avoir besoin d'eux si tu veux te battre avec nous.

Vijay sourit de nouveau. Quel petit homme exaspérant !

— Je n'ai pas dit mon dernier mot.

Je pris brusquement l'Accord de propriété intellectuelle sur son bureau et m'élançai en courant vers la porte.

— Hé, Melanie ? me héla Bob. Une dernière chose avant que tu partes.

Ma main sur la poignée, je m'arrêtai et me retournai, courbant les épaules pour encaisser la nouvelle qui allait tomber comme une bombe.

— Tu es renvoyée pour usage abusif des ressources de l'entreprise.

Boum !

Chapitre 26

Je n'allais pas péter un câble.

Péter un câble n'arrangerait rien.

La solution, ce serait une machine à remonter le temps. Un moyen de repartir en arrière et d'effacer le moment où j'avais décidé de faire ces ajustements sur *BastardAlert* sur mon ordinateur de bureau.

Ou, mieux encore, d'effacer carrément le moment où j'avais décidé de créer *BastardAlert*. Parce que, honnêtement, ça avait apporté quoi de positif à ma vie ? Rien que de la souffrance : un avis de licenciement, une rupture. Le pire étant que *Hatch* allait désormais récolter tous les bénéfices de mon travail acharné et que je n'en verrais pas un centime.

C'était, du moins, ce qu'avait dit Vijay. Qui sait si je devais le croire ?

Étant donné qu'un voyage dans le temps n'était pas une option, il ne me restait qu'une chose à faire : m'asseoir et lire l'Accord de propriété intellectuelle de bout en bout. Je regagnai mon appartement désert, me préparai une cafetière pleine, et me plongeai dans les pages arrachées au bureau de Vijay. J'étais sûre de trouver un vide juridique quelque part.

Si ce n'était que je ne comprenais pas un mot de ce fichu Accord. Tout y était rédigé dans un langage juridique extrêmement élaboré. J'y trouvai néanmoins quelques termes inquiétants, comme toute la section se rapportant à

« Inventions antérieures » et « Garanties pour le futur ». Est-ce que cela voulait dire que *Hatch* était propriétaire à perpétuité de tout ce que j'avais fait ou ferais ?

Comme si je pouvais le savoir, putain ! Le document était indéchiffrable.

Je me mis à regretter de nouveau cette machine à remonter le temps. Si ce n'était que maintenant, je voulais le remonter encore plus loin, jusqu'à ma première année de fac, au moment où j'avais coché la petite case sur le formulaire pour déclarer ma matière principale. L'informatique m'avait paru une si bonne idée à l'époque. C'était amusant (dans l'ensemble), j'étais douée pour ça (dans l'ensemble), et je pensais gagner beaucoup d'argent. Jamais la pensée ne m'avait effleurée que je croulerais encore sous les dettes quatre ans après ma remise de diplôme ou que j'aurais à gérer un défilé incessant de crétins bien déterminés à me pourrir l'existence.

Désespérée, je repoussai les documents sur le côté et envoyai un message à Whitney :

Je suis dans la merde.

Quand elle me demanda ce qui se passait, je lui racontai toute l'histoire : de la lamentable réunion chez *Fluttr* à cet inintelligible Accord de propriété intellectuelle.

MEL
J'aurais dû me spécialiser en communication.

WHITNEY
Tu peux me croire, ce n'est pas une partie de plaisir non plus.

LIA
Rien n'est une partie de plaisir. Le milieu de la pub aussi pullule de boloss.

DANI
Ah ! Essaie lesbienne et Black dans le milieu universitaire.

MEL
Je me sens tellement stupide. J'ai signé ces documents il y a des années, sans même réfléchir.

WHITNEY
Et t'es sûre que t'as aucune solution pour t'en sortir ?

MEL
Pas la moindre idée. Je ne comprends pas un mot de l'Accord. Je ne suis pas avocate.

WHITNEY
OK. Consulte tes mails dans dix minutes.

Dix minutes plus tard, un message apparut dans ma boîte de réception.

De : Whitney Hwang
À : Melanie Strickland ; Yumi Tanaka
Objet : Urgent besoin aide juridique

Yumi,

Je te présente Mel. Mel est l'une de mes meilleures copines : une fille brillante, drôle, créative, qui, un jour,

changera le monde avec ses compétences de codeuse de choc.
Mel, je te présente Yumi. Yumi est une de mes collègues. Elle est vive d'esprit, perspicace, méticuleuse. Et diplômée en droit.
J'ai donné à Yumi un aperçu de ta situation, Mel, et franchement, elle est tout aussi furax que moi.
Maintenant, en tenant compte du fait que Yumi n'offre en aucun cas une aide juridique officielle, elle est d'accord pour jeter un coup d'œil rapide à ton Accord de propriété intellectuelle et à t'aider à traduire un peu du jargon juridique en un langage clair.
Tu vas y arriver !
Bises,
Whitney

Waouh ! La puissance du réseau de Whitney ne cesserait jamais de m'étonner.

Je scannai le contenu de l'Accord à l'aide de mon téléphone et envoyai le document par mail à Yumi avec une note de remerciement et quelques-unes de mes questions les plus pressantes, qui se résumaient à : « Peux-tu trouver un vide juridique ? »

En moins d'une heure, elle répondit :

De : Yumi Tanaka
À : Melanie Strickland
Objet : Re : Urgent besoin aide juridique

Bonjour Melanie,

Je suis désolée de te le dire mais j'ai l'impression que cet Accord est gravé dans le marbre. *Hatch* est bien

propriétaire de ta propriété intellectuelle, ce qui inclut tous les programmes que tu as créés et la conception de ta base de données.
Néanmoins, il y a une distinction importante qui peut jouer en ta faveur : d'après les termes de ce contrat, le contenu en données n'est pas considéré comme une propriété intellectuelle. Si *Hatch* est propriétaire de la base de données en elle-même, c'est-à-dire des décisions créatives que tu as prises par rapport au stockage des données, à la façon dont elles sont enregistrées, dont elles sont organisées, etc., il n'est pas propriétaire des données qu'elle contient.
Ce qui veut dire que tu es propriétaire de toutes les informations contenues dans ta base de données et que tu peux en disposer comme bon te semblera. Tu peux les garder, les détruire, ou les vendre à un tiers.
Encore une fois, il ne s'agit pas là d'un conseil juridique officiel. Mais, si j'étais toi, je prendrais un avocat. Parce que si les gens de *Hatch* essaient de revendiquer tes données, je parie qu'ils perdront.
J'espère t'avoir aidée.
Yumi.

Les données étaient à moi. Elles étaient à moi !

Je n'avais pas besoin de communiquer un seul nom, une seule évaluation, une seule adresse mail à *Hatch*. Bien sûr, ils étaient propriétaires de mon programme, mais ils pouvaient le garder. D'après Johnny, il ne valait rien, de toute façon. Tout ce que *Fluttr* voulait, c'était les données que j'avais collectées : les noms, les évaluations, les adresses mail. Et si Yumi avait raison, d'un point de vue légal, je pouvais toujours les leur vendre.

Ce demi-million de dollars était presque à moi.

Quand mon téléphone sonna, je souriais encore. Je reconnus le préfixe 415. Sans doute que *Fluttr* voulait me joindre pour discuter des détails de la transaction. Je fis glisser mon pouce sur l'écran et la voix de Sheila s'éleva à l'autre bout du fil.

— Bonjour, madame Strickland. Comment s'est passé votre vol de retour ?

— Impeccable, merci.

— Super.

Elle marqua une pause. J'entendis un froissement de papiers. Elle s'éclaircit la voix.

— J'ai bien peur d'avoir une mauvaise nouvelle. *Fluttr* a retiré son offre d'achat.

— Quoi ? Pourquoi ?

— Nous avons reçu un appel d'un certain M. Vijay Agrawal de *Hatch Incorporated*. Il nous a informés des termes de votre Accord de propriété intellectuelle et il est devenu évident que vous n'étiez pas la seule propriétaire de *BastardAlert*.

— C'est faux. J'ai repris l'Accord avec mon avocate qui m'a confirmé que *Hatch* n'est propriétaire que du programme et du schéma de la base de données. Les données sont toujours à moi. Si c'est tout ce qui intéresse Johnny, il peut toujours les acheter. Je peux vous montrer…

— Madame Strickland, m'interrompit Sheila d'une voix à la fois sévère et résignée. Les Accords de propriété intellectuelle sont connus pour être épineux. *Fluttr* ne voit pas l'intérêt de se lancer dans une longue bataille juridique pour l'acquisition de ces données. Il nous serait beaucoup moins onéreux de concevoir un système pour les réunir nous-mêmes. L'offre n'est plus disponible.

Quand elle raccrocha, le clic me fit l'effet d'un coup de feu.

C'était fini, pour de bon, cette fois. Le mot « non » était irrévocable. Il était inutile d'y chercher un vide juridique.

J'ouvris mon ordinateur portable, et me connectai à *BastardAlert*, regardant longuement une dernière fois ma création avant de la céder définitivement à *Hatch*. L'élégant design et les fonctionnalités irréprochables étaient le fruit du programme que j'avais conçu, ma propriété intellectuelle. C'était un exploit dont je pouvais être fière.

Ce dont je n'étais pas fière ? Des données. Qu'importait ce que stipulait l'Accord ? Ces données n'étaient pas vraiment les miennes. Elles appartenaient aux gens qui les avaient écrites, aux utilisateurs qui les avaient ajoutées à cette base de données en frappant « enregistrer » sur un formulaire Internet, sans même réfléchir à leur destination, leur utilisation, leur impact. Me les auraient-ils communiquées si volontiers s'ils avaient connu la somme d'argent qu'on leur en proposerait ?

Ces données étaient une trace de leurs espoirs, de leurs peurs, de leur colère et de leurs désirs, de leur besoin d'échapper à la solitude, et de leur échec à trouver la personne idéale. C'était compliqué, déchirant. Ce n'était pas cette collection désincarnée de faits et de chiffres. C'était une histoire d'expérience humaine.

Machinalement, je consultai le profil d'Alex et fis défiler la page pour lire les évaluations. Combien elles me semblaient stupides et mesquines, maintenant.

J'allai sur le tableau de bord et affichai l'écran d'administration de la base de données. Je tapai quelques commandes. Et quand un pop-up apparut avec la question : « Êtes-vous sûr de vouloir effacer toutes les données de la base de données *BastardAlert* ? », je répondis : « oui ».

Hatch pouvait avoir le schéma mais pas l'histoire.

Alors que des milliers de données disparaissaient, je composai une lettre, et la postai sur *BastardAlert.biz*, à la place de la page d'accueil.

Chère utilisatrice de BastardAlert.biz,

Le site a un peu changé, non ?
Laissez-moi vous expliquer.
Je m'appelle Melanie Strickland. Il y a quelques semaines, j'ai créé BastardAlert *sur une impulsion. J'avais eu quelques très mauvaises expériences avec quelques sales mecs et je pensais que créer un site Internet pour me venger d'eux allait d'une façon ou d'une autre améliorer les choses.*
Pour commencer, je voulais juste en faire un défouloir. Mais à mesure que le temps passait, je me suis rendu compte que ce pourrait être une occasion pour moi d'améliorer le monde des rencontres en ligne. J'imaginais BastardAlert *comme un environnement sécurisé pour protéger les femmes du harcèlement, une façon d'éliminer les menteurs et les imposteurs. Je cachai ma véritable identité, pensant que ça me protégerait, que je le méritais parce que je servais une noble cause.*
Eh bien j'avais tout faux. Parce que BastardAlert *n'était pas un espace sûr. C'était encore un de ces forums en ligne de harcèlement et d'agression, qui permettait à ses utilisatrices de se cacher derrière le voile de l'anonymat. C'était devenu exactement le contraire de ce contre quoi je luttais. C'était tout, sauf noble. Et le fait de dissimuler mon identité ne me protégeait pas non plus. En fait, ma vie est bien pire aujourd'hui que jamais je n'aurais pu l'imaginer.*

Je vous épargnerai les détails mais, maintenant que BastardAlert *n'est plus à moi, je suis sûre qu'il continuera à exister sous une forme ou une autre. Mais je ne serai plus celle qui le gérera en coulisses. Toutes les évaluations que vous y avez enregistrées ont été effacées. Vous pouvez décider seule si vous souhaitez continuer à utiliser ce site. Mais, d'abord, permettez-moi de vous donner quelques conseils :*
Méfiez-vous toujours de ce que vous lisez sur Internet. Et ne laissez jamais votre cœur faire confiance à Internet.
Si vous cherchez l'amour, arrêtez de swiper. *Mais levez la tête. Regardez autour de vous. L'amour de votre vie pourrait travailler dans votre bureau, être à la table voisine dans un bar ou debout à côté de vous dans une rue grouillante de monde.*
Déconnectez-vous d'Internet pour un temps. Sinon, vous pourriez laisser filer votre âme sœur.
Bises,
Mel

Et, spontanément, j'envoyai le lien de la lettre à Alex avec la légende :

Je suis désolée.

Puis, même s'il était à peine 19 heures, je tirai ma couette sur ma tête, bloquant la lumière du soleil couchant. Et je sombrai dans le sommeil.

Chapitre 27

Je dormis pendant dix-huit heures. D'un sommeil profond, sans rêves, comme si mon cerveau avait décidé de se reposer. Si Vanessa n'avait pas frappé à ma porte un peu avant 13 heures, le jeudi après-midi, j'aurais sans doute dormi jusqu'au lendemain matin.

—Melanie ? Ça va ? appela-t-elle.

Quand j'ouvris, elle fit un bond en arrière, l'air horrifié. Je devais avoir une tête effroyable. Mais, sans rien dire, elle se contenta de lisser son chemisier en mousseline de soie avec un sourire.

—Je ne t'ai pas vue depuis ton retour de Californie. Comment ça va ?

—Pas top.

—Oh, je suis désolée. L'entretien s'est mal passé ?

Je secouai la tête, trop épuisée par l'expérience *Fluttr* pour formuler des mots.

—Écoute, j'ai vu ce que tu avais écrit.

—Que veux-tu dire ?

—Sur *BastardAlert*. Ta lettre.

Ah oui ! J'avais presque oublié. Mais maintenant que mon cerveau fonctionnait de nouveau, tout me revenait : la base de données effacée, la lettre d'aveux, le texto d'excuses que j'avais envoyé à Alex. Le fait que j'étais désormais au chômage, sans perspectives de travail, et avec les comptes épargne les plus vides du monde.

— Je veux juste retourner me coucher, dis-je, impatiente de sombrer le plus vite possible dans le sommeil.

— D'accord, acquiesça-t-elle. Mais je veux que tu saches que je suis super impressionnée par ce que tu as fait. Pas simplement pour avoir créé *BastardAlert* mais par tout ce que tu dis dans cette lettre.

— « Impressionnée » ? Ce que j'ai fait est d'une stupidité sans nom. Je suis une idiote.

— Non, c'est faux. Tu es courageuse, créative, intelligente. Et tu as de très bonnes intuitions. Par exemple, si tu ne m'avais pas donné ce conseil génial, je n'aurais jamais renoncé à ma recherche vaine de l'homme idéal et je n'aurais jamais donné sa chance à Ray. Et je suis juste tellement heureuse avec lui, Mel. Il est vraiment merveilleux. Vraiment.

— C'est super, dis-je, impassible.

Au moins, l'une d'entre nous était comblée en amour.

— Ce que je veux dire, c'est que tout ce que tu dis sur le fait de se déconnecter et d'ouvrir les yeux sur le monde qui nous entoure, c'est vrai pour moi aussi. Même si je n'utilisais pas Internet pour trouver l'amour, je dépendais d'une entremetteuse nulle pour qu'elle me fasse rencontrer quelqu'un qui, en théorie, était censé être parfait, au lieu d'écouter mon cœur et mon instinct, tout simplement. Tu m'as vraiment aidée à y voir clair et je pense que tu as le pouvoir d'en aider beaucoup d'autres aussi.

— Merci.

Je me réjouissais sincèrement que Vanessa estime que je l'avais aidée. Mais, dans l'ensemble, ma perspicacité sur la façon de développer une relation saine laissait encore à désirer. *BastardAlert* en était la preuve. Tout comme la débâcle avec Alex.

Je refermai la porte, m'affalai de nouveau dans mon lit et pris mon téléphone sur ma table de nuit pour regarder mes messages. C'était idiot d'espérer une réponse de sa part. Bien sûr, je n'en avais pas. Pourquoi accepterait-il mes excuses ? C'était fini. Fin de l'histoire.

En revanche, j'avais un texto de Lia.

Salut les filles. J'espère que vous vous sentez mieux aujourd'hui. Vous savez ce qui vous remonterait le moral ? Un bon cours de yoga ! 18 heures, à St Mark's.

Argh ! Rien ne me tentait moins que de faire des étirements dans une salle étouffante, pleine de gens en nage qui sentaient des pieds. En outre, cela signifiait que je devais m'habiller, prendre le métro, affronter le monde. Mieux valait perdre mon coupon Groupon que gérer la réalité.

Je répondis donc :

J'ai pas vraiment envie de venir ce soir. Désolée.

Puis j'éteignis mon téléphone et replongeai sous ma couette dans l'espoir d'offrir une nouvelle longue pause à mon cerveau.

Étonnamment, je réussis à éviter le monde extérieur pendant deux jours de plus. Sans quitter mon pantalon de jogging crasseux, je m'alimentai de chips et de burritos congelés, et regardai Netflix sur mon ordinateur portable avec mon casque pour bloquer le bruit du bonheur de Vanessa et de Ray.

À un certain moment, le samedi, on frappa de nouveau à la porte de ma chambre. Supposant que c'était ma coloc qui venait de nouveau s'enquérir de mon état, j'allai ouvrir.

Et fus surprise me trouver nez à nez avec Whitney, Lia et Dani qui, sur le seuil, me foudroyaient du regard.

— Pourquoi tu réponds pas à nos messages ? attaqua Dani.

— J'ai éteint mon téléphone.

Elles poussèrent un grognement général et Whitney lança :

— Ça t'est pas passé par la tête qu'on pourrait flipper ?

— T'as laissé tomber ta gym de jeudi soir pour la première fois depuis toujours, ajouta Lia. Et après, tu as complètement disparu.

— Vu que je n'aurai plus de salaire dans le futur proche, je ne pense plus acheter de coupons Fitness Groupon. Tu ferais donc aussi bien de t'habituer à y aller sans moi.

— Oh merde ! jura Whitney en entrant dans ma chambre au pas de charge, suivie par les autres. Épargne-nous ton numéro de martyre.

— À quand remonte ta dernière douche ? demanda Lia d'un ton inquiet.

Dani ramassa un emballage gras de burritos sur le bout de mon lit et renchérit :

— C'est comme ça que tu vis ? Pas étonnant que tu sois si déprimée.

— Je suis déprimée parce que j'ai perdu mon boulot, d'accord ? rétorquai-je en le lui arrachant des mains.

Je le froissai en boule et le jetai dans la corbeille à côté de ma penderie. Il rebondit deux fois sur le bord et roula lamentablement sur le sol.

— Je suis fauchée, je suis seule et j'ai une vie de merde.

— Ça va, d'accord ? dit Whitney. Tu as eu quelques jours pour te morfondre dans ta crasse et t'apitoyer sur ton sort. Il est temps maintenant de retrouver la réalité du monde. Va prendre une douche et retrouve une apparence présentable. On sort bruncher.

Avec une moue boudeuse, je croisai les bras.

—Je ne peux pas vraiment me payer un brunch en ce moment.

—On t'invite.

Elle me fit pivoter et me poussa dans le couloir en direction de la salle de bains.

—Va te laver. On a réservé pour dans vingt minutes.

Après une douche rapide, j'enfilai un jean propre. Puis on traversa Atlantic Avenue pour gagner *Bar Tabac*, un charmant bistrot français sur Smith Street où nous avions l'habitude d'aller bruncher. Mais, aujourd'hui, rien ne me tentait. Pas même le toast à l'avocat.

Quand le serveur arriva, les filles commandèrent des omelettes et des Bloody Mary. Mais je lui rendis le menu en disant :

—Je prendrai juste un café, merci.

—Tu dois manger quelque chose, dit Lia.

—Je m'empiffre de *junk food* depuis trois jours. Je peux survivre sur mes réserves de graisse pendant quelque temps.

À voir leurs airs courroucés, mes copines n'appréciaient pas ma blague.

—Écoutez, repris-je, je suis désolée de vous avoir inquiétées. J'avais juste besoin de mettre un peu ma vie sur pause.

Dani me pressa la main.

—Pas de souci. Ce qui compte c'est que tu ailles bien.

—Je ne vais pas bien, répondis-je d'une voix tremblante. J'ai l'impression d'avoir tout foiré, de façon irréparable.

—Dans un sens, c'est vrai. Mais c'est bon. Quelquefois, tu as besoin de tout faire exploser pour repartir sur des bonnes bases.

— T'es sérieuse ? Je me suis ridiculisée sur toute la ligne. Personne dans le monde de l'IT ne voudra plus jamais travailler avec moi.

Elles échangèrent des coups d'œil préoccupés. Whitney me regarda alors et dit :

— Tu n'as pas la moindre idée de ce que les gens racontent, c'est ça ?

Je sentis mon cœur se glacer.

— Putain, ne me dis pas que je suis de nouveau dans les sujets tendance !

— Et si ! jubila Whitney en sortant son téléphone et en chargeant *Twitter*. Après que tu as posté ta lettre, un nouvel hashtag a poussé comme un champignon.

Elle me le tendit et je me mis à faire défiler des centaines de tweets, tous tagués avec *#DéconnectezdInternet*

J'ai pris cet après-midi pour *#DéconnectezdInternet*. Totalement régénérateur. Je le ferai plus souvent.

Fluttr craint. *#DéconnectezdInternet*.

J'adorerais *#DéconnectezdInternet*. Mais je n'ai pas d'autre moyen de rencontrer des femmes célibataires cherchant activement un homme. Idées ?

Il y en avait même un de Jboogie2592 :

Je fals une pause *Twitter* pour un moment. *#DéconnectezdInternet*

— C'est cool, je suppose.

— Tu « supposes » ? répéta Whitney, horrifiée par mon manque d'enthousiasme.

— C'est sympa que les gens aient été inspirés par ma lettre, mais ce n'est pas ça qui va me donner du boulot.

— C'est un mouvement, Mel. *Fluttr* est naze, tout le monde le sait, et ils sont avides de nouveauté.

— Une seconde, intervint Dani. *Fluttr* n'est pas totalement naze. C'est comme ça que j'ai rencontré Yvelise.

— Oh ! dis-je en me rendant soudain compte d'à quel point j'avais été hors circuit. Vous vous voyez toujours ?

— Ça ne fait que quelques semaines, mais oui.

Elle réprima un sourire niais et se mit à tripoter l'une de ses tresses.

— Ça devient sérieux.

— Attention, l'avertit Whitney. J'ai l'impression d'entendre Lia quand elle sortait avec tu sais qui.

— Ouais, renchérit cette dernière. T'es sûre qu'elle est pas mariée ?

— Tout est possible, j'imagine. Mais j'ai vu son appartement et il semblerait vraiment qu'elle soit célibataire. J'ai rencontré son chat. Il s'appelle Dendrite mais elle lui donne le diminutif Denny, ajouta-t-elle avec de nouveau son sourire de godiche.

Whitney leva les yeux au ciel avant de ramener son attention sur moi.

— Ce que je suis en train de te dire, c'est que ça pourrait être une occasion pour toi d'aider à changer le monde des sites de rencontres en ligne tel que nous le connaissons.

Je laissai échapper un rire amer.

— C'est ce que je pensais faire avec *BastardAlert* et regarde le résultat !

— *BastardAlert* ne changeait rien. Rien de fondamental. Tu définissais toujours *Fluttr* comme l'unique pivot central des rencontres en ligne, avec *BastardAlert* comme outil complémentaire. Mais si tu proposais quelque chose de radicalement différent ? Quelque chose qui aiderait à la fois les gens à trouver l'amour et à se déconnecter ?

Les paroles de Whitney agirent comme des câbles de démarrage sur mon cerveau, m'insufflant l'énergie dont j'avais bien besoin. Et soudain, une idée germa en moi. L'idée d'un service qui allait améliorer la vie des gens.

Il y avait juste un problème.

— Je ne sais pas comment m'y prendre.

— Nous sommes là pour ça, dit Lia. Faisons comme d'habitude. Discutons-en.

On passa l'heure suivante assises dans un coin de *Bar Tabac*, à réfléchir à ma nouvelle possibilité de super start-up. La conversation porta principalement sur les problèmes liés au statu quo des rencontres actuelles : à quel point il était épuisant de *swiper* sur des milliers de gens, de prendre des décisions en un quart de seconde en se basant uniquement sur une photo et quelques informations approximatives. À quel point il était impossible d'établir un lien humain sans l'aide du langage corporel ou d'un échange de regards. Et, bien sûr, à quel point il était frustrant de se sentir constamment harcelée, sans que jamais personne prenne vos plaintes au sérieux.

Alors que nous discutions de la recherche de l'amour dans un monde déconnecté du numérique, je retrouvai mon appétit. Je commandai des toasts à l'avocat et une saucisse. Quand l'addition arriva, mon cerveau était aussi repu que mon estomac. Et la graine d'idée commençait à germer.

— Il va me falloir un peu de temps pour développer, dis-je. C'est beaucoup plus sophistiqué et complexe que l'était *BastardAlert*. Un week-end ne suffira pas à le créer.

— Et alors ? dit Whitney en posant brusquement sa carte de crédit sur la table. Tu es au chômage. Tu as tout ton temps.

— Ce n'est pas le problème. J'ai besoin d'un autre travail, immédiatement. J'ai à peine assez d'économies pour payer mon loyer, ce mois-ci. Pour le moment, je dois concentrer tous mes efforts sur ma recherche d'emploi avec un salaire garanti et une mutuelle. Je ne vais pas tenter ma chance sur un projet pour lequel je ne suis pas sûre de trouver un investisseur.

Lia se pencha vers moi.

— Je pourrais peut-être t'aider. Rappelle-toi cette énorme pile de merdes que j'ai chez moi ? Les trucs que m'a offerts Jay et que je voulais brûler ? Eh bien, j'ai suivi le conseil de Whitney et je les ai vendus sur eBay. Et j'en ai tiré une fortune, finit-elle, son regard s'illuminant.

— Je ne veux pas de ton argent.

— Je ne te donne pas mon argent, protesta-t-elle. J'investis dans ta nouvelle start-up. Quand ton application t'aura rendue riche, je m'attends à ce que tu me rembourses, avec les intérêts.

— Tu te fous de moi.

— Pas du tout. Même si je ne te donne pas tout. Je garde quelques dollars pour réserver un voyage en solo à Cabo.

— C'est super ! s'exclamèrent Whitney et Dani.

— Merci. Je suis hyper contente de voyager seule.

Lia se retourna vers moi, le regard plein d'espoir.

— Alors, l'idée te plaît ?

Bien plus que cela, je trouvais l'idée géniale.

— Oui, bien sûr. Merci. Je ne sais même pas comment vous remercier. Toutes les trois.

Je dévisageai tour à tour mes meilleures amies au monde assises autour de la table. Ces femmes qui me poussaient à donner le meilleur de moi-même.

— Tu peux nous remercier en changeant le monde, répliqua Whitney. Allez ! Rentre chez toi et au boulot !

Propulsée par l'énergie de mon concept qui s'épanouissait, je bondis presque de ma chaise. Et je remontai Smith Street en courant, regrettant de ne pas être plus rapide. J'avais besoin de retrouver mon ordinateur, de me plonger dans le programme. De saisir la chance que j'avais provoquée.

Enfin, je gagnais en vitesse. Qui sait, un jour, bientôt, peut-être m'envolerais-je.

Chapitre 28

La créatrice de BastardAlert *lance un nouveau site de rencontres, et nous en sommes dingues.*

Par Kirra Boyce, de *BuzzFeed*
Posté le jeudi 10 mai à 10 h 32

Les femmes célibataires de partout ont versé une larme le jour où BastardAlert *a été supprimé. Privées de toutes ces informations utiles, c'était comme si nous étions replongées dans l'âge des ténèbres de* Fluttr, *ne sachant jamais si notre prochain* swipe *à droite conduirait à un rendez-vous ou à une* dick pic.

D'un autre côté, Mel Strickland, le cerveau derrière BastardAlert, *nous a laissées entendre que* Fluttr *n'était peut-être pas après tout le meilleur plan pour trouver un partenaire amoureux. Sa lettre d'adieu nous a toutes émues et a déclenché le mouvement* #DéconnectezdInternet *qui, deux semaines plus tard, a toujours le vent en poupe.*

Rencontrer quelqu'un dans la vraie vie est toutefois bien plus difficile que ça en a l'air. Comment faisaient les gens avant Internet ? À la simple idée de chercher l'amour sans l'aide de nos téléphones, nous nous jetions sur Fluttr...

Jusqu'à maintenant.

Parce que Mel vient tout juste d'annoncer qu'elle avait développé un nouveau site, un site qui allie l'aspect pratique des rencontres Internet à la dimension intime d'un réel échange. Elle l'appelle InPerson *et, selon sa porte-parole, il va changer « le monde des rencontres en ligne tel que nous le connaissons ».*

Alors comment pouvez-vous mettre la main sur cette merveille ? Pour le moment, elle est toujours en bêta test fermée, mais vous pouvez aller sur son site Internet et vous inscrire sur la liste d'attente dès aujourd'hui. Et dès que vous recevrez votre invitation privée inPerson, *vous pourrez définitivement supprimer* Fluttr *de vos téléphones.*

Le développement de *BastardAlert* avait été une expérience solitaire. À l'exception des filles, personne ne se doutait que j'en étais l'auteure. Je trimais en secret, cachant mon travail, me cachant. J'affirmais être en croisade pour la vérité mais, tout ce que je faisais, c'était raconter des mensonges. Pour, au bout du compte, ne pas vraiment améliorer les expériences des rencontres en ligne ni aider qui que ce soit à trouver l'amour. Et surtout pas moi.

Mais développer *InPerson* ? Jamais je n'aurais pu y arriver seule. Bien sûr, dans les semaines qui avaient suivi mon départ de *Hatch*, j'avais programmé tout le site moi-même. Néanmoins, créer une super appli de rencontres impliquait plus que simplement coder.

Cela impliquait une profonde compréhension de la condition humaine, des échanges humains. Des sujets que, disons, une doctorante en sociologie connaissait bien. Aussi, après notre brunch, Dani répondit gracieusement à mes questions et me prodigua des conseils. Chaque fois que je tombais sur un obstacle, je l'emmenais boire un café, déjeuner ou manger de la pâte à cookie, et elle se soumettait volontiers à mes interrogatoires.

Bien sûr, jamais je n'aurais pu l'inviter à ces déjeuners de travail si je n'avais pas reçu un investissement si généreux de la part de Lia. En plus de ses contributions monétaires, elle me proposa son temps et ses compétences pour dessiner un logo *inPerson* super stylé. Qui lui donnait une image aussi élégante que professionnelle. Qui proclamait : « C'est du sérieux. ».

Et, comme toujours, Whitney joua un rôle déterminant dans la promotion du produit. Elle s'institua ma porte-parole et, pour contribuer à faire le buzz sur *InPerson,* eut recours à exactement la même stratégie marketing que celle utilisée par *Fluttr* dans les jours précédant son lancement. Des mails évasifs, des tweets teasers, et une liste d'attente gratuite qui comptait déjà plus de deux mille cinq cents inscrits et qui continuait à grossir.

Ce que Whitney m'avait néanmoins appris de plus important, était à quel point il était précieux d'avoir un réseau. Les gens qui vous tendent la main pour vous aider quand vous lancez un appel de détresse. Ceux qui vous couvrent d'éloges quand vous avez un truc fabuleux à partager. Ceux que vous pouvez soutenir quand ils ont eux-mêmes besoin d'un coup de pouce.

Or, si Whitney m'avait bien présentée dans son réseau, je supposais qu'il était temps que je commence à développer le mien. Tout particulièrement un réseau de professionnels du monde IT, en quête de nouveaux défis mais qui se soutiendraient mutuellement. Après l'environnement toxique dans lequel je m'étais enlisée, c'était peut-être une utopie excessivement idéaliste. Mais cela ne m'empêcherait pas d'essayer.

Mon objectif était d'organiser un événement IT différent de ceux qui existaient déjà. Idéalement, nous remplirions la salle de femmes et d'hommes qui comprendraient parfaitement qu'il ne s'agissait pas d'un marché de viande fraîche, que ni harcèlement ni discours sexistes ne seraient tolérés. Par exemple, le premier qui me dirait que je ne ressemblais pas à une développeuse Web serait jeté et banni de tout événement futur.

J'imaginais un large éventail de participants techies : des programmeurs, des testeurs, des ingénieurs, des fondateurs, des investisseurs et même des analystes support IT. Tous se serrant la main, échangeant des cartes de visite, créant des liens qui pourraient leur être bénéfiques dans leurs situations présentes, tout comme dans leur lointain futur professionnel. Le tout dans une ambiance respectueuse, motivante, sans une *dick pic* à l'horizon.

À la suggestion de Whitney, je postai des annonces sur *Meetup*, *Craigslist*, *Eventbrite*, et environ une dizaine d'autres forums fréquentés par les techies de New York. Annoncé comme « un événement réseau sobre et informel pour mettre en relation des personnes aux vues similaires du monde de l'IT », la réunion d'inauguration du Réseau de support des techies de New York devait se tenir à 18 heures, le jeudi 10 mai, dans cette buvette si peu populaire du Financial District, le *Barley House*.

Vous devez penser que j'avais choisi le *Barley House* à cause de sa proximité avec l'appartement d'Alex et parce qu'il m'avait dit qu'il y traînait tout le temps.

Et vous avez raison. C'était la raison.

Si j'avais été totalement absorbée ces dernières semaines par le développement d'*InPerson* et l'organisation de l'événement IT, j'avais aussi, secrètement, traversé des moments de tristesse à la pensée de la façon dont notre histoire s'était finie. Ils étaient fugaces mais néanmoins douloureux. N'avais-je pas gâché une relation qui aurait pu être merveilleuse parce que, plutôt que d'avoir une conversation franche, j'avais décidé de croire des rumeurs sur Internet ?

Il n'avait toujours pas répondu à mon message d'excuses et, parce que je ne voulais pas passer pour une pauvre fille, je n'en avais jamais envoyé d'autre. Mon seul espoir de réconciliation était de tomber sur lui en personne.

Mais l'endroit offrait d'autres avantages. Comme le fait qu'il était toujours à moitié vide et qu'il pourrait donc aisément accueillir un flot de techies venus faire du réseau. En outre, Alex m'avait dit que les *Hatchlings* n'y mettaient jamais les pieds. Donc, même si personne ne venait, je pourrais au moins éviter une rencontre déplaisante avec l'un de mes ex collègues.

À 17 h 45, je me juchai sur un tabouret de bar, le même que celui sur lequel j'avais attendu en vain Brandon de Brooklyn, et attendis le premier participant.

À 18 h 15, j'étais toujours assise seule, submergée par une sensation écœurante de déjà-vu. Peut-être ce tabouret de bar était-il maudit, condamnant quiconque s'y installait à une soirée d'humiliation et de solitude. Une notion ridicule mais, à ce stade, je ne tenais pas à prendre le moindre risque. L'air aussi dégagé que possible, je me glissai sur le tabouret voisin. Et, comme par magie, mon sort fut levé.

— Melanie ?

Une jeune femme se tenait derrière moi, ses grands yeux bruns brillant d'un mélange d'excitation et d'impatience.

— Bonsoir.

Je souris et lui tendis la main. Elle la secoua fermement.

— Priya. Enchantée.

— Moi aussi. Assieds-toi.

Je lui montrai le tabouret voisin du mien. Celui qui n'était pas maudit.

— Merci d'avoir organisé ça. Quand j'ai vu que c'était toi qui animais cet événement, j'ai su que je devais venir. Ce que tu as fait avec *BastardAlert* était si fantastique. Tu es mon modèle.

La simple idée qu'une inconnue puisse regarder ma triste vie comme un exemple à suivre suffisait à me donner envie de rire. Mais devant l'air déconfit de Priya, je m'empressai de refouler mon hilarité.

— Je suis désolée. Tu ne peux pas comprendre à quel point ça me paraît insensé. Je n'ai pas vraiment l'étoffe d'un modèle pour quiconque.

— Tu es sérieuse ? Tu as démarré ton propre site Internet seule, de ta chambre, et en l'espace de quelques semaines seulement, tu as eu un impact sur des milliers de gens du monde entier. C'est le genre de réussite dont je rêve.

En l'entendant parler ainsi, je supposai que c'était plutôt impressionnant.

— C'est vraiment gentil de ta part. Mais je t'assure que tu peux vraiment arriver au même résultat. Si je le peux, toi aussi. Qui es-tu, Priya ? Où travailles-tu ?

— En ce moment, je suis étudiante à plein temps. J'étudie l'informatique en matière principale à l'université de New York et je viens de finir ma première année. Je suis venue ici dans l'espoir de me faire quelques contacts dans le milieu. Au bout du compte, j'aimerais trouver une bourse pour m'aider à étoffer mon C.V. et à acquérir un peu d'expérience concrète avant mon diplôme.

— Je suis si contente que tu sois venue.

Si j'avais participé à ce type d'événement quand j'étais étudiante, je n'aurais peut-être pas accepté le premier poste que l'on m'avait proposé. Peut-être aurais-je pu me faire un réseau qui m'aurait permis de concrétiser mes rêves dès le début.

Au même moment, un groupe de femmes entra dans le bar. Elles s'avancèrent vers nous la main tendue, souriantes, et alors que nous nous présentions, d'autres commencèrent à arriver. Principalement des femmes mais aussi quelques hommes. Au fil des heures, la foule ne cessa de croître. Et même si Alex restait aux abonnés absents, il était difficile de se sentir démoralisée au milieu de tant d'énergie positive.

L'objectif de l'événement, c'était de développer son réseau, d'apprendre à se connaître et d'échanger ses coordonnées. Mais cela me fournissait également une excellente occasion de fignoler ma présentation éclair d'*InPerson*. Les participants venaient me trouver pour me demander à quoi ressemblait le site, comment il fonctionnait ou quand il serait disponible. Ce qui me permettait de pratiquer ce que j'avais déjà préparé et de remanier ce qui ne faisait pas vraiment mouche. À la fin de la soirée, je connaissais tous mes arguments sur le bout des doigts. Ce qui se révélerait utile quand il me faudrait solliciter des fonds auprès de mes investisseurs.

Mais jamais je ne me serais attendue à voir ce moment arriver si vite.

Il était presque 20 heures. La foule commençait à se clairsemer et les gens prenaient congé en échangeant des cartes de visite et en enregistrant de nouveaux numéros dans leurs téléphones. Munie de ma carte de crédit, j'étais en train de payer mon addition quand j'entendis quelqu'un m'appeler par mon nom.

— Madame Strickland ?

Je me retournai pour me trouver nez à nez avec une grande femme à la coupe afro très chic, à la bouche maquillée d'un rouge à lèvres éclatant. Elle était un peu plus âgée et plus élégante que la moyenne des participants. À sa veste de tailleur cintrée, je devinai qu'elle était quelqu'un d'important.

— Oui. C'est moi.

— Je suis Tisha Cole. Directrice générale de *FirstBrand Capital.*

Il me fallut faire un effort surhumain pour me retenir de hurler. *FirstBrand* était une importante société de capital risque, célèbre pour ses financements de start-up débutantes, qu'elle conduisait aux sommets du succès. Elle venait d'investir une somme additionnelle de cent millions de dollars dans l'un de ses premiers projets, qu'elle avait évalué à plus d'un milliard de dollars. *Un milliard de dollars.*

— Enchantée, la saluai-je. Merci d'être venue.

— Je suis ici ce soir parce que j'ai lu beaucoup de choses sur vous et sur votre travail. J'apprécie votre initiative d'événement et j'aimerais que vous me parliez d'*InPerson.* Pouvez-vous m'en dire un peu plus sur l'origine de votre idée et sur le fonctionnement du site ?

Et voilà ! C'était le moment que j'avais attendu. La chance de présenter mon site en direct à un important investisseur qui pourrait changer ma vie.

Il n'était pas question de perdre mes moyens.

Mais j'allais me surpasser !

— Eh bien, j'ai conçu *InPerson* pour résoudre un problème. À savoir, la recherche d'une vraie relation humaine dans un monde numérique déconnecté du réel. À l'heure actuelle, les rencontres sur Internet nous réduisent à des données : des photos, des phrases de présentation lapidaires, des étiquettes à classer, à filtrer, à analyser. Mais, dans la vraie vie, le *dating* est plus complexe que quelques données. Il repose sur les échanges, les subtilités, les émotions. Le langage corporel est essentiel pour faire passer les émotions.

Les regards, cruciaux pour créer l'empathie. Pourtant, nous trouvons normal de démarrer une relation d'un rapide *swipe*. Aujourd'hui, nous vivons dans un monde dominé par Internet et régi par des données massives. Ce qui peut parfois être une bonne chose. Cet accès à toutes ces informations facilite tant d'aspects de notre vie, l'améliore, la remplit, la simplifie. J'ai donc pensé : « Pourquoi ne pas exploiter cette force pour permettre aux gens de créer des liens plus profonds, plus personnels ? » C'est comme ça que j'ai eu l'idée d'*InPerson*. Avec *InPerson*, il n'y a ni photos, ni profils, ni *swiping*. Pas de MP donc pas de risque de se retrouver la cible de harcèlement anonyme. Juste une carte qui vous guide jusqu'à un lieu secret de soirée de célibataires organisée et supervisée par l'équipe d'*InPerson*. En arrivant, vous êtes présenté à d'autres célibataires de votre tranche d'âge qui partagent des intérêts similaires et qui habitent votre quartier. Et vous devez également laisser votre téléphone à l'entrée.

— « Laisser votre téléphone à l'entrée » ? répéta Tisha d'un air sceptique.

— Oui. Le principe d'*InPerson* est d'encourager les face-à-face. Nous avons recours à la technologie pour les faciliter mais, en ce qui concerne l'événement en soi, nous voulons nous concentrer sur les humains, pas sur les écrans, pour être vraiment fidèles au concept de *#DéconnectezdInternet*. Les téléphones sont confiés aux membres de notre équipe et, à la fin de la soirée, vous les récupérez. Et, avec un peu de chance, vous avez un ou deux numéros en plus à ajouter à vos contacts.

Tisha hocha lentement la tête, l'air indifférent. J'étais incapable de dire si elle était dégoûtée ou intriguée.

— C'est un concept intéressant, déclara-t-elle. Mais comment comptez-vous générer du revenu ? En vendant les données que vous collectez ?

— Non. Vendre les données des gens ne nous intéresse pas. C'est ce que toutes les grandes sociétés font. *Fluttr*, *Twitter*, *Facebook*. Mais nous aimerions adopter une approche différente, une approche qui met plus l'accent sur la vie privée des utilisateurs. Pour commencer, j'envisage de tester un modèle d'adhésion par étapes. Les abonnés peuvent payer plus pour assister à plus d'événements et aussi pour avoir l'accès à des avantages privilégiés, comme des rencontres exclusives dans des lieux plus intimes. Quand nous nous agrandirons, j'envisage aussi de faire sponsoriser nos événements par des entreprises. J'ai déjà parlé à un attaché de presse de *Pointbreak* qui serait prêt à nous promouvoir auprès de certains de ces clients.

C'était, en fait, un petit mensonge. L'idée de nous faire sponsoriser par des entreprises venait de surgir à mon esprit. Je n'avais donc pas eu l'occasion de la valider avec Whitney. Mais j'étais certaine qu'elle serait fière de savoir que j'avais placé le nom de son agence de relations publiques. Surtout quand, de sceptique, l'expression de Tisha se fit impressionnée.

— J'aimerais voir ça en pratique. Avez-vous des événements prévus ?

— Oui, répondis-je sans réfléchir.

Je savais juste que, quelle que soit la question de Tisha Cole, une réponse affirmative s'imposait.

— Quand ?

— Hum… la semaine prochaine ? C'est un événement gratuit, vu que nous sommes toujours en bêta.

— J'adorerais venir.

Elle sortit une carte de visite et me la tendit.

— S'il vous plaît, tenez-moi au courant du lieu et de la date.

— Bien sûr. Absolument.

Tout en la regardant s'éloigner, je tournai son élégante carte de visite entre mes mains, palpant l'épais papier et effleurant de mes doigts les lettres en relief. Tisha Cole, directrice générale et associée chez *FirstBrand*, comptait assister à mon premier événement *inPerson*.

Autrement dit, je devrais sans doute songer à le planifier…

Chapitre 29

En arrivant chez moi, je trouvai Ray juché sur une échelle, au milieu de notre salon, en train d'accrocher un lustre sphérique au plafond. À ses pieds, Vanessa le tenait par les jambes. Quand j'ouvris la porte, elle se tourna vers moi, rayonnante.

— Ce lustre n'est-il pas trop mignon ? Je l'ai trouvé sur *Etsy*.

— Super.

Devant mon manque d'enthousiasme, elle se rembrunit.

— Tu détestes.

— Mais non. C'est pas ça. C'est adorable. Mais j'ai d'autres trucs en tête.

— Oh, c'est vrai. J'ai lu un article sur *BuzzFeed* aujourd'hui. Comment s'est passée ta réunion ?

— C'était intéressant. Et un peu flippant. Un gros investisseur veut voir *InPerson* en action.

— C'est trop génial ! s'exclama-t-elle en frappant dans ses mains.

Elle lâcha Ray qui se mit à osciller dangereusement sur la mince échelle de fer.

— Vee, j'ai besoin d'aide !

Immédiatement, elle l'agrippa de nouveau par les jambes et son corps se stabilisa.

— Désolée, chéri.

— C'est génial, répétai-je, mais je lui ai dit que notre première soirée avait lieu la semaine prochaine et je n'ai aucun endroit en vue. J'ai besoin d'un lieu privé avec un système de consigne sécurisée pour téléphones portables et la possibilité de vérifier les identités à la porte. On est à New York. Jamais je ne trouverai rien de disponible en si peu de temps. Sans parler du fait que j'ai environ un million de bugs à réparer avant de pouvoir lancer le site. Alors, je n'ai pas, en plus, le temps d'organiser une soirée.

— Laisse-moi m'en occuper, suggéra Vanessa, les yeux brillant d'enthousiasme.

— Je ne peux pas te demander ça. C'est beaucoup trop de travail.

— De quoi tu parles ? Tu sais que je ne vis que pour ce genre de truc. J'espérais que tu me le demanderais, de toute façon. J'ai déjà commencé un tableau Pinterest dédié aux soirées *InPerson*.

Je lui souris avec reconnaissance. Sa générosité me touchait.

— Merci, merci. Ça m'aiderait énormément. Mais ça ne résout pas le problème de l'endroit.

— On va l'organiser sur notre toit.

Ray descendit de l'échelle en secouant la tête.

— Oh non ! protesta-t-il. Après ce qui s'est passé la dernière fois ? Pas question.

— Tout allait bien jusqu'à ce que ce hipster mette le feu à sa barbe. Cette fois, on fera l'impasse sur le brasero.

— Je ne peux pas, Vee. C'est trop risqué. Je ne veux pas me faire virer.

— Dans ce cas, tu n'auras qu'à rester chez toi ce soir-là. Et dire que tu n'avais pas idée de ce qui se passait. Et si quelqu'un pose la question, je répondrai que je me suis passée de ta permission.

Ray se tourna vers moi.
—Combien de gens attends-tu pour ce truc ?
—Nous bloquons la liste des invités à cinquante, plus les quelques organisateurs de l'événement.
Les lèvres pincées, il prit une profonde inspiration, calculant sans doute mentalement combien de gens le toit-terrasse pourrait accueillir en toute sécurité.
—Il y avait probablement plus de cinquante invités à la dernière fête, ajouta Vanessa. Je ferai super attention.
Il regarda sa main qui lui pressait le bras, puis leva les yeux vers son visage et esquissa un sourire.
—T'as intérêt !
—Promis !
Elle se hissa sur la pointe des pieds et planta un baiser sur ses lèvres.
Ce problème résolu, j'en avais encore un millier à régler. Comme de faire marcher l'appli carte afin que les gens trouvent l'endroit le soir de la fête. Sans parler de tester mon algorithme pour m'assurer que j'envoyais la bonne invitation à la bonne personne et tenais un compte précis des RSVP. Il était impossible que je finisse tout ça en une semaine.
J'envoyais un message aux filles.

Je suis dans la merde.

WHITNEY
Tu dis ça si souvent que ces mots ont perdu tout leur sens.

MEL
Non, cette fois c'est vrai. Un gros investisseur est passé ce soir. Veut voir *InPerson* en action. J'ai menti et je lui ai dit qu'il y avait une fête planifiée pour la

semaine prochaine. Maintenant, elle veut venir. Je dois donc vraiment en organiser une.

WHITNEY
Oh, t'as raison. T'es dans la merde.

LIA
Stop. Tu vas y arriver, tu y arrives toujours.

MEL
Mais y a tellement de trucs à régler. Même sans dormir de la nuit, jamais je n'aurai fini.

DANI
Tu peux recruter des gens pour t'aider ?

LIA
Ouais, t'as rencontré d'autres développeurs à cet événement IT ?

MEL
Bonne idée. Carrément.

Je fis défiler mes contacts, trouvai le numéro de Priya et lui envoyai un message :

Salut Priya. C'est Mel Strickland. J'ai une possibilité de stage qui, je pense, pourrait t'intéresser. Appelle-moi quand tu peux.

Comme il était 22 heures un jeudi soir et qu'elle était au tout début de sa vie d'étudiante, je supposais qu'elle était sortie boire un verre sur MacDougal Street et que je n'aurais de ses nouvelles que le lendemain, quand elle aurait un peu récupéré de sa gueule de bois. Mais, à ma grande surprise, elle me rappela presque immédiatement.

— C'était rapide, fis-je remarquer.

— Merci beaucoup de m'avoir contactée. Je veux tout savoir sur ce que tu as à me proposer.

— Eh bien, en fait, nous allons organiser notre premier événement *InPerson* la semaine prochaine. Le problème est que mon site n'est pas encore vraiment opérationnel – traduction *:* c'est une grosse merde qui ne fonctionne pas. Je me demandais donc si tu serais intéressée par un peu plus de travail les jours prochains, pour m'aider à réparer les bugs, à tester et autres trucs… Je peux te proposer un salaire horaire mais…

— Oui ! s'exclama Priya sans me laisser finir ma phrase. J'adorerais. Merci !

— Super ! Pour le moment, je n'ai pas de bureau mais je pense qu'il serait bénéfique pour nous deux de travailler au même endroit. Serais-tu d'accord pour venir chez moi à Brooklyn demain pour commencer ? Je m'occupe des repas.

— Carrément. Je serai là à la première heure.

Je raccrochai, regrettant de ne pas avoir été aussi ambitieuse quand j'étais à la fac. Si je l'avais été, qui sait ce que j'aurais réussi aujourd'hui ?

Mais ce n'était pas en jouant à « Et si » que j'allais faire décoller *InPerson*. J'ouvris mon ordinateur portable et me mis au travail, testant l'algorithme pour envoyer ces invitations. Je décidai que notre première soirée devait être réservée aux hétéros. Des événements dédiés dans des endroits sûrs pour les homos seraient prévus à des dates ultérieures. Pour le moment, l'algorithme allait donc devoir générer une sélection équilibrée d'hommes et de femmes en tenant compte des tranches d'âge, des intérêts similaires et des quartiers.

Après quelques modifications du programme, je trouvai la manière idéale de sélectionner des noms d'invités à partir de notre liste d'attente. Puis je composai le mail :

À : Invité *InPerson*
De : Melanie Strickland
Objet : Vous êtes invité(e) à la première soirée célibataire *InPerson* !

Félicitations !
Vous avez été sélectionné pour participer à la toute première soirée célibataires *InPerson*. L'événement aura lieu à Downtown Brooklyn le jeudi 17 mai à 18 heures. Une heure avant, vous recevrez une carte vous donnant les indications pour venir. Il vous suffira d'ouvrir votre appli *InPerson* et de laisser votre GPS vous guider jusqu'à l'amour !
Réponse souhaitée sur le lien ci-dessous pour le lundi 14 mai au plus tard.
Hâte de vous voir !
Bises,
Mel

D'un doigt tremblant, j'enfonçai la touche « envoi » Il m'était désormais impossible de faire marche arrière.

Coder avec Priya se révéla un plaisir sans précédent. Dès vendredi, côte à côte sur mon canapé du salon, nous passâmes méthodiquement en revue la liste des bugs et des fonctionnalités du site *InPerson* nécessitant une intervention. Je commandais des plats pour les déjeuners et fournissais une réserve illimitée de *junk food* pour alimenter notre marathon de codage. Nous travaillions toute la journée sans interruption, en buvant des Coca, les yeux rivés sur nos écrans jusqu'à en devenir secs et injectés de sang. Puis, le soir, elle rentrait chez elle, je me couchais et nous recommencions le même processus le lendemain matin.

Après tant d'années passées à partager un bureau avec des gens qui me prenaient de haut, doutaient de mon intelligence ou me conseillaient de me laisser insulter en souriant, travailler avec cette étudiante était une bouffée d'air frais. Nous nous respections, ne craignions pas de partager ouvertement nos idées et gérions nos désaccords avec maturité et politesse. Jamais je n'avais connu ce type de relation professionnelle.

Pendant ce temps, les réponses commencèrent à affluer pour la soirée de jeudi. Pour chaque refus reçu, le logiciel sélectionnait une autre personne comparable à partir de la base de données et envoyait une invitation de remplacement. Je surveillais l'activité de près, m'assurant que tout se passait comme prévu. Jusqu'ici, tout allait bien. On finit par atteindre notre limite de cinquante personnes, tout en créant une liste d'attente plus courte pour parer aux annulations de dernière minute.

Enfin, le mardi soir, à 17 h 53 précises, Priya et moi éliminèrent notre dernier bug. Après avoir inspecté tous nos tests, confiantes, nous chargeâmes la version stable et officielle de *InPerson* sur l'App Store.

— On y est arrivées ! jubila Priya.

— Je sais. Avec une grande journée d'avance. J'ai du mal à y croire.

— Moi si. On a cravaché comme des malades.

Je me mis à rire.

—Merci pour toute ton aide.

—Oh, pas de problème! Franchement, c'était un honneur d'être impliquée.

Elle ferma la fermeture Éclair de sa sacoche d'ordinateur et le mit en bandoulière.

—Avec un peu de chance, ce n'est que le début de projets de bien plus grande envergure. Pour nous deux.

Je la raccompagnai à la porte et on s'embrassa.

—À jeudi soir, alors?

—Je ne manquerais la soirée pour rien au monde.

Après son départ, je regagnai ma chambre et je m'effondrai dans mon lit, espérant me reposer un peu avant les préparatifs du grand événement. Mais, chaque fois que je fermais les yeux, des lignes de codes dansaient derrière mes paupières. Je pris mon téléphone, avide de distraction pour décompresser et chasser le stress.

Même si je ne suis pas très sûre de savoir pourquoi je pensais trouver du répit dans ce tourbillon de jacasseries qu'était *Twitter*. Surtout quand j'allai dans la section « Tendances pour vous » et que je décidai de faire défiler le hashtag *#InPerson*.

Presque toutes les réactions étaient positives. Les gens avaient reçu leurs invitations et s'enthousiasmaient à la perspective du Grand Événement. D'autres spéculaient sur l'endroit et se demandaient qui seraient les autres invités. D'autres encore déploraient de ne pas avoir eu d'invitation et proposaient de l'argent à quiconque serait d'accord pour leur vendre la leur. (Ce qui allait à l'encontre de nos règles. En outre, étant donné nos exigences d'identification, cela n'aurait pas marché de toute façon).

C'est alors que je tombai sur un tweet troublant, posté par un utilisateur qui répondait au nom de BlitzkriegBoss.

Pourquoi vous vous emballez tous pour ce site de merde ? Tout le monde sait que la salope qui le gère a volé #*InPerson* à un ex-collègue.

Je dus relire la phrase à plusieurs reprises pour la comprendre. Cette personne m'accusait-elle vraiment d'avoir volé *#InPerson* ?

Malgré moi, je cliquai sur le profil de BlitzkriegBoss et découvris une litanie de tweets visant à me discréditer. Il disait que j'étais une voleuse, une menteuse, et une « assoiffée », quoi que cela veuille dire. Il y avait même un lien vers un fil de discussion *Reddit* dans lequel BlitzkriegBoss postait une interminable diatribe expliquant sa position en détail.

Je travaillais avec cette salope chez *Hatch* avant qu'elle se fasse renvoyer pour incompétence. Elle n'était même pas codeuse. Elle travaillait au support IT et elle était nulle. Vous voulez savoir pourquoi elle s'est fait renvoyer ? Elle a installé des logiciels espions sur les ordinateurs de tout le monde, y compris le mien. Elle a volé le programme *InPerson* à un *Hatchling* qualifié et, maintenant, elle essaie d'en tirer de l'argent. J'espère qu'elle sera dénoncée car c'est une arnaqueuse !

Je peinais à lire les mots à travers les larmes de rage qui m'embuaient les yeux. Il était évident que BlitzkriegBoss n'était autre que Josh Brewster, le créateur de ce site très original de *fantasy football*, *Blitz*. Je savais que c'était un menteur et un enfoiré, mais si je disais à quiconque la vérité sur la raison pour laquelle j'avais vraiment installé un logiciel espion dans son ordinateur, qui me croirait ? Manifestement, j'avais tout intérêt à protéger ma réputation.

Et vu la façon dont les choses s'étaient déroulées lors de mes derniers jours chez *Hatch*, je ne pouvais compter sur la protection de personne.

Et surtout pas Greg, alias FreakinFizz69, qui avait cette charmante anecdote à ajouter au fil.

N'oubliez pas qu'elle aimait la bite. Mon associé l'a sautée mais l'a larguée quand elle a pété un câble. Paraît qu'elle a piraté son ordi pour lui voler son programme.

Putain ! Ça devenait de pire en pire. Plus je faisais défiler, plus les accusations devenaient abjectes. Toutes se résumant au même message clé : « Les filles sont des putes et des codeuses de merde. » La plupart des posts ne semblaient même pas provenir des *Hatchlings*. C'étaient juste des mecs, au hasard, qui flairaient une foire aux trolls et sautaient sur l'occasion de s'y joindre.

Internet est vraiment abject.

En temps normal, j'aurais essayé de repousser ces accusations. Elles étaient injustifiées, immatures. En outre, ce n'était pas la première fois que des gens essayaient de me critiquer sur Internet.

Pour une raison quelconque, néanmoins, cela me paraissait différent. Intensément personnel. Parce que, même s'il s'agissait d'une bande de commentateurs sans visage plus ou moins anonymes tapant bien en sécurité sur ce fil *Reddit*, ils n'avaient qu'un objectif en tête : me dénigrer au point que les investisseurs fuiraient *InPerson* en hurlant. Ils ne voulaient pas que ma start-up reçoive des financements. Ils voulaient mettre un terme à ma carrière avant même qu'elle soit lancée.

Eh bien, ils pouvaient tous aller se faire foutre !

Je cliquai sur l'icône « commentaires » pour poster ma propre réponse. Ces calomnies ne pouvaient pas rester sur Internet incontestées. Il fallait au moins que j'essaie de me défendre.

Mais alors que mes pouces planaient au-dessus du clavier virtuel, je peinais à trouver les paroles justes. Que pourrais-je dire pour convaincre les gens que je n'étais ni une menteuse ni une voleuse ? Et pourquoi quiconque choisirait de me croire plutôt que ces mecs ? J'avais déjà vu un gros contrat de start-up me passer sous le nez car le fait que le programme m'appartenait avait été contesté. Si j'étais victime de toutes ces rumeurs, jamais un investisseur ne prendrait le risque de miser sur moi.

Je perdais mon temps.

C'était la fin : de ma carrière, de ma réputation, de mon avenir dans la Tech.

Ce fut, du moins, ce que je pensai jusqu'à ce que je ferme la fenêtre de messagerie et que je trouve un nouveau commentaire posté par Piquete92 :

> Ce fil est rempli de conneries haineuses écrites par des minables, des jaloux. Melanie Strickland est une femme talentueuse et intelligente, tout à fait capable de développer un site qui déchire. Je l'ai vue à l'œuvre et, croyez-moi, elle n'avait pas besoin de voler un programme à quiconque. Et surtout pas celui d'un de ces codeurs médiocres qui traînaient dans les couloirs toxiques et pleins de geeks de *Hatch*. C'est une fille vraiment bien qui mérite tout le succès que, j'espère, *InPerson* lui apportera.
> (À propos : @ Greg : je ne l'ai pas « larguée quand elle a pété un câble », comme tu le racontes avec tant d'éloquence. Ça n'a pas marché entre nous, c'est tout,

et ce qui s'est passé ne regarde personne. Surtout pas toi et encore moins Internet !)
Alex

Je sentis mon cœur se gonfler d'allégresse. Il avait immédiatement pris ma défense, humiliant publiquement son associé et dénigrant *Hatch* par la même occasion. De telles paroles pourraient mettre son poste en péril. Pourquoi ferait-il ça pour moi alors qu'il n'avait même pas pris la peine de répondre à mon dernier message ?

Je retrouvai notre fil de vieux messages et tapai :

Merci de m'avoir défendue.

Mais, avant de cliquer sur « envoyer », je le relus. C'était si impersonnel. Des lettres noires sur un fond blanc, une série de pixels sans vie accrochés les uns aux autres. Comment cinq mots dématérialisés pouvaient-ils exprimer ce que je ressentais à ce moment précis ?

Ils ne le pouvaient pas.

J'effaçai la phrase d'un mouvement de pouce. Puis je mis mon téléphone dans mon sac, enfilai mes chaussures et m'élançai en courant vers la porte.

Il était temps de passer de cette conversation virtuelle à la vraie vie.

Chapitre 30

Si vous vouliez arranger la situation avec votre ex, arriver chez lui à l'improviste dans tous vos états n'était, en général, pas la meilleure stratégie. Mais, dans mon cas, je ne voyais pas d'autre option. Il m'était impossible d'exprimer mes pensées dans un texto et, de toute façon, il n'y répondait pas. En outre, si j'attendais de me calmer, je risquais de me dégonfler complètement.

Non. Le mieux était d'y aller maintenant, pendant que j'étais encore sous le coup de l'émotion.

Dans le métro qui m'emportait vers Manhattan, j'essayais de réfléchir à ce que j'allais lui dire. À une manière élégante d'exprimer ma gratitude pour ses paroles et mon regret pour mon attitude.

« Merci » et « désolée » ne semblaient pas faire l'affaire. Pas quand ce que je voulais vraiment, c'était le convaincre de me donner une nouvelle chance. De *nous* donner une nouvelle chance.

Quand les portes s'ouvrirent à la station Fulton Street, je bondis sur le quai, grimpai les marches d'escalier quatre à quatre et me précipitai dans John Street, en direction de son luxueux immeuble. Je traversai le hall d'entrée vers la rangée d'ascenseurs et le portier me sourit comme s'il me reconnaissait vaguement. Il se souvenait de mon visage, même si ma dernière visite remontait à plusieurs semaines.

Ma dernière visite! L'horreur! J'entrai dans la cabine et les souvenirs de cette soirée me submergèrent. Les tampons sous le lavabo. Les tétons roses durcis de Jenny. Les accusations que j'avais lancées comme des grenades et mon sentiment de satisfaction malsain en voyant que je faisais mouche. Arrivée au trentième étage, je sortis de l'ascenseur et m'avançai d'un pas lent jusqu'à l'appartement 3017, écrasée par le fardeau de ma culpabilité et de ma honte.

Je levai une main pour frapper à la porte et m'arrêtai. Il n'était pas trop tard pour renoncer. Pour faire demi-tour, repartir en arrière et oublier ce que j'étais sur le point de faire. Et éviter, peut-être, une terrible humiliation qui me briserait le cœur. Parce qu'il y avait de grandes chances pour qu'Alex me repousse. Il pouvait m'ouvrir, me regarder et me congédier d'un lapidaire : « Non merci. » Certes, il pouvait m'avoir souhaité tout le succès du monde sur Internet, mais cela ne voulait pas dire pour autant qu'il souhaitait être avec moi dans la vraie vie.

Mais j'étais venue jusqu'ici, je ne pouvais plus reculer. Je voulais tellement avoir cette explication. Comme l'avait dit Whitney, « toute relation implique des risques ». Quelquefois, il fallait juste croiser les doigts et espérer que tout irait bien.

Donc, je frappai.

Et une très belle femme vint m'ouvrir.

Si ce n'était pas spécifiquement l'humiliation que j'avais à l'esprit, c'était néanmoins très mortifiant.

— Salut ! lança-t-elle d'un ton enjoué, pas du tout perturbée par ma présence. Tu viens voir Alex ?

— Hum… oui ?

— OK, laisse-lui une seconde, il est aux toilettes.

Elle pivota sur ses talons, sa cascade de boucles brunes formant comme une traîne sensuelle derrière elle, et elle s'avança d'un pas dansant dans le séjour. Putain, elle était sublime ! Qu'avait donc pu me trouver Alex ? Voyant que je ne la suivais pas, elle me fit un signe de la main.

— Tu peux entrer.

— Oh, merci.

Elle devait me prendre pour une femme de ménage. Ou peut-être une livreuse. Je franchis prudemment le seuil mais laissai la porte ouverte derrière moi. Il n'était pas trop tard pour partir. Il me suffisait de reculer d'un pas et je pourrais m'enfuir en courant dans le couloir. Si j'étais assez rapide, peut-être ne saurait-il jamais…

— Mel ?

Merde, merde, merde.

Trop tard. Il arrivait, traversant le séjour dans ma direction, les sourcils froncés d'un air interrogateur. Je n'aurais pas pu dire s'il était contrarié, perplexe ou juste en colère.

— Je suis désolée, je n'aurais pas dû venir, dis-je.

— Non, non. Je suis content de te voir.

Derrière lui, la sublime créature faisait défiler son écran de téléphone, totalement indifférente à notre conversation. Je hochai la tête dans sa direction.

— J'espère que je n'interromps rien.

Il jeta un coup d'œil derrière lui, puis me regarda, les yeux plissés, l'air amusé.

— Non, pas du tout. Je te présente Gabby. C'est ma petite sœur. Celle de la photo de *Fluttr*, tu te rappelles ?

Gabby leva la tête de son téléphone et m'adressa un petit salut de la main. J'y répondis, reconnaissant soudain ses yeux noisette et ses cheveux bouclés.

— Et aussi, reprit-il en se penchant, ses lèvres si proches des miennes que je sentis son souffle chaud sur mon cou, celle à qui appartiennent les tampons sous le lavabo. C'est ce que j'ai essayé de te dire l'autre soir. Mais tu ne m'as pas laissé en placer une.

Oh non! J'étais trop conne.

— Entre, et viens t'asseoir, m'invita-t-il. Gabby dort ici ce soir mais elle s'apprête à sortir. Où vas-tu déjà, Gabby?

— Je dois retrouver Ravi et Alana à Greenwich Village.

Elle passa son sac en bandoulière, déposa un baiser sur la joue de son frère et se dirigea vers la porte.

— Ne m'attends pas. Contente de t'avoir rencontrée, Mel.

La porte claqua derrière elle. Alex s'avança vers le canapé et s'assit.

— Gabby est à la fac, dans le nord de l'État. Mais elle a beaucoup d'amis à New York. Du coup, elle squatte chez moi chaque fois qu'elle est en ville. Comme elle vient de passer son dernier exam hier, je suis sûr qu'elle va faire la méga fête ce soir.

Je hochai la tête, me sentant idiote.

— Je vois.

— C'est pour ça qu'elle a des tampons, un rasoir et du gel à raser, et tout ce que tu as pu voir en fouinant dans ma salle de bains.

— Je suis désolée, dis-je, toujours debout, comme clouée sur place. Il y a tellement de choses pour lesquelles je suis désolée.

— Moi aussi, je suis désolé. Je suis désolé d'avoir laissé ma colère et ma fierté m'empêcher de te contacter plus tôt. Je suis désolé de ne pas t'avoir défendue quand Greg faisait le con. Et je suis désolé de ne pas avoir été franc avec toi concernant Jenny. Je n'aurais jamais dû te mentir en te racontant que c'était notre premier rendez-vous alors que ce n'était pas vrai.

— Ça ne veut pas dire que j'ai eu raison de la contacter. J'aurais dû me contenter de t'en parler si j'étais inquiète. Et je n'aurais pas dû te cacher tout ce qu'elle a posté sur *BastardAlert*. Ni que *BastardAlert* était à moi.

Je clignai des yeux, refoulant mes larmes. Je ne voulais pas gâcher mes excuses avec des sanglots.

— J'ai tout gâché, je suis désolée.

On se dévisagea un long moment en silence, laissant parler nos yeux. Un regard pouvait en dire tellement plus, exprimait tellement plus de sincérité que la phrase la plus élaborée. Dans celui d'Alex, je lus les remords, la peur, la colère. Mais j'y distinguai aussi le pardon et je sentis une bouffée d'espoir.

Il tapota le coussin à côté de lui et j'acceptai volontiers son invitation.

— Alors, *BastardAlert* n'existe plus, déclara-t-il.

— *BastardAlert* n'existe plus. Je t'ai envoyé un message quand j'ai supprimé la base de données mais…

Je m'interrompis. Nous savions tous les deux comment la phrase finirait de toute façon.

Il prit une profonde inspiration et croisa les doigts, comme s'il réfléchissait à ses paroles. Puis il déclara :

— Je ne sais pas quoi dire. J'ai commencé à taper un message mais, quand je l'ai lu, j'avais l'air tellement en colère. Je me suis dit que j'allais me calmer avant de répondre. Mais je n'ai jamais trouvé le courage d'en envoyer un autre. Je suis désolé.

— C'est pas grave. Tu ne me devais pas de réponse.

— Non, je ne te devais pas de réponse, mais je voulais quand même t'en envoyer une.

D'un mouvement plein d'audace, je lui pris la main. Il ne me repoussa pas.

— Eh bien, je suis là maintenant. Que veux-tu me dire ?

Il se mit à rire, un peu nerveux d'être pris de court. C'était intimidant de devoir laisser ainsi parler son cœur en toute sincérité sans avoir pu s'y préparer. Sans avoir eu le temps de trouver les mots justes, pour les relire, les réviser, et les valider. De les anticiper avant de les exprimer. On ne pouvait pas effacer les paroles prononcées à voix haute.

Mais, néanmoins, il les dit :

— J'aurais voulu que ce soit différent entre nous.

— Différent comment ?

— J'aurais aimé que nous soyons tous les deux honnêtes, dès le départ.

— Oui, acquiesçai-je. Mais, pour être franche, même si tu avais été cent pour cent honnête au sujet de Jenny, j'aurais trouvé un moyen de saboter ce que nous avions. C'était comme si je voulais te prendre en flagrant délit de mensonge. Comme tu l'as dit, je suis parano.

— Pour être juste, tu l'es pour de bonnes raisons. Tout ce qui s'est passé avec ton père…

J'étais tellement lasse de laisser les actes de mon père interférer avec mon présent. Ils appartenaient au passé.

— Mon père était mon père, l'interrompis-je. Je ne peux pas continuer à projeter ses erreurs sur tous les hommes que je rencontre. Certains hommes sont pourris. D'autres non. Tu n'es pas un pourri. Et je suis désolée de ne pas t'avoir laissé une chance de me le prouver.

Il entrelaça ses doigts aux miens, frottant doucement mes phalanges de son pouce.

— Ça va.

— De toute façon, ajoutai-je en prenant une profonde inspiration, si je suis ici ce soir, c'est que j'ai vu ce que tu avais écrit sur *Reddit*.

— Oh.

Les joues soudain rouges, il arrêta de me caresser la main.

—Merci de m'avoir défendue. Tu n'étais pas obligé.

—Ce n'est pas la question. La question, c'était de mettre les choses au point. Ces enfoirés de chez *Hatch* croient qu'ils peuvent dire n'importe quoi. Mais il était hors de question que je les laisse raconter des conneries sur toi sur Internet.

—Et j'apprécie. Mais, franchement, tu dois effacer ce commentaire.

—Pourquoi ?

—Parce que ça met ton poste en péril. Si tu critiques les *Hatchlings* comme ça, tu vas te faire virer du programme.

Il étouffa un grognement d'impatience et passa sa main libre dans ses cheveux.

—Je ne suis pas vraiment inquiet de me faire virer du programme.

—Tu le devrais, dis-je. Vijay est rancunier. J'en ai fait les frais.

—Je sais.

Alex déglutit et me regarda.

—Je vais arrêter de travailler avec *Hatch*.

—Quoi ? Pourquoi ?

—*Fizz* a perdu son financement.

—Oh non !

—Attends, ce n'est pas comme si je ne l'avais pas vu venir depuis longtemps.

—Que s'est-il passé ?

Alex poussa un soupir résigné.

—On a eu une réunion avec Vijay ce matin. Il a dit que nous n'étions pas prêts à faire une présentation aux investisseurs le Jour J et qu'il nous retirait notre statut de *Hatchling*. Une décision à effet immédiat. Donc, depuis quelques heures, je suis officiellement au chômage.

— Je suis tellement désolée.

— Ce n'est pas la peine. C'est mieux comme ça. Greg était le pire des associés dont j'aurais pu rêver. Je serai heureux de ne plus jamais le revoir.

Je promenai mon regard dans son appartement, un studio bien équipé dans un immeuble de luxe, au cœur du Financial District de Manhattan. Il allait lui être impossible de continuer à payer ce loyer sans salaire.

— Et maintenant ? demandai-je.

Avec un haussement d'épaules, il répondit :

— J'ai quelques économies, heureusement. Mon ancien job était peut-être vampirisant, mais j'avais des primes de vacances intéressantes. Ça suffira pour me faire tenir jusqu'à ce que je trouve autre chose.

— Tu cherches toujours à travailler pour une start-up ?

— Ouais, tant que ce n'est pas avec des vrais cons, comme chez *Hatch*.

Il m'adressa un sourire éblouissant.

— Pourquoi, tu as des pistes ?

— Malheureusement, je n'ai pas de poste vacant chez *InPerson* pour le moment.

Son visage exprimant une sincère déception, il s'exclama :

— Quel dommage !

— Mais tu pourrais venir au prochain événement du Réseau de support des IT de New York. Je suis sûre que tu trouverais des gens vraiment bien avec qui échanger.

— C'est une bonne idée. C'est quand ?

— Il n'a pas encore été planifié. Je suis trop accaparée par l'organisation de la soirée *InPerson* en ce moment.

— Ah oui. J'ai lu l'annonce. Tu as hâte ?

Je fis un signe d'assentiment.

— Hâte, oui, mais surtout, je suis nerveuse. Il y a tellement de changements et plein de détails de dernière minute à gérer.

— Eh bien, j'ai plein de temps libre en ce moment. Alors si tu as besoin d'une aide supplémentaire pour coder ou autre, je suis ton homme.

— Merci, mais le programme est prêt.

Je regardai ses mains, vigoureuses, habiles, totalement disponibles.

— Un peu d'aide le soir me serait utile, néanmoins. Que dirais-tu de tenir le bar ?

— Je ne l'ai jamais fait mais je peux essayer.

— Super ! Ça m'aiderait beaucoup.

— Super alors.

Un silence gêné suivit. Le genre de silence qui s'installe lorsque l'on ne sait pas trop quoi ajouter, ou s'il est nécessaire d'ajouter quelque chose. Ou peut-être pas. Peut-être le moment était-il venu de rentrer chez moi ?

Je me levai. Alex m'imita.

— Merci d'être venue, Mel. Je suis vraiment content qu'on se soit expliqués.

— Moi aussi.

Debout, face à face, on continua à s'observer en silence, comme guettant nos réactions. Et quand je surpris la lueur d'espoir dans son regard, je compris qu'il n'était pas trop tard.

Je nouai mes bras autour de son cou et me plaquai contre lui, pressant mes hanches contre les siennes, ma poitrine contre son torse. Et notre baiser se substitua à nos paroles.

Chapitre 31

Comme il fallait s'y attendre, Vanessa accomplit des miracles sur la terrasse.

Elle avait ressorti les guirlandes lumineuses et les boîtes de conserve-lanternes. Mais, contre le mur de briques, le brasero avait été remplacé par une table à cocktails. D'autres étaient disséminées autour du toit. Il n'y avait pas un seul siège.

— Où les gens sont-ils censés s'asseoir ? m'étonnai-je.

— Nulle part, répondit-elle en arrangeant des pivoines dans des vases. Le but n'est pas de rester assis au même endroit toute la soirée. Mais d'être debout, de marcher, de se mélanger. C'est une soirée de célibataires. Les gens ont besoin de se rencontrer.

Je n'étais toujours pas convaincue.

— Tu pourras peut-être monter des coussins à mettre sur le sol, comme la dernière fois ?

— Fais-moi confiance, je sais ce que je fais.

— Mais si... ?

— Arrête ça tout de suite ! lança-t-elle, une pivoine pointée vers moi. Si tu veux diriger une start-up, tu vas devoir apprendre à déléguer. Personne n'apprécie d'avoir un petit chef qui se mêle de tout.

Elle plaça la fleur dans un bouquet et ajouta avec un sourire :

— Laisse-moi faire, c'est tout. Tu ne seras pas déçue, je te promets.

Elle avait raison. La réussite d'une entreprise était le fruit d'un effort commun. Et si j'en étais la responsable, j'avais toutefois besoin d'aide pour la faire décoller. De gens comme Priya dont les superbes compétences de codeuse avaient permis le lancement du site plus tôt que prévu. Elle était présente, sublime, dans sa robe courte brodée et ses sandales spartiates. Si un invité osait suggérer qu'elle ne ressemblait pas à une développeuse Web, je le chasserais moi-même de la soirée.

Alex aussi s'en sortait bien. À le voir empiler les bocaux et déboucher les bouteilles comme un pro, on aurait pu croire qu'il avait tenu un bar toute sa vie. Il mettait la même précision et le même soin à servir chaque verre, découper chaque citron vert. Sans parler des manches de son élégante chemise qui, remontées, dévoilaient des biceps particulièrement musclés.

Et, pour être honnête, *InPerson* n'aurait jamais existé sans le soutien de mes copines. Si elles ne m'avaient pas obligée à me bouger les fesses, je serais sans doute toujours dans mon lit à cet instant précis, à me noyer dans les nachos au fromage et les regrets.

Ce soir, Whitney continuait à se défoncer. Elle coordonnait les représentants des médias – les représentants des médias *!!!* – qui couvraient l'événement. Des journalistes d'*Elite Daily* et *Refinery29* et, bien sûr, de *BuzzFeed*, me réclamaient tous quelques brèves croustillantes.

Mais je ne pouvais pas encore les satisfaire. J'étais trop occupée à superviser la liste des invités. À voir les gens qui se présentaient peu à peu par la porte du toit-terrasse avec trois quarts d'heure d'avance, visiblement, le logiciel de mapping avait parfaitement fonctionné. Quand ils arrivaient, je scannais le code QR de leur application *InPerson* pour m'assurer que leur invitation était réglo. Puis, dès qu'elle était confirmée, après leur avoir serré la main, je les priais de me remettre leur téléphone.

La plupart acceptaient sans protester. Je leur montrais le coffre-fort dans lequel ils devaient être entreposés, les rangeais dans un petit sac portant leur nom et leur numéro, leur donnais un ticket de consigne et l'enfermais à clé. Ce qui n'empêchait pas certains d'avoir des crises de panique à la perspective d'être séparés de leur appareil. Une femme était même au bord des larmes.

— Mais comment je vais pouvoir publier sur Insta ? gémit-elle.

— Plusieurs salariés d'*InPerson* ont leur téléphone, ce soir – (par salariés, je voulais dire Lia, Dani et Yvelise). Elles seront contentes de vous prendre en photo et de vous taguer sur Instagram. Comme ça, vous aurez des souvenirs de la soirée.

L'espace d'un instant, je crus qu'elle allait tourner les talons et partir. Mais quand j'agitai deux tickets pour un verre gratuit sous son nez, elle me tendit son téléphone et fonça droit sur le bar.

Bien sûr, il ne s'agissait pas d'une concession spéciale. Tous les participants avaient droit à deux tickets pour des verres gratuits. J'avais envisagé un bar gratuit, mais après en avoir discuté avec Vanessa, nous avions décidé que c'était trop risqué. Le but était d'éviter de nous faire remarquer pour épargner des ennuis à Ray. La dernière chose dont nous avions besoin était une bande d'alcoolos incontrôlables faisant des leurs et provoquant une scène.

À 18 h 34, notre dernier participant se présenta.

— Pardon d'être en retard, dit-il en sortant son code QR sur son téléphone. Je ne suis jamais à l'heure.

— Pas de problème.

Ce mec était sexy. Si je n'avais pas déjà été impliquée avec Alex, il aurait été exactement mon type : des lèvres pulpeuses, des yeux perçants, une magnifique barbe.

Je tressaillis. J'avais déjà vu cette barbe.

Quand je scannai son écran, son profil privé *InPerson* s'afficha sur le mien, confirmant mes pires craintes. Il s'appelait Brandon, il était de Brooklyn et c'était celui qui m'avait posé un lapin des mois auparavant.

Je fus prise d'une envie violente de balancer son téléphone du haut de l'immeuble et de le regarder se briser en un millier de morceaux sur le trottoir. Mais, prenant une profonde inspiration, je me ressaisis, et me rappelai que le soir où Brandon de Brooklyn m'avait posé un lapin, j'étais une autre personne. J'étais méfiante, amère, parano. Et si cela n'effaçait pas le fait qu'il avait été absolument dégueulasse, je devais lui laisser le bénéfice du doute. Peut-être que lui aussi avait changé.

Ou peut-être pas. Mais, désormais, le monde des rencontres en ligne, lui, avait vraiment changé. Parce que je l'avais fait changer. Et, avec un peu de chance, ses expériences sur *InPerson* le motiveraient à essayer de cesser de se comporter en gros salaud superficiel.

Aussi, plaquant un sourire sur mes lèvres, je le saluai :

— Bienvenue à la soirée *InPerson*. Voilà tes tickets pour des verres gratuits. Amuse-toi !

— Merci.

Il les prit et s'éloigna.

Connard !

Notre dernier invité arrivé, je pouvais quitter mon poste à l'accueil. Je fermai le coffre-fort, mis la clé dans ma poche et partis rejoindre Whitney et les représentants des médias.

— Melanie, cette soirée est magnifique ! me complimenta l'une des femmes.

— Où avez vous trouvé toutes ces lanternes ?

— Oh merci ! Mais je ne peux pas m'en attribuer le mérite. Vanessa Pratt, ma colocataire, est ma coordinatrice d'événement. Elle a tout organisé.

Elles se mirent à pianoter des notes sur leurs téléphones. Profitant du fait que leurs yeux étaient rivés sur leurs écrans, je survolai la terrasse du regard, en quête de Tisha.

— Il y a eu de nombreuses rumeurs concernant le premier financement, déclara l'un d'entre eux. Est-il exact que vous êtes en pourparlers avec l'incubateur *Hatch* pour faire partie de leur prochaine promo ?

Vijay était sans nul doute à l'origine de cette information. Je partis d'un éclat de rire sonore.

— Il n'est pas question que je retourne un jour de mon plein gré dans ce bureau. *Hatch* est une société abominable, gérée par des gens exécrables.

Et j'espérais bien que ma réflexion serait citée.

— Vous cherchez des fonds d'une autre source ?

Au moment où j'ouvrais la bouche pour répondre, j'aperçus Tisha. Debout dans un coin, elle inspectait la foule et chuchotait quelque chose à un homme et à une femme à côté d'elle.

Le moment que j'attendais était arrivé. Et j'avais intérêt à ne pas tout faire foirer.

— Pardon, m'excusai-je. Je reviens dans une minute.

Les trois investisseurs me regardèrent approcher et mirent un terme abrupt à leur conversation.

— Madame Cole, je suis contente de vous revoir, la saluai-je en lui serrant la main. Merci d'être venue.

— Merci de m'avoir invitée, madame Strickland. Je voudrais vous présenter deux de mes collègues. Catherine Sokolov et Byron Yang.

— Enchantée. Que puis-je vous proposer à boire ? Un verre de vin peut-être ?

Tous trois refusèrent poliment et j'attendis qu'ils ajoutent quelque chose. Qu'ils me posent une question, me fassent un compliment, ou qu'ils s'extasient devant la douceur de la soirée. Mais ils se contentèrent d'échanger des coups d'œil gênés, dans un silence pesant. Comme s'ils étaient complètement consternés par le spectacle de la soirée et qu'ils voulaient que je les laisse afin de pouvoir me ridiculiser en privé.

— Bon, finis-je par dire, je vais devoir retourner travailler. Alors si je peux faire quoi que ce soit pour vous, n'hésitez pas.

L'estomac douloureusement noué, je me dirigeai vers le bar et demandai un verre d'eau pétillante à Alex.

— Tout va bien ? s'inquiéta-t-il en mettant des glaçons dans un bocal. Tu as l'air contrariée.

— Ça va, répondis-je. Je suis nerveuse, c'est tout. Je ne suis pas sûre que ça se passe si bien que ça.

— Qu'est-ce que tu racontes ?

Il me tendit mon verre et, d'un geste, engloba la foule des invités derrière moi.

— Tout le monde s'éclate.

Je me retournai pour inspecter les lieux et me trouvai face à un océan de visages souriants. Les gens parlaient, riaient, échangeaient. Personne n'avait son nez dans son téléphone. Ils profitaient de la soirée, savouraient le moment. Pas de hashtags, pas de filtres, pas de *swipes*. Juste de purs échanges humains.

— Tu as raison, approuvai-je en ramenant mon attention sur lui.

Mais il était déjà affairé à préparer un cocktail pour quelqu'un d'autre.

Je m'éloignai, me mis en retrait et, un long moment, observai les gens qui se rencontraient. À la perspective qu'ils puissent former des couples ce soir, peut-être même tomber amoureux, je sentis un frisson d'excitation. Parce que c'était ma création. Même si *FirstBrand* ne finançait pas *InPerson*, j'aurais au moins réussi ça.

— Mel.

Whitney m'attrapa par le bras. Elle affichait son visage de femme d'affaires implacable et efficace.

— Je pense que le moment est venu pour toi de dire quelque chose.

— Quoi ?

— Tu dois faire un petit discours.

— Je n'ai rien préparé, répliquai-je, les mains soudain moites. Pourquoi ne m'as-tu pas dit avant de préparer un discours ?

— Tu n'as pas besoin de dire quelque chose de bien compliqué. Juste : « Bienvenue, merci d'être venus, blablabla… »

Elle pencha la tête sur le côté et baissa la voix.

— Ce serait bon pour les investisseurs.

Mon regard se posa sur Tisha et ses collègues qui, toujours dans leur coin, l'air professionnel, ne se déridaient pas.

— N'importe quoi pour satisfaire les investisseurs, je suppose.

Sans me laisser le temps de changer d'avis, Whitney répondit :

— Super ! Je vais te présenter.

Elle se fraya un passage vers le milieu de la foule.

— Pardon, tout le monde. Puis-je avoir votre attention, s'il vous plaît ?

Un cercle se forma autour d'elle et le silence se fit.

— Merci à tous pour votre présence à la toute première soirée *InPerson* !

Son introduction fut saluée par des acclamations et des applaudissements.

— Nous nous réjouissons que vous ayez décidé de venir. J'espère que vous vous amusez, que vous profitez du bar et que vous trouvez de bons partenaires. Je sais que j'en ai déjà trouvé un, ajouta-t-elle en adressant un clin d'œil à un homme qui lui envoya un baiser de loin.

Putain, Whitney ne traînait pas !

— Mais aucun d'entre nous ne serait ici ce soir sans les brillants cerveaux qui ont conçu *InPerson*. Alors, sans transition, laissez-moi vous présenter la femme qui en a fait baver à *Fluttr* et qui est en train de révolutionner le monde des rencontres en ligne tel que nous le connaissons. Melanie Strickland.

Un nouveau tonnerre d'applaudissements s'éleva. Les jambes en coton, je m'avançai vers Whitney qui me serra dans ses bras et me chuchota à l'oreille :

— Tu vas t'en tirer.

Les applaudissements s'apaisèrent et je m'éclaircis la voix, survolant du regard les visages dans la foule. Les regards étaient pleins d'avidité, comme si j'étais quelqu'un qui avait une importante déclaration à faire.

Eh bien, peut-être était-ce le cas.

— Merci, Whitney. Et merci à vous tous. Quand l'idée d'*InPerson* a germé en moi, je traversais une période très difficile. J'avais perdu mon travail. J'avais perdu un type super. J'avais perdu espoir. Mais ce qui m'a aidée à m'en sortir, c'est le pouvoir des échanges humains. Et quand je regarde sur cette terrasse, ce soir, c'est ce que je vois. Des échanges. Des échanges réels, sincères.

Je fus interrompue par des hommes en uniforme bleu qui firent irruption sur le toit. L'un d'entre eux hurla :

— Y a-t-il une Melanie Strickland dans l'assistance ?

Merde, merde, merde, merde.

Des murmures scandalisés fusèrent de partout. Je jetai un coup d'œil à Tisha et à ses collègues qui faisaient la grimace. Je pouvais dire adieu à mes chances d'obtenir un financement ce soir.

— Je suis Melanie Strickland, me présentai-je.

La foule s'écarta et je m'avançai vers les deux agents de police qui, à la porte, avaient les mains sur leurs crosses.

— Quel est le problème ?

— Nous avons reçu plusieurs plaintes concernant le bruit de votre petite fête sur le toit.

Il inspecta les gens d'un air méfiant, les sourcils froncés, comme s'il reniflait quelque chose de suspect.

— Vous avez la permission d'être sur ce toit, madame Strickland ?

— Je... euh.

— Non, nous n'avons pas la permission, intervint Vanessa qui, soudain, s'était matérialisée à côté de moi.

— Et qui êtes-vous ?

— Vanessa Pratt. Je suis la coordinatrice d'événements pour *InPerson*. Tout est ma faute. J'ai dit à Melanie que nous avions l'autorisation d'organiser la soirée ici.

— Vous êtes délibérément entrée par effraction ?

— Je n'appellerais pas ça entrer par effraction, fit-elle remarquer. Personne ne nous a dit que nous n'avions pas le droit de monter sur ce toit. Le propriétaire ne nous a jamais donné d'instructions précises à ce sujet.

— Comment avez-vous accédé à ce toit, dans ce cas ?

— J'ai forcé la serrure.

— Pardon ?

— Ce n'est pas si difficile. Il suffit d'un couteau à beurre, d'une épingle à nourrice et le tour est joué ! Vous êtes sur le toit.

Les deux flics tiquèrent, horrifiés par sa révélation. J'étais perplexe. Pourquoi s'accusait-elle ainsi ? Soudain, je compris : elle protégeait Ray. Si elle avait dit que la porte était ouverte, ou mal verrouillée, il aurait eu des problèmes. Mais, ainsi, elle était la seule fautive.

Ce qu'on ne ferait pas par amour.

L'un des flics poussa un soupir exaspéré tandis que l'autre sortait son carnet et commençait à prendre des notes.

— D'accord, écoutez, il commence à se faire tard et on a des trucs plus importants à régler que votre petite fiesta sous les étoiles. Nous allons juste vous donner un avertissement pour tapage nocturne mais nous contacterons votre propriétaire pour un suivi demain.

— Et, ajouta son collègue, la fête est finie. Faites immédiatement sortir tout le monde !

— C'est ça, marmonna Vanessa en prenant l'avertissement.

Les deux hommes commencèrent alors à escorter les invités vers la porte. Whitney, Lia, Dani et Yvelise se chargèrent de sortir les téléphones portables du coffre-fort pour les remettre à leurs propriétaires contre leurs tickets. En dépit de la fin abrupte et stressante imposée à la soirée par les forces de l'ordre, les gens souriaient ou même riaient. Certains semblaient amoureux.

L'incident ferait une super histoire pour un premier rendez-vous.

Malheureusement, je n'étais pas d'humeur joyeuse. Pas devant l'air contrarié des investisseurs. Alors qu'ils sortaient en file indienne, je leur serrai la main tour à tour.

— Merci d'être venus. Je suis désolée que ça se finisse ainsi.

Ils échangèrent un coup d'œil puis Tisha demanda :

— Cette soirée a été organisée illégalement ?

N'osant les regarder dans les yeux, je hochai la tête, honteuse.

— Eh bien, je ne peux pas dire que j'approuve, déclara Catherine.

— Néanmoins, ajouta Tisha, nous cherchons toujours des entrepreneurs pleins de ressources et déterminés. Et si nous mesurions le succès de cette soirée au nombre d'échanges humains qui se sont créés, je dirais que c'était un triomphe.

Elle montra un couple qui franchissait la porte, main dans la main.

— Voyons-nous lundi pour en discuter, suggéra Byron. Je vous enverrai une invitation pour une réunion. Ça vous irait, madame Strickland ?

Je dus me faire violence pour ne pas hurler.

— Oui, oui, bien sûr !

— Parfait. Bon week-end ! me salua alors Tisha.

Et tous trois disparurent à l'intérieur de l'immeuble.

J'avais réussi. J'avais conçu un site, organisé une soirée pour célibataires, attiré des investisseurs, et j'avais été à deux doigts de me faire arrêter. C'était mon énorme part, bien décadente, du gâteau des start-up. Et, je l'espérais, ce n'était que le début.

Après que la majorité des invités eurent disparu, les flics partirent à leur tour, trop distraits par une véritable urgence pour s'assurer que les retardataires aient quitté les lieux. Bientôt, je me retrouvai seule avec les filles et Alex qui sortit une bouteille de Moët de sous le bar.

— Hé, je ne me souviens pas d'avoir acheté ça ! fit remarquer Vanessa.

— Non, tu ne l'as pas achetée, confirma-t-il. Je l'ai apportée de chez moi. J'ai supposé que nous aurions quelque chose à fêter à la fin de la soirée.

Le bouchon sauta en un bruit assourdissant et il nous servit une tournée de champagne.

— Félicitations, Melanie, tu y es arrivée ! lança-t-il.

— J'ai toujours su que tu avais ça en toi, renchérit Whitney.

— Jamais je n'aurais pu y arriver sans vous, assurai-je. Merci pour tout.

On trinqua. Puis, m'enlaçant les épaules d'un bras, Alex m'attira contre lui pour admirer les gratte-ciel de Manhattan. Du haut de notre toit-terrasse, la skyline new-yorkaise ressemblait à un panorama de carte postale. Loin de la réalité de cette ville, chaotique, pleine d'imperfections et de *dick pics* indésirables.

Ma vie à New York était loin d'avoir la perfection d'une carte postale. Mais elle s'améliorait de jour en jour. Et ce, à partir d'aujourd'hui.

Épilogue

La mauvaise nouvelle c'est que nous nous sommes fait expulser.

Notre propriétaire n'a pas apprécié notre idée d'utiliser le toit-terrasse pour une réunion publique d'inconnus d'Internet. Il n'a pas non plus été enchanté de découvrir les talents de serrurier de Vanessa. Ray, qui a gardé son poste, a placardé une grande pancarte sans ambiguïté sur la porte – Accès interdit – et l'a sécurisée en y installant un énorme cadenas. Et, le 1er juin, un heureux gagnant de la loterie du marché de l'immobilier new-yorkais a pu profiter de toutes les magnifiques modernisations qu'il avait apportées à notre appartement.

La bonne nouvelle, c'est que nous avons trouvé un nouvel appartement. Plus spacieux, plus beau, déjà équipé de toutes ces magnifiques modernisations. Il y avait même un portier ! Et fini les trajets sur cette déplorable ligne A. Au lieu de cela, j'allais travailler à pied car nous étions à deux pas du siège d'*InPerson*.

Nous disions « le siège » pour faire cool. Il s'agissait en fait d'un modeste open space à Chelsea, avec juste assez d'espace pour accueillir notre petit effectif qui grandissait. Priya occupait l'alcôve voisine de la mienne, car j'estimais important d'avoir ma responsable technique principale à proximité. Vanessa, ma coordinatrice événements, y avait aussi son bureau, même si on ne l'y voyait que rarement.

Ce qui me convenait très bien car son travail s'effectuait principalement sur le terrain.

Whitney, pour sa part, s'était vu attribuer un bureau en coin, avec une vue. Qui s'accompagna d'une belle promotion et d'une énorme augmentation quand, grâce à elle, *Pointbreak*, l'agence de relations publiques branchée qui faisait l'actualité, avait pris en charge la promotion d'*InPerson* dans les médias.

Quant à Lia, elle s'envola seule pour une semaine à Cabo et remplaça toutes ses photos Instagram de Jay par des selfies souriants sur la plage. Pendant ce temps, Dani remplit son fil d'actualité de photos de couple de plus en plus mièvres. Mais je ne pouvais pas l'en blâmer. Yvelise était sa partenaire idéale.

Alex ne resta pas bien longtemps au chômage. Une fois que *InPerson* décolla, je n'eus plus de temps à consacrer au Réseau de support des IT de New York. Il reprit donc les rênes et fit d'un concept aussi informel qu'anarchique une entreprise prospère, grâce à sa conception d'une application mobile visant à mettre en relation des personnes sous-représentées dans le monde de l'IT avec des sociétés qui valorisaient l'intégration. En résumé, c'était une façon d'aider les start-up à engager des équipes plus diversifiées dans le but d'éliminer un jour les environnements de travail toxiques comme celui de *Hatch*. Un investisseur providentiel, qui était tombé sur un article vantant ce nouveau site dans *BuzzFeed*, était actuellement en train de le faire connaître dans les autres villes du pays. Le projet étant de le promouvoir ensuite à l'échelle mondiale.

Et, oui, nous sommes toujours aussi amoureux.

Au cas où vous vous poseriez la question, *Fluttr* est toujours le site de rencontres le plus populaire de New York. Tout ce *swiping* rend accro. Mais *InPerson* continue à grandir. Et j'aimerais croire que c'est le signe d'un mouvement d'envergure. Un mouvement qui tendrait à *#DéconnectezdInternet.*

Parce que vous savez bien que vous ne pouvez rien croire de ce que vous y lisez.

Remerciements

Le pouvoir des femmes et l'importance de l'amitié féminine tiennent une place primordiale dans cette histoire. J'ai l'immense chance d'être entourée par toutes ces femmes aussi fortes qu'intelligentes. Qui me soutiennent tant d'un point de vue professionnel que personnel.

Merci à ma super agent, Jessica Watterson, d'être une aussi précieuse alliée et une personne aussi merveilleuse. Et merci à Elise Capron d'avoir joué les entremetteuses. Merci à mon éditrice, Brittany Lavery, d'avoir cru en cette histoire et d'en avoir tiré le meilleur. Merci à Laci Ann et à Gigi Lau, les artiste et graphiste si talentueuses qui ont créé une si belle couverture. Merci à Lisa Wray et Heather Connor, les membres de la fantastique équipe publicité et marketing de Steph Tzogas. Et merci à toute l'équipe de Sandra Dijkstra Literary Agency et à celle de Graydon House pour leur soutien.

Toutes mes amies m'ont soutenue dans la tâche difficile qu'a représenté l'écriture de ce livre. Soit en proposant de relire mon manuscrit à moitié terminé quand, paniquée, j'étais une vraie loque, soit en m'apportant un verre quand je frôlais la syncope, soit en analysant mes pannes d'inspiration avec moi, soit en s'occupant de mon fils pour que je puisse m'avancer dans mon travail, soit, tout simplement, en m'encourageant. Vous ne saurez probablement jamais à quel point vous m'avez aidée. Pour tout cela et pour plus encore, je remercie (dans le désordre)

Margaret Chantung, Christa Gallego, Kate O'Brien, Lisa Pannek, Jordan Pascoe, Erica Jo Gilles, Rosy Catanach, Mandy Tang, Elizabeth Salaam, Gauri Savla, Cathy Atkins, Lauren McFall, Sarah Apuzzo, Kathleen Barber, Chelsea Resnick, Suzanne Park, Laura Heffernan, Helen Hoang, Renée Carlino et bien sûr, Marci Blaszka et Jessica Schwarz à qui je voue une reconnaissance éternelle.

Enfin, merci aux deux hommes qui comblent ma vie : Emilio et Andrew. Aucune parole ne pourra jamais exprimer à quel point je vous aime.

Achevé d'imprimer en janvier 2021
Par CPI Brodard & Taupin à La Flèche
N° d'impression : 3041302
Dépôt légal : février 2021
Imprimé en France
38122133-1